1. s'Alquería Blanca
2. Cala Figuera
3. Cala Mondragó
4. Ca´s Concos
5. Es Pontas
6. Felanitx
7. Inca
8. Palma de Mallorca
9. Santanyí
10. Sa Rapita
11. Selva
12. Torrent des Pareis

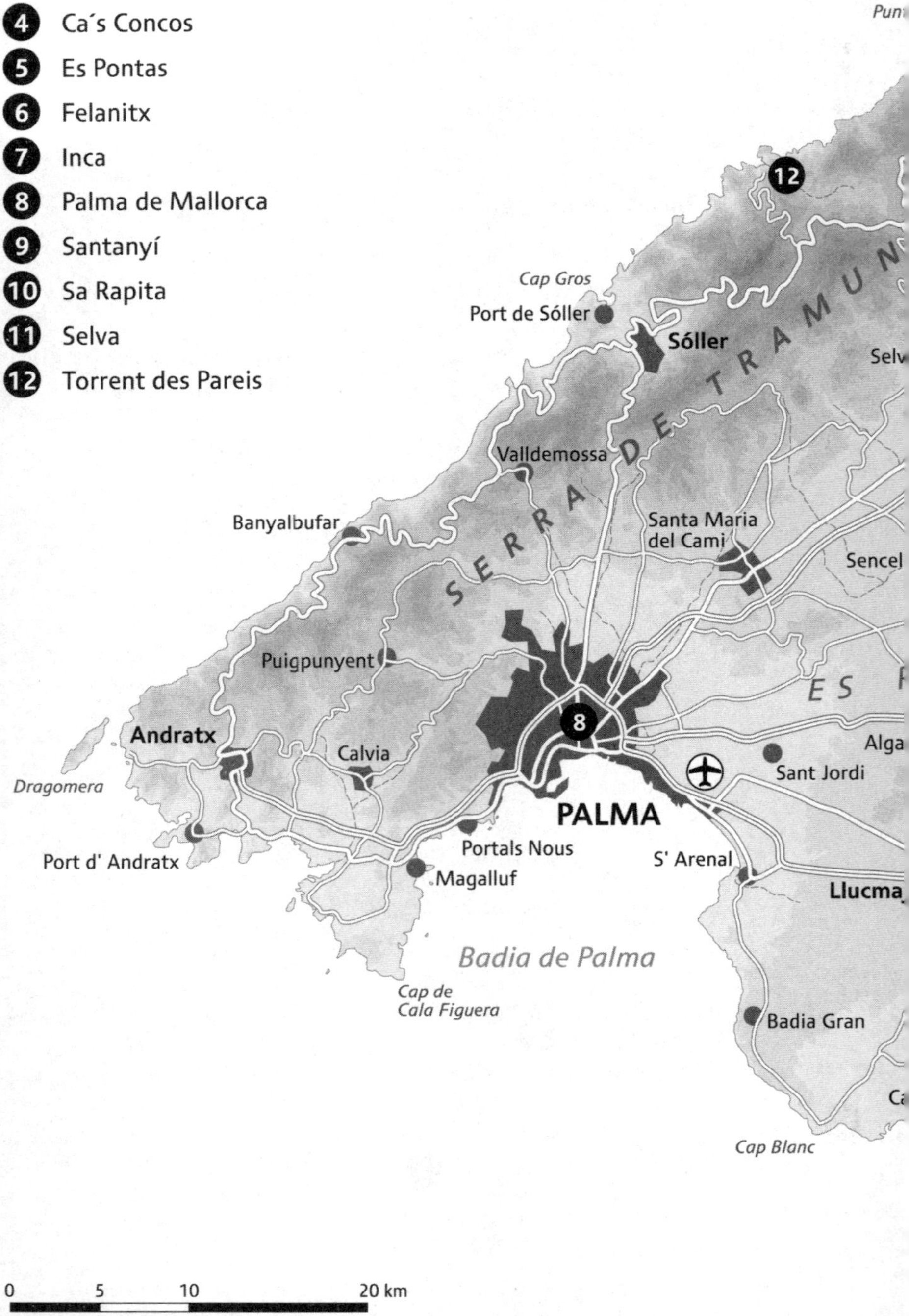

Kartographie: U. Beha

Cap de Formentor
Punta Galera
Cap des Pinar
Pollença
Alcúdia
Badia d' Alcúdia
Cap de Ferrutx
Cap del Freu
Can Picafort
Sa Pobla
Muro
Cala Ratjada
Artà
Santa Margalida
Llubi
Maria de la Salut
Son Severa
Sineu
Cala Millor
Petra
Manacor
Es Cubells
Sant Joan
LLANURA DEL CENTRO
SERRA DE LLEVANT
Portocristo
Porreres
6
Felanitx
Portocolom
Campos del Port
4
s'Alquería Blanca
1
Portopetro
Santanyí
9
10
3
Ses Salines
2
Colònia de Sant Jordi
5
Cap de Ses Salines

Als ausgebildeter Rettungssanitäter, Hauptbrandmeister, Taxifahrer, Rundfunkreporter, RTL-Sportredakteur, TV-Producer, Filmproduzent, Event- und TV-Regisseur, Theater-Autor, Ghostwriter, Briefträger und Familienvater hat Andreas Schnabel (Jahrgang 1953) viel erlebt und ausreichend Stoff für die nächsten Jahre als Schriftsteller. Der geborene Hamburger, verlebte Berliner, Verlegenheitsluxemburger und Zwangsrheinländer hat seinen Schreibtisch derzeit in Pulheim bei Köln.

ANDREAS SCHNABEL

TOD ODER FINCA

MALLORCA KRIMI

Emons Verlag

Umschlagzeichnung: Heribert Stragholz
Druck und Bindung: CPI – Clausen & Bosse, Leck
Printed in Germany 2009
ISBN 978-3-89705-652-7
Mallorca Krimi
Originalausgabe

Für meine Frau
Elke

1

Der Raum war klein und kühl. In der Ecke weinte Maria um ihren Sohn. Über dem Katafalk mit dem polierten Piniensarg drauf hing er an seinem Kreuz. Sonst war nichts an den weiß gekalkten Wänden. Der durch die Last eines langen und arbeitsreichen Lebens tief gebeugt gehende Totengräber des Ortes stand neben der Tür und wartete auf eine Zuwendung für die Mühe, die er sich mit der Aufbahrung des Toten gemacht hatte.

Gräfin Rosa von Zastrow hatte kein Bargeld bei sich, das sie dem Mann hätte geben können. Sie nickte dem alten Mann dankbar zu und hoffte, ihm damit verständlich gemacht zu haben, dass seine Mühe, die er sich mit ihrem Gatten gegeben hatte, nicht umsonst sein würde. Bei der Beisetzung am nächsten Tag würde sie sich erkenntlich zeigen.

Der Alte schien zu verstehen und entfernte sich diskret. Nun war er da, der Augenblick, vor dem sie am meisten Angst hatte.

Zu seinen Lebzeiten hatte sie manchmal daran gedacht, wie furchtbar es sein würde, irgendwann einmal am offenen Sarg ihres Mannes stehen zu müssen. Diese Vorstellung war ihr so wirklich vorgekommen. Nun stand sie tatsächlich hier, und es war einfach nur unwirklich.

Sie musste gegen ein Lachen ankämpfen. Sein Anblick war geradezu grotesk.

Er hatte im Schlaf immer auf dem Bauch gelegen, sein Leben lang. Er konnte gar nicht anders schlafen, und nun sollte ausgerechnet er die Ewigkeit auf dem Rücken verbringen? Er hatte immer gesagt, auf dem Rücken könne er nicht atmen. Nun benötigte er keine Luft mehr, und das war nur schwer zu begreifen.

»Tja, Ernst, nun kannst du dir nicht einmal mehr die Nase kratzen.« Sie hatte sich noch nie mit einem Toten unterhalten und lächelte ihn unbeholfen an. »Geschweige denn die Fliege auf deiner Stirn verscheuchen.« Sie wedelte sie mit einem ihrer schwarzen Handschuhe, den sie lose in der Hand trug, weg. Das Insekt setzte sich aber sofort wieder auf das Gesicht des Toten.

Rosa seufzte. Ihre hohen Schuhe drückten furchtbar. Die elegante Witwe eines Grafen zu sein war anstrengend, daher setzte sie sich auf einen Stuhl, der neben dem Sarg stand.

»Der wird sicher für zusammenbrechende Angehörige sein, aber das kann ich mir im Augenblick nicht leisten. Du kennst mich. Wenn ich einmal mit der Flennerei anfange, dann kann ich nicht wieder aufhören.«

Sie schaute ihn lange und liebevoll an. »Ich weiß, ich muss mir keine Sorgen machen. Herr Graf haben sicher blendend für die Hinterbliebene vorgesorgt, so wie ich euch Zastrows kenne. Aber was mache ich, wenn ich vielleicht einmal unter irgendeinen Flügel kriechen möchte, wenn ich menschliche Wärme brauche? Ich bin gerade erst sechsundvierzig, da kommt so was doch vor, selbst bei einer Witwe. Als du noch gelebt hast, war das kein Problem, da war das nur ein verzeihlicher Seitensprung. Jetzt, wo du tot bist, wäre das Verrat an der ganzen Sippschaft.«

Die Fliege krabbelte gemächlich über seine Wange. Mit dem Handschuh in ihrer Hand könnte sie das Mistvieh treffen, aber das sähe nach einem Schlag mit einem Fehdehandschuh aus, jetzt, da er sich nicht mehr wehren konnte. Sie war sich sicher, dass er sich nach so einem Schlag auch zu Lebzeiten nicht gewehrt hätte, das verbot ihm seine Contenance, aber jetzt, da er es nicht mehr konnte, wollte sie auf keinen Fall riskieren, ihm wehzutun.

»Es tut mir leid. Jetzt sitze ich hier neben dir und könnte noch so vieles sagen. Aber mir fällt einfach nichts Gescheites ein.« Sie knetete verlegen ein Spitzentaschentuch in ihrer Hand. »Als du noch gelebt hast, ist mir auch nichts Gescheites eingefallen. Du erinnerst dich sicher.«

Jetzt begann sie doch zu weinen. Es tat ihr wider Erwarten gut und befreite sie ein wenig von dem Druck, den sie spürte und der ihr die Luft zu nehmen drohte.

Sie berührte zaghaft seine kalte Hand. »Es tut mir leid, Ernst, ich bin mit Sicherheit eine lausige Witwe. Du hast mir so vieles beigebracht, eigentlich alles Wichtige in meinem Leben, aber wie ich formvollendet um dich trauern soll, war nicht dabei.«

Schniefend kramte sie einen Zettel aus ihrer Handtasche. »Schau mal, hier habe ich alles notiert, was ich angeordnet habe.« Sie schaute auf. »Angeordnet. Ernst, ich habe etwas angeordnet, ohne dich vorher zu fragen, ist das nicht seltsam?«

Sie rückte näher an seinen Kopf und zeigt ihm den Zettel. »Du kommst also nicht in die Erde, das erwähntest du einmal, dass du das nicht willst. Die haben hier so große Regale, wo sie dich mit dem ganzen Sarg reinstellen. Da wird dann der Grabstein vorgemauert. Man wird auch garantiert nichts von dir riechen, das hat man mir versprochen. Das ist doch in deinem Sinne, nicht wahr? Oder hätte ich dich einäschern lassen sollen? Ich war mir nicht sicher, davon hast du niemals gesprochen.«

Sie fischte einen Kuli aus ihrer Handtasche und notierte etwas. »Ich werde bestimmt noch jemanden finden, der dich auf den Bauch dreht, morgen, kurz vor der Beerdigung. Wenn ich das jetzt mache, dann drehen sie dich glatt wieder um. Bis morgen musst du also noch aushalten.«

Sie schaute ihn lächelnd an. Dann stand sie auf und ging mit festen Schritten zur Tür der kleinen, kalten Trauerhalle. Bevor sie die Klinke hinunterdrückte, drehte sie sich noch einmal zu ihm um.

»Wenn dir etwas nicht gefallen sollte, Ernst, schick mir bitte einen Engel, der es mir sagt.« Zaghaft wie ein Teenager warf sie ihm eine Kusshand zu. »Ich danke dir für ein wunderschönes Leben, und ich hoffe, du hast dort ein wenig Spaß, wo du jetzt bist. Vielleicht gönnst du ihn dir auch endlich mal.«

Sie verließ das Gebäude, das mitten im alten Teil des Friedhofs von Santanyí stand, und mit einem Schlag war da wieder die glühende Mittagshitze eines ganz normalen Septembertages auf Mallorca.

Es waren keine hundert Schritte zum wartenden Taxi, aber die hatten es in sich. In der kleinen Halle hatte eine sachliche, angenehme Kühle geherrscht, da war es ihr halbwegs gelungen, die aristokratische Witwe darzustellen, aber hier draußen merkte sie, wie sie mit jedem Schritt wieder zu einem transpirierenden bürgerlichen Nervenbündel schrumpfte.

Der Taxifahrer sprang aus seinem Fahrzeug und öffnete ihr die Tür. Erleichtert stellte sie fest, dass die Klimaanlage auf vollen Touren lief.

»Wohin möchten Señora jetzt?«

Sie zog erneut einen Zettel aus ihrer Handtasche und las vor: »Bar sa Seu bitte.«

Der Taxifahrer dachte, er habe sich verhört. »Señora wollen jetzt in eine Bar?«

»Sí, Señor, in eine Bar.«

Ob er wohl ahnte, wie gern sie sich jetzt betrinken würde?

Michael Berger saß in seiner Stammbar, trank einen Café Cortado und las die Morgenzeitung. Schon lange nicht mehr die »Bild«, sondern die mallorquinische »Ultima Hora«. Jeder, der ihn kannte, wusste, dass jetzt eine ganz schlechte Zeit war, ihn anzusprechen und dann auch noch eine freundliche Reaktion zu erwarten. Die kleine blonde, schöne und auch traurig wirkende Señora, die in der Tür erschien, wusste es anscheinend nicht.

Sie schaute sich kurz um und kam zielsicher auf ihn zu.

»Sind Sie Herr Berger?«

Er sah sie lange an. Wenn einmal seine Zeit gekommen war, dann wäre es schön, von so einem Engel angesprochen, an die Hand genommen und ins Paradies geführt zu werden. Aber seine Zeit war noch nicht um. Das wusste er, weil Engel immer weiß gekleidet waren und niemals schwitzten.

Er schaute demonstrativ wieder in seine Zeitung.

»Schade, Señora, es meldet sich leider sonst niemand auf Ihre Frage, dann werd ich's wohl sein. Ich nehme an, Sie kommen von der GEZ und wollen mir erklären, dass der Hühnerstall, in dem ich klassische Musik abspiele, ein Arbeitsraum ist.«

Sie schaute ihn ernst an. »Ihnen ist sicher nicht entgangen, dass ich in Trauer bin?«, fragte sie leise.

»Bei der GEZ zu arbeiten ist traurig genug.«

Für einen kurzen Moment dachte Berger, sie würde auf der Stelle kehrtmachen und das Lokal verlassen, doch gleich darauf sagte sie mit fester Stimme: »Sie müssen der Richtige sein. Mir wurde gesagt, dass Ihre Reaktion extravagant ausfallen könnte.«

»Ich freue mich, dass Sie demnach einen meiner Freunde erwischt haben.«

»Reden wir nicht lange um den heißen Brei herum: Ich habe das Pech, auf Sie angewiesen zu sein.« Sie schaute ihn angriffslustig an.

»Und ich habe das Glück, dass mir das schnuppe sein kann.«

Er grinste breit, doch sie ließ sich davon nicht aus der Ruhe bringen.

»Sie brauchen einen neuen Kühlschrank.«

»Das hat Zeit, der alte tut es noch eine Weile.«

»Der alte ist kaputt. Und bei dieser Hitze vergammelt Ihnen alles zu Hause.«

Berger legte die Zeitung vor sich auf den Tisch.

»Sie kommen vom Bürgermeister, wie ich merke. Dessen Frau betreibt hier den Elektroladen. Und sie tratscht. Aber Sie glauben doch wohl nicht etwa, dass ich für einen lächerlichen Kühlschrank zu haben bin, selbst wenn er neu ist?«

»Ich biete Ihnen so ein amerikanisches Riesending mit allem Zipp und Zapp – so einen mit einer Eismaschine. Und damit Ihre Hütte nicht abbrennt, wenn dieses Ungetüm seinen Strom zieht, auch noch eine komplett neue Elektroinstallation für Ihr Haus.«

Er sah sie prüfend an.

»Und Sie sind sich sicher, dass Sie mich mit diesem Angebot kaufen können?«

»Menschen, die vor der GEZ Angst haben, würden für so einen Kühlschrank sogar morden.« Sie lächelte engelsgleich.

Berger schüttelte den Kopf. »Ich weiß zwar nicht, wer Sie sind, aber Sie haben Ihre Schularbeiten gemacht. Ich sage Ihnen allerdings gleich, ich bin ein schlechter Liebhaber.«

Eigentlich wollte er sie mit dieser blödsinnigen Bemerkung verunsichern, doch sie spielte den Ball gekonnt zurück.

»Davor haben mich die Damen in der Stadtverwaltung bereits gewarnt. Aber bleiben Sie gelassen, Herr Berger, für das, wozu ich Sie brauche, reicht es.«

Er bekam Respekt vor dieser kleinen Frau, die so märchenhaft mädchenhaft wirken könnte, wenn sie nicht so knallhart verhandeln würde. Amüsiert fragte er: »Und wozu brauchen Sie mich?«

»Für die Formalitäten, die erledigt werden müssen, um meinen Mann zu beerdigen, und den ganzen Kram drum herum.«

»Sie wollen doch hoffentlich nicht andeuten, dass Sie meine Hilfe benötigen, weil er noch lebt?« Er hob die Zeitung und tat so, als würde er weiterlesen.

»Damit kann ich leider nicht dienen.«

Er ließ das Blatt wieder sinken und faltete es sorgfältig.

»Na dann, mein Beileid, gnädige Frau. Ich nehme an, Sie sind die adlige Dame aus Niedersachsen?«

»Die bin ich. Gräfin Rosa von Zastrow. Graf Ernst war mein Mann. Haben Sie ihn gekannt?«

»Gekannt nicht, aber hin und wieder habe ich ihn gesehen. Er scheint ein gutes Spanisch gesprochen zu haben, jedenfalls konnte er sich gut verständlich machen, wenn ich ihn auf der Plaça gesehen habe. Stimmt es, dass die Legion Condor von einem General von Zastrow geleitet wurde?«

»Sie haben Ihre Schularbeiten auch gemacht, Hut ab. Aber das stimmt nicht ganz. General Wigbert von Zastrow war, wie man heute sagen würde, der Cheflogistiker der Legion. Das ändert aber nichts an der Tatsache, dass die Zastrows glühende Franquistas waren.«

»Und, hat sich der Familienfaschismus in Ihrem Clan bis in die heutige Generation retten können?«

»Ich habe mich noch nie um Politik gekümmert, das werde ich auch in Zukunft nicht tun. Ich möchte das Ganze nur hinter mich bringen und dann ab nach Hause.«

Berger winkte dem Barbesitzer und bestellte einen neuen Cortado. »Wollen Sie auch einen?«

Sie zuckte mit den Achseln. »Ich weiß zwar nicht, was das ist, aber gern, solange darin kein Alkohol ist.«

»Dann wird es Zeit, dass Sie diese kleine Köstlichkeit einmal kennenlernen.« Er streckte zwei Finger in die Höhe.

Wenig später rührten beide Zucker in die kleinen Gläser mit »Milchespresso«. Sie tranken, und Berger konnte der Gräfin den Genuss deutlich ansehen.

»Na, Durchlaucht, ist das nicht besser als ein guter Liebhaber?«

»Sí, Señor«, erwiderte sie lächelnd. »Vor allem fängt so ein Kaffee nicht dann an zu quatschen, wenn man ihn genießen will.«

Er nickte bedächtig. »Ich denke, Frau Gräfin, wir werden uns verstehen.«

»Sí, El Residente, das glaube ich auch.«

Sie erhoben sich, und Berger legte ein paar Münzen auf den Tisch. Als er vom Tisch wegtrat, bemerkte Rosa, dass er zwei verschiedene Schuhe anhatte.

Er registrierte ihren erstaunten Blick.

»Aha, da kommen schon die ersten Fragen auf?«

»Sie müssen zugeben, dass Ihre Aufmachung darauf angelegt ist. Also, raus mit der Sprache: Warum bitte zwei verschiedene Schuhe?«

»Sie gefallen mir so. Außerdem: Wenn ich mal wieder ein schönes Paar Schuhe gefunden habe, was selten genug vorkommt, dann war es das. So hingegen kann ich mich freuen, noch ein zweites davon zu Hause zu haben.«

***

Sergej Schokotoff saß gelangweilt im Fond der riesigen Stretchlimousine.

»Wo möchten Sie hin, Sergej?«, fragte Kong, sein Leibwächter, mit einem Blick in den Rückspiegel.

»Fahr mich in die Altstadt, ich will mit meinen Freunden abhängen.«

Kong machte ein besorgtes Gesicht. »Das ist genau das, was Ihr Vater als Herumlungern bezeichnen und niemals dulden würde.«

»Dazu müsste es ihm jemand zutragen, und dieser Jemand wäre kein anderer als du, Kong.«

Kong startete den Wagen und fing an zu schwitzen. Das tat er immer, wenn er seine zwei Meter fünfzehn und die gut drei Zentner hinter dem Steuerrad eines Pkw zusammenfalten musste, und das musste er ziemlich oft, denn einen anderen Chauffeur als ihn akzeptierte der Junior nicht.

Zudem war Sergej ein junger Mann, der wohl jedem Erziehungsberechtigten den Angstschweiß auf die Stirn treiben würde. Hätte er Kong nicht ständig an seiner Seite, wäre er schon längst im Knast gelandet. Doch das wäre eine Sache, die King Schokotoff nie und nimmer akzeptieren würde. Der Junior vor Gericht, allein das wäre für Kong schon das Todesurteil. Der King war da nicht zimperlich.

King Schokotoff war das, was man als russischen Paten bezeichnen würde, einer der ganz großen Fürsten der russischen Unterwelt. Seinen Sohn und Alleinerben hatte er schon ganz früh mit dessen Mutter nach Mallorca geschickt, damit der Junge von allem unbelastet und vor allem ungefährdet aufwachsen konnte und er selbst bei seinen sexuellen Abenteuern nicht ständig von seiner Ehefrau umgeben war. Natürlich wäre ihr nichts weiter geblieben, als das zu dulden, aber immer dieses leidende, anklagende Gesicht um sich herum zu sehen, das war wirklich niemandem zuzumuten. Also hatte er sie fortgeschickt. Dass sein Sohn frei von jeglicher kriminellen Energie aufwachsen würde, war jedenfalls ein Trugschluss gewesen. Sergej war drauf und dran, sein eigenes kriminelles Imperium aufzubauen, hier auf Mallorca, und dabei ging er brutaler vor, als es seinem Vater jemals in den Sinn gekommen wäre.

Er, Kings Kong, hatte diesbezüglich oft genug in Moskau Meldung gemacht, aber immer wieder war er abgeblitzt. Er solle nicht so hysterisch reagieren, hieß es in der Heimat. Also hatte er beschlossen, alles für sich zu behalten. So vertraute ihm der Junge, und er hatte wenigstens noch ein wenig Einfluss auf ihn. Er ahnte aber, dass auch dies nicht mehr von langer Dauer sein würde.

***

Mürrisch akzeptierte der Taxifahrer, dass sie ab hier mit Michael Berger weiterfahren würde. Da er hörte, dass dieser Mallorquinisch sprach, versuchte er zwar noch, eine Entschädigung rauszuschlagen, doch Berger ließ ihn mit ein paar passenden Worten abblitzen.

Ihr bisschen Gepäck verstaute der Residente schnell in seiner alten, verbeulten und völlig verstaubten Dyane, und Minuten später schaukelten sie die Straße in Richtung Cala Figuera hinunter.

Sie beobachtete ihn vom Beifahrersitz aus. Einen komischen Kauz hatte sie da aufgegabelt. Eigentlich wirkte er auf sie völlig unscheinbar, aber auf der anderen Seite auch wieder faszinierend. Von der Seite betrachtet hatte er etwas von einem einst hageren Finanzbeamten, der die letzten zehn Jahre seines Lebens gegen sein leichtes Übergewicht kämpfte und der sich vor zehn Jahren zum letzten Mal eine Jeans gekauft hatte. Die trug er bis heute.

Der Comisario, der ihr vom Bürgermeister bei ihrem Besuch in der Stadtverwaltung vorgestellt worden war, hatte ihr erzählt, auf welch tragische Art und Weise der Residente seine Frau und seine beiden Kinder verloren hatte und dass er nie ganz über diese Tragödie hinweggekommen war. Sie würde seinen Schmerz wohl nie wirklich nachempfinden können, denn sie hatte keine eigenen Kinder. Aber das wollte sie auch gar nicht. Sie hatte augenblicklich mit ihrem eigenen Verlust genug zu tun.

»Wohin fahren wir jetzt?«

»Zu Ihrem Besitz, Gnädigste. Sie wollen doch sicher sehen, was Sie von nun ab an der Backe haben.«

»Ein Haus mit Garten, nehme ich an.«

»So kann man dreihunderttausend Quadratmeter Paradies auch nennen. Und glauben Sie mir, Ihr Mann hat um jeden einzelnen davon gekämpft.«

»Ernst hat noch nie um etwas gekämpft, also erzählen Sie mir nichts.«

Berger schaute sie prüfend von der Seite an.

»Doch, Gnädigste, um Sie. Wenn jemand, der so wenig Adliges an sich hat, Gräfin wird, dann braucht das sicher eine Unmenge von Überredungskünsten.«

Sie lächelte amüsiert. »Sieht man mir die mangelnde Aristokratie also schon an der Nasenspitze an?«

»Wenn meine Vorstellung einer Gräfin so wäre wie Sie, dann hätte ich dem Adel gegenüber mit Sicherheit keine Vorurteile.«

»Danke für die Blumen, aber so üppig dieser verbale Rosenstrauß auch sein mag, diese edlen Gewächse piken.«

Berger grinste zufrieden. »Sie sollten auch nur daran riechen, nicht danach greifen, Gnädigste.«

Augenblicklich hatte sie aber mehr Lust, diese unvorstellbar schöne Landschaft zu riechen, zu sehen und zu genießen. Der Zweizylinder schnaufte an endlosen Steinmauern vorbei, die Getreidefelder mit Bäumen und Sträuchern darauf einzäunten. Daran hingen Oliven, Zitronen, Orangen, Mandeln und Johannisbrotfrüchte, und überall war diese unverkennbare rote Erde, ein Rot von unglaublicher Kraft und Melancholie, ein alles dominierendes und dennoch dezentes Rot, eines, wie sie es noch nie in ihrem Leben vorher gesehen hatte.

Sie merkte, wie die bestechend raue Schönheit, das betörende Licht und der eigentümliche Geruch dieser Insel ihr Herz immer mehr durchwärmten.

Berger stoppte an einem großen Torbogen. Dahinter erstreckten sich Felder, so weit das Auge reichte.

»Warum halten wir an?«, fragte sie verwundert. »Was ist das für ein Tor?«

»Das ist Ihr höchstpersönlicher gräflicher Gartenzaun, Gnädigste.«

»Machen Sie keinen Quatsch. Wo ist denn das Haus?«

»Das thront, wie es sich bei Grafens gehört, über dem Meer. Aber bis dahin müssen wir noch ein Stück fahren.«

Sie bekam plötzlich Manschetten vor dem, was da jetzt auf sie zukommen würde.

»Und das gehört jetzt alles mir?«, fragte sie beeindruckt.

»Sí, Condesa. Das ist alles Ihres, mit allem, was darauf herumläuft oder kriecht.«

Sie riss erschrocken die Augen auf. »Gibt es hier auch Schlangen?«

»Nicht einmal Gott könnte sich ein Paradies, das auch noch einer schönen Frau gehört, ohne Schlange vorstellen.«

»War das ein Ja?«

»Sí, aber die Schlangen haben mit Sicherheit mehr Angst vor Ihnen als Sie vor den Schlangen. Außerdem sind sie ungemein wichtig, denn ohne Schlangen gäbe es hier eine unvorstellbare Rattenplage.« Er fuhr weiter.

Die Größe und Schönheit ihres Stückchens Erde ließ Rosa bald über die Tatsache, sich ihr Land mit ein paar Schlangen teilen zu müssen, hinwegkommen. Mit einem Besitz von diesem Ausmaß hatte sie wahrlich nicht gerechnet.

»Aber das muss doch alles gehegt und gepflegt werden, das kann ein Mensch doch gar nicht alles alleine schaffen. Wer macht denn das momentan?«

»Im Augenblick sorgt der von Ihrem Mann eingestellte Verwalter Jaime Burguera mit seiner Frau Catalina für alles.«

Sie schwiegen, während sie den Rest des Weges zum Haus auf den Klippen hochfuhren. Das alte Auto hatte beim Anstieg etwas Mühe, aber es hielt sich wacker.

Die Masse der neuen Eindrücke und Bilder, die auf Rosa einströmten, erdrückte sie schier, doch sie behielt Contenance, ganz wie es ihr gesellschaftlicher Stand verlangte.

Als sie vorfuhren, war es jedoch um ihre Haltung geschehen. Sie hatte mit einem etwas größeren Bauernhaus gerechnet, aber nun sah sie sich einem großen Herrenhaus gegenüber, das jedem Grande zur Ehre gereicht hätte. Da war ein großzügiges zweistöckiges Haupthaus mit einer Art Auffahrt in der Mitte. Jeweils nach links und rechts schlossen sich zwei niedrigere Trakte an, die das ganze Haus zum Meer hin zu einem großen U formten. Wie es dort oben lag, hatte es etwas von einem kleinen, mediterranen Sanssouci.

Sie war überwältigt von der Schönheit dieses mallorquinischen Schlösschens. Tränen kullerten über ihre Wangen.

»Mein Gott, ist das schön. Aber es ist alles so riesig.«

Berger lächelte sie aufmunternd an.

»Lassen Sie mal, Durchlaucht, hier ein Bällchen, da ein Sommerfestchen – die oberen Zehntausend und die Promireporter werden begeistert sein. Vielleicht kommen sogar Königs, wenn sie, wie jedes Jahr, auf Mallorca ihre Sommerferien verbringen.«

»Die sollen alle bleiben, wo der Pfeffer wächst. Was soll ich mit denen? Wenn, dann brauche ich Leute, die Schweine hüten und Schafe scheren können.«

»Was Schweine betrifft, Gräfin, sind das Experten. Die Klatschblätter haben bisher noch jede prominente Sau durchs Dorf getrieben.«

»Was haben Sie eigentlich für Vorstellungen von einem gräflichen Leben? Mein Mann war Logistiker und Chef von eintausendfünfhundert Angestellten, die für ihn Industrieregale zusammenschweißten.«

»Und was haben Sie den ganzen Tag gemacht? Kleine gräfliche Kissen aus Stahlwolle gehäkelt, damit die blaublütigen Nachkommen weich liegen?«

»Wir haben keine Kinder.« Sie schaute sich mit verklärtem Blick um. »Hier hätten wir es vielleicht geschafft, welche aufzuziehen. Dazu war der ganze Quatsch jedenfalls gedacht.«

Berger öffnete ihr die Autotür.

Die beiden Burgueras traten aus dem Anwesen, um die Hausherrin zu begrüßen. In alten britischen Filmen stellten sich bei einer solchen Antrittszeremonie stets alle Hausangestellten feierlich in Reih und Glied zum Knicks auf, aber hier waren es nur Jaime und Catalina und ein kleines schwarz-weiß geflecktes mallorquinisches Ferkelchen, das neugierig immer näher kam, um sein neues »Frauchen« genauer zu begutachten.

Die Gräfin ging auf den Verwalter und seine Frau zu und begrüßte sie herzlich. Beide antworteten mit einem Redeschwall von Mallorquinisch, das ab und zu mit katalanischen Brocken durchsetzt war, dementsprechend hilflos schaute die Gräfin zu Berger rüber. »Ich wäre Ihnen dankbar, wenn Sie das übersetzen könnten.«

»Die beiden freuen sich, Sie kennenzulernen, und sind über den Tod Ihres Mannes erschüttert. Sie finden es äußerst schade, dass ihre Zeit hier auf diesem kleinen Gut vorbei ist, wo sie doch eigentlich erst begonnen hat. Und dann fragen sie noch, in welchem Hotel Sie absteigen werden.«

»In was für einem Hotel? Das hier ist mein Haus, und hier werde ich wohnen.«

Berger übersetzte das ins Mallorquinische. Die beiden alten Leute schauten irritiert. Zwischen ihnen und Berger entstand eine angeregte Diskussion.

Nach einer Weile wurde die Gräfin ungeduldig und stieß Berger an. »Da es hier um mich geht, wäre ich Ihnen dankbar, wenn Sie mich auch in Kenntnis setzen würden. Es scheint Ungereimtheiten zu geben.«

»Tja, die Burgueras sind etwas irritiert, dass Sie hier wohnen wollen, wo das Anwesen doch schon so gut wie verkauft ist.«

Rosa schüttelte verständnislos den Kopf. »Wer verkauft hier bitte was?«

»Wer, weiß ich nicht, aber es geht offensichtlich um den Verkauf dieser Finca. Jaime sagte, dass der Kreisdirektor bereits alle Informationen für den Verkauf zusammenhat.«

»Was hat denn der damit zu tun?«

»Der hat bei allen größeren Immobilienverkäufen seine Finger im Spiel.«

Sie überlegte kurz und sah dabei dem kleinen Schweinchen, das sich brav vor sie gesetzt hatte und treu zu ihr hochschaute, in die Augen. Sie bückte sich, um es hinter den Ohren zu kraulen, was das Tier sichtlich genoss. Dann richtete sie sich wieder auf, setzte einen eindrucksvollen aristokratischen Blick auf und sagte lächelnd, aber bestimmt: »Hier kann nur einer verkaufen, und das bin ich, meine Herrschaften. Und ich habe mich gerade eben entschlossen, nicht zu verkaufen, da ich Filou kennengelernt habe.«

Berger war ratlos. »Wer bitte ist Filou?«

Die Gräfin zeigte ganz selbstverständlich auf das Ferkel.

»Wenn ich vorstellen darf, das da ist Filou! Sagen Sie bloß, der Name passt nicht zu dem Tier.«

»Vor allem passt die Gattung nicht zum Namen.«

Berger sagte etwas zu den Burgueras, was diese mit offensichtlichem Entsetzen registrierten.

»Darf ich bitte auch den Sinn dieser Worte erfahren?«

»Gern, Frau Gräfin. Ich habe nur gesagt, dass es keinen Verkauf geben wird.«

»Und haben Sie auch einen Grund angegeben?«

»Sí, Condesa, weil Sie gerade eben ein Schwein adoptiert haben.«

2

Schweigend saßen sie auf der riesigen Terrasse des gräflichen Anwesens und schauten über einen großen Swimmingpool hinweg aufs Meer hinaus. Das Schwein hatte es sich glücklich grunzend unter dem Liegestuhl der Gräfin bequem gemacht. Ab und zu kam ein kleines Geschwisterchen des Tieres vorbei, wurde aber von Filou sofort eifersüchtig verjagt.

»Was ist los, Herr Berger? Sie schauen etwas missmutig in diesen Traum von einer Gegend hinein.«

»Ich gucke immer so, wenn ich nicht genau weiß, woran ich bin.«

»Und was beunruhigt Sie so?«

»Jaime und Catalina hatten Angst. Ich kenne sie schon lange, Frau Gräfin, aber ich habe sie noch nie so gesehen. Da ist irgendetwas im Busch.«

»Ich hoffe, das Ganze hat nichts mit mir zu tun.«

»Ich fürchte, Sie hoffen vergebens, Frau Gräfin.«

Sie richtete sich in ihrem Stuhl auf und goss sich aus einem Krug Limonade ein. »Wer soll mir bitte etwas Böses wollen? Ich bin gerade mal seit zehn Stunden auf dieser Insel!«

»Manchmal reicht die bloße Existenz, um jemanden gegen sich aufzubringen. Vielleicht neidet Ihnen jemand Ihr Erbe?«

Sie lachte auf. »Wer denn? Die restlichen von Zastrows, die meinen Mann nebenbei auch beerben werden? Die haben jetzt schon viel mehr als das, was ich insgesamt zu erwarten habe.«

»Also geht es da um richtig viel Geld?«

»Richtig viel ist gar kein Ausdruck.« Sie nippte an ihrem Glas. »Die Burgueras erwähnten vorhin den Kreisdirektor. Was hat der mit diesem Grundstück hier zu tun?«

»Die Position des Kreisdirektors ist mit der eines deutschen Landrats zu vergleichen.«

»Aber so ein Landrat kümmert sich nicht um Erbschaften oder Immobiliengeschäfte.«

»In Deutschland nicht, nein. Aber dort gab es schon immer Bebauungspläne, die auch eingehalten werden. Hier wurde das erst zum Politikum, als die schönsten Buchten bereits mit Riesenhotels verschandelt waren. Bei großen Projekten werden die Baugenehmigungen seitdem nur noch vom Kreis vergeben.«

»Hier wird doch gar nichts gebaut.«

»Bei großen Immobilien geht hier auch ein Verkauf über den Schreibtisch des Kreisdirektors. Ohne dessen Genehmigung läuft in dieser Hinsicht gar nichts.«

»Ich verstehe. Dementsprechend groß ist wohl auch der Einfluss eines solchen Mannes.«

»Stimmt. Was hingegen ungewöhnlich ist, ist die Tatsache, dass der Kreisdirektor sich um dieses Objekt hier zu kümmern scheint, obwohl Ihres Wissens gar kein Verkauf zur Debatte steht.«

Rosa richtete sich in ihrem Stuhl auf. »Vielleicht sollten wir den Herrn einmal in seinem Büro aufsuchen. In welchem Amt sitzt er?«

»In Santanyí, das ist unsere Kreisstadt.«

Sie erhob sich aus dem Liegestuhl.

»*Vamos*, Herr Berger, wenn das Gute so nahe liegt, dann fühlen wir beide dem Mann doch gleich mal auf den Zahn. Übrigens: Ich wäre Ihnen dankbar, wenn Sie in Zukunft auf die ›Gräfin‹ verzichten würden. Sagen Sie einfach Rosa zu mir.«

***

Im kleinen Rathaus von Santanyí herrschte nach der Siesta ein reges Nachmittagstreiben. Dem Kreisdirektor bereitete die Anwesenheit der Gräfin sichtlich Stress.

»Señora, ich kann gar nicht sagen, wie es mir tut leid, dass Ihr Mann ist *muerte* so *tragico*«, radebrechte er.

»Señor Ibanez, ich bin hier, um ein Missverständnis aufzuklären.«

Der Mann schaute sie fragend an.

»Perdóname?«

Berger übersetzte ins Mallorquinische.

»Offenbar gibt es Gerüchte, dass das Anwesen, das ich von meinem Mann geerbt habe, zum Verkauf steht. Ich wüsste gern, was es damit auf sich hat, denn mein Mann hat mir gegenüber keine solchen Pläne erwähnt.«

»Señora, ich bin erstaunt, dass Sie nichts davon wissen! Ihrem Mann hat seit einer Weile ein äußerst attraktives Angebot vorgelegen, und ich habe mir darum erlaubt, alles für den Verkauf vorzubereiten. Leider ist der Graf verstorben, bevor er den Vertrag unterzeichnen konnte. Aber das können Sie ja nun erledigen!« Er grinste breit.

»Señor, um es klarzustellen: Ich habe das Anwesen meines Mannes geerbt, und ich werde es in seinem Sinne weiterführen. Sie können mich sozusagen als neue Bürgerin Ihres wunderschönen Kreises betrachten, *comprende*?«

Ibanez riss entsetzt die Augen auf und widersprach mit einem Anflug von Panik in der Stimme. »Aber Señora, mit ganz viel Respekt, das können Sie nicht so einfach. Das ist die Arbeit eines Mannes, und dieser Mann sollte auch unsere Sprache sprechen. Es gibt da einfach Dinge, die man hier nicht macht mit Frauen, und ich werde das nicht ändern können.«

Als Berger das für die Gräfin übersetzte, schaute sie ihn einen Augenblick lang ungläubig an. Dann erhob sie sich von ihrem Sessel und nahm Haltung an.

»Señor, Sie werden sich daran gewöhnen müssen, ›derartige Dinge‹ in Zukunft auch mit Frauen zu machen, sonst werden Sie sich wundern, was die Frauen in Zukunft mit Ihnen machen werden.« Sie lächelte ihn zuckersüß an und verließ das Büro.

Ibanez schaute hilflos zu Berger, der ebenfalls aufgestanden war. »Señor Residente, war das eine Drohung?«

»Nein, Señor Ibanez, das war ein Versprechen.«

»Weiß die Dame, mit wem sie es hier zu tun hat?« Ibanez wirkte jetzt ernsthaft verstimmt. »Ein Rücktritt vom Verkauf wird einige einflussreiche Leute sehr verärgern!«

»Das weiß sie, Señor, aber Ihnen ist anscheinend nicht ganz klar, mit wem Sie es hier zu tun haben. Die Gräfin von Zastrow weiß genau, was sie will. Und wie sie es bekommt.«

***

Schweigend saßen sie in der Bar sa Seu, schräg gegenüber vom Rathaus.

»Ich weiß nicht, ob es klug war, dem guten Ibanez so massiv auf den Schlips zu treten«, gab Berger zu bedenken, doch Rosa lachte nur.

»Ich bin nicht dafür geschaffen, den antiquierten Weltanschauungen dieses Herrn zu genügen.«

»Wenn Sie hier leben wollen, sollten Sie sich aber auch an die Gepflogenheiten dieser Insel halten, und wenn Dinge noch nicht reif sind, dann kann man sie nicht erzwingen.«

»Das ist doch lächerlich!«

»Das ist es nicht. Wenn eine Feige noch nicht reif ist, dann ist sie ungenießbar, egal wer sie pflückt.«

Sie verneigte sich spöttisch. »Vielen Dank, Scheherezade, für diese tausendundzweite Nacht.«

»Ihre Überheblichkeit sollten Sie stecken lassen, Frau Gräfin. Es mag sein, dass die Einheimischen dieser Insel vieles noch nicht begriffen haben, aber es ist mit Sicherheit so, dass das auf Gegenseitigkeit beruht. Ich gebe Ihnen einen kostenlosen Rat, Rosa, unterschätzen Sie nie die Mallorquiner. In vielen ihrer uralten Bräuche und Riten waren sie schon immer fortschrittlicher als die Resteuropäer. Und wenn Sie vorhaben, die hiesige Gesellschaftsordnung nach Ihren Vorstellungen umzumodeln, dann sollten Sie sich erst einmal informieren. Auf dieser Insel waren Frauen bereits gleichberechtigt, zum Beispiel in der Erbfolge, als sich die Herren im Neandertal noch welche aus der Nachbarhöhle geklaut haben. Also, meine Dame, wenn Sie eine Mallorquinerin werden wollen, dann benehmen Sie sich nicht wie eine Deutsche.« Er grinste sie an. »Du verstehen?«

Verblüfft, aber auch beeindruckt von der Deutlichkeit seiner Worte akzeptierte sie seine Zurechtweisung. »Ich wäre Ihnen dankbar, wenn Sie nur dieses eine Mal aufs öffentliche Auspeitschen verzichten würden.«

Berger nickte lächelnd.

Juan, der Wirt, brachte ihre Bestellung, und sie rührten Zucker in ihren Cortado.

»Und wie soll es nun weitergehen, Herr Oberlehrer?«

»Da Sie sich dazu entschlossen haben, hierzubleiben, sollten wir erst einmal Ihren Kühlschrank füllen.«

»Und wo?«

»Sie meinen, wo die Eingeborenen ihre Nahrung herbekommen?«

Sie nickte.

»Fahren wir zum SYP, das ist hier in Santanyí ein großer Supermarkt.«

Ihr Blick veränderte sich plötzlich, es schien, als habe sie die Brennweite ihrer Augen auf unendlich gestellt. »Apropos Kühlschrank, ich würde gerne noch einmal zu meinem Mann.«

Berger nickte. »Es gibt ja auch eine Menge zu erzählen.«

»Sie kennen das?«

»Leider ja, ich bin selbst Witwer.«

»Und haben Sie Ihrer Frau noch etwas erzählen können?«

»Ich hätte so gerne, aber sie haben mich nicht gelassen. Sie ist bei einem Feuer umgekommen.«

Obwohl sie das bereits wusste, war sie peinlich berührt. Sie hatte einfach nicht damit gerechnet, dass er ihr diesen tragischen Umstand derart an den Kopf werfen würde.

»Entschuldigen Sie bitte. Ich wollte bei Ihnen keine alten Wunden aufreißen.«

»Das tun Sie aber, ob Sie es nun wollen oder nicht. Das tun Sie allein dadurch, dass Sie eine Frau sind und ich mich mit Ihnen auseinandersetzen muss, ob *ich* nun will oder nicht. Das scheint eine Marotte von euch Frauen zu sein.«

»Na hoppla, der gute Sigmund hätte aber seine pure Freude an Ihnen!«, gab sie erstaunt zurück.

»Zum Ausgleich hat die holde Weiblichkeit ihre Probleme mit mir, der Proporz ist also gewahrt.«

»Ich verstehe. Daraus resultiert wohl auch der schlechte Liebhaber?«

Er zuckte mit den Achseln.

»Ich weiß nicht, ob ›schlecht‹ das richtige Wort ist. Einigen wir uns auf ›uninteressiert‹.«

»Ist das nicht das Gleiche?«

»Was die Auswirkungen betrifft, schon.«

Sie nickte ihm zu und trank ihren Cortado aus. »Wenn Sie also Zeit haben, fahren wir zuerst zum Friedhof.«

Minuten später saßen sie wieder in seinem Auto.

»Was meinen Sie, Herr Michael.« Sie schaute ihn fragend an. »Ich darf Sie doch Michael nennen, oder?«

»Sie dürfen, wenn Sie denn ›Herrn‹ weglassen.«

»Okay. Sollte ich dem Grafen von Ihnen erzählen?«

»Warum nicht? Sie können das mit dem schlechten Liebhaber ja ruhig erwähnen.«

»Meinen Sie?«

»Ich glaube, es wird ihn beruhigen.«

***

Sergej hatte seine Pläne geändert und es vorgezogen, sich in eines der Bordelle chauffieren zu lassen, für das er durch die Stellung seines Vaters im Besitz einer Kundenkarte aus Platin war. Theoretisch gingen da sämtliche Rechnungen direkt an King Schokotoff, aber ein Bordellbesitzer, der sich in der Szene auskennt, würde niemals auf die Idee kommen, tatsächlich beim Zaren der russischen Unterwelt kassieren zu wollen.

Er hatte es sich gerade bequem gemacht, damit die Damen mit ihrem Service beginnen konnten, da wurden sie auch schon wieder gestört. Sein Leibwächter, der offenbar gerade ein Telefongespräch führte, betrat den Raum. Die Mädchen ließen sich nicht aus der Ruhe bringen, aber er war etwas abgelenkt.

»Kong, was willst du schon wieder? Du siehst doch, dass ich gerade beschäftigt bin.«

»Es tut mir leid, Sergej, aber Ibanez meint, es ließe sich nicht aufschieben.«

Er reichte Sergej das Handy.

»Ibanez, du Unglückswurm, du störst mich bei der Entspannung.«

Er horchte, was der Mann ihm zu berichten hatte, wobei sich seine Stirn immer mehr in Falten legte. Was er hörte, gefiel ihm ganz und gar nicht. Wütend sprang er auf, was dazu führte, dass er der Dame vor ihm mit seinem Knie einen Kinnhaken verpasste, der ihr fast die Sinne raubte.

»Was bildet sich die Schlampe eigentlich ein!?«, brüllte er aufgebracht ins Telefon. »Was will die auf Mallorca, wenn ihr Alter tot ist? Sind deine Informationen auch wirklich sicher?«

Er horchte angespannt.

»Nun gut, ich werde die Sache persönlich in die Hand nehmen. Ab sofort meldest du mir alles, was du aus dem gräflichen Haushalt an Neuigkeiten erfährst, verstanden? Ich will, dass bis zur Beerdigung immer irgendwer ein Auge auf sie hat, sobald sie das Haus verlässt. Den Tag, an dem ihr geliebter Ehemann unter die Erde kommt, wird sie so schnell nicht vergessen.« Ohne eine Antwort abzuwarten, beendete er das Gespräch.

Missbilligend schaute er auf die junge Frau, die mit blutender Lippe vor ihm saß und sich mit schmerzverzerrtem Gesicht ihr Kinn hielt. »Und du stellst dich in Zukunft nicht mehr so ungeschickt an«, brüllte er.

»Sergej, was wollen Sie jetzt machen?«, fragte Kong ruhig und nahm ihm das Telefon ab.

»Was wohl, ich werde mich persönlich darum kümmern müssen.«

»Aber das machen doch wir alles für Sie.«

»Das sollt ihr auch, Kong, aber wenn es wegen der Finca zum Notar geht, muss sie noch leben, mein Lieber.«

***

Nach fast zwei Stunden saß Berger noch immer geduldig wartend in seinem Auto. Er hatte den Wagen unter zwei mächtigen Pinien im kühlen Schatten geparkt. Dass bei jedem kleinen Windstoß ein paar Nadeln durch das geöffnete Rolldach ins Wageninnere fielen, war ihm egal. Er war mit seinen Gedanken in Köln, auf dem Melatenfriedhof, bei seiner Familie. Noch vor wenigen Monaten wäre er jetzt aufgesprungen und laut singend um sein Auto herumgerannt, um derartige Gedanken schon im Keim zu ersticken. Doch in letzter Zeit konnte er die Erinnerung an seine Frau und seine Kinder endlich zulassen. Sie war zwar noch immer mit Schmerzen verbunden, aber er konnte es ertragen. Nur die Fragen, die ihn seit dem Unglück beschäftigten, blieben weiterhin unbeantwortet und bohrten weiter in ihm. »Was habe ich Gott getan, dass er meine Lieben so furchtbar strafen musste? Warum bin nicht ich bei lebendigem Leibe verbrannt? Dann hätten sie vielleicht weiterleben dürfen.«

Dann kamen zwangsläufig die Bilder in ihm hoch, wie die Feuerwehrleute ihre verkohlten Leiber heraustrugen, nur oberflächlich mit Papiertüchern verdeckt. Als wären sie auf der Flucht vor dem Tode, als hätte sie ein höheres Wesen im Lauf erstarren lassen, so verkrümmt lagen sie da. Ihre Arme waren grotesk in die Luft gereckt, als hätten sie in ihrer Not nach den Sternen gegriffen.

Wo war er damals gewesen? Natürlich beim Nachtdienst. Er war ja immer beim Nachtdienst gewesen. Es wirkte auf ihn wie Hohn, wie eine wunderbare Ausrede für alles, was er in seinem Leben verpasst hatte, vielleicht auch verpassen wollte. Wie oft hatte er an ihrem Grab gestanden und sich dafür bei ihnen entschuldigt.

Komisch, dachte er, warum reden wir Menschen immer nur auf Friedhöfen mit unseren Toten?

Er überlegte, ob er seiner Frau von der Gräfin erzählen sollte. Nach einer Weile schüttelte er den Kopf. Nein, das würde sie vielleicht beunruhigen.

In diesem Augenblick kam Rosa aus dem Portal der kleinen Kapelle. Daran, dass sie in Trauer war, erinnerte eigentlich nur das schwarze Kleid, das sie trug. Ihr Gang hatte etwas von einem jungen Mädchen, das auf den Wagen seines Vaters zuging, der es von der Schule abholte.

Schwungvoll öffnete sie die Tür.

»Na, lange gewartet?«

»Ungefähr genau so lange, wie Sie sich mit Ihrem Mann unterhalten haben.«

»Nun, eine Unterhaltung konnte man das nicht unbedingt nennen.«

Er ließ den Wagen an. »So wie ich mir einen Aristokraten vorstelle, hat Ihr Mann auch zu Lebzeiten bei Gesprächen nicht viel mehr Regung gezeigt als eben.«

Sie funkelte ihn erst böse an, doch dann entspannten sich ihre Züge. »Was nützt es, Ihnen etwas vorzumachen. Sie haben absolut recht. Dennoch war unsere Ehe glücklich.«

»Kein Wunder. Einer Ehe, an der das Unglück einfach so abperlt, bleibt gar nichts anderes übrig, als glücklich genannt zu werden.«

»Sie meinen also, es gab nur deshalb Frieden zwischen uns, weil wir zu vornehm waren, uns zu streiten?«

»Ich meine gar nichts. Es besteht aber durchaus die Möglichkeit, dass es so war, oder?«

»Feigling.«

»Also gut, genau so habe ich es gemeint.«

Sie nickte zufrieden. »Sie sind anmaßend, Herr Berger!«

Sie schwiegen ein paar Minuten. Er hatte das Gefühl, dass sie miteinander schwiegen, nicht gegeneinander. Der einzige Mensch, mit dem ihm das möglich gewesen war, war seine Frau.

Er schielte unsicher zu ihr hinüber und war froh, als sie schließlich auf den Parkplatz des Supermarktes rollten. Er fand sie beunruhigend schön, aber auch beruhigend anstrengend.

»Ach übrigens«, sagte sie jetzt, und es war ihr anzusehen, dass sie ein Problem hatte. »Mein Mann hat sein Leben lang auf dem Bauch geschlafen, und ausgerechnet jetzt, wo er sich nicht mehr wehren kann, haben sie ihn auf den Rücken gelegt. Als er noch lebte, hat er nach einer Weile immer Atemnot bekommen.«

Er war sich nicht sicher, ob sie das wirklich ernst meinte.

»Was ist, Michael? Sie schauen so seltsam.«

»Ich schaue angemessen.«

»Sie wissen doch aber noch gar nicht, worum ich Sie bitten möchte.«

»An meinem Blick müssten Sie eigentlich sehen, dass ich es ahne.«

»Und, werden Sie es machen?« Sie lächelte ihn an.

»Sie meinen, Ihren Mann in seinem Sarg auf den Bauch drehen?«

»Ja.«

»Das wird aber teuer. Der alte Pedro wird bei einem derartigen Extra ganz gewaltig zuschlagen.«

»Von welchen Summen reden wir?«, fragte sie sichtlich erleichtert.

»Einen Hunderter will das alte Schlitzohr dafür mindestens haben.«

Sie lachte auf.

»Ich dachte, Sie meinen eine richtige Summe.«

»Hundert Euro sind eine richtige Summe, für normale Menschen zumindest.«

»Wären Sie ein guter Liebhaber, könnten Sie für ein Schäferstündchen locker das Dreifache nehmen.«

»War das eine gezielte Anfrage?«

»Nein, eine Feststellung.«

»Danke, ich lege lieber für hundert Euro tote Herren auf den Bauch als für dreihundert lebende Damen auf den Rücken.«

»Ach, der Hunderter ist also für Sie?«

»Keineswegs. Es wird so sein, dass der alte Pedro kassiert und ich drehe.«

Sie lächelte ihn süßsauer an. »Das Leben meint es nicht gut mit Ihnen.«

»Stimmt, es hat Sie zu mir geschickt.«

Der restliche Abend verlief ruhig. Nach dem Einkaufen brachte Berger die Gräfin nach Hause und half ihr beim Reintragen der Lebensmittel. Dann fuhr er in sein kleines Fischerhäuschen am Hafen von Cala Figuera, das aus nur einem einzigen Raum, einer kleinen Veranda und einem darunter gelegenen Bootsschuppen bestand. Wenn er am nächsten Tag die Beisetzung des Grafen managen sollte, dann musste er unbedingt heute noch Netze flicken. Der Preis für Tintenfisch war augenblicklich so unanständig hoch, dass er es sich nicht leisten konnte, auf einen guten Fang zu verzichten.

Er hatte gerade mit der Vorbereitung begonnen, da kündigte Motorengeräusch einen Besucher an. Comisario García Vidal von der mallorquinischen Nationalpolizei, dem *Cuerpo Nacional de Policía,* betrat sein kleines Haus.

»*Hola,* Comisario.« Er versuchte, ihn trotz der Störung so freundlich wie möglich zu begrüßen.

»*Hola*, Pescadero. Hier im Bootshaus hätte ich Sie heute nicht vermutet. Ich denke, Sie haben Ihren dicken Fisch schon an der Angel?«

»Ach, Sie haben mir die Gräfin auf den Hals gehetzt.«

»Sí, der Bürgermeister und ich, und ich hoffe, sie zahlt gut.«

Berger lachte. »Sehen Sie, Cristóbal, das habe ich völlig vergessen mit der Gräfin zu besprechen.«

»Hören Sie auf, Miguel, Sie sind ein schlechter Lügner.«

»Also haben Sie mir die Gräfin nicht nur als reiner Menschenfreund und aus Sorge um meine Finanzen geschickt?«

»Sie kennen mich lange genug.«

»Wenn ich einen Rotwein aufmache, weihen Sie mich dann in Ihr Geheimnis ein?«

»Wenn es der gleiche ist wie letzte Woche, erfinde ich noch welche dazu.«

Berger ging in die kühlste Ecke des feuchten Schuppens und zog eine Flasche *Rioja* aus einem kleinen Weinregal. Während er sie öffnete, spülte der Kriminalkommissar zwei Gläser.

»Sie wissen, wie der Graf zu Tode kam?«

»Sí, Sie selbst haben vor ein paar Tagen mit mir darüber gesprochen. Ein Herzinfarkt am Steuer seines Autos. Stimmt doch, oder?«

»Das sagt zumindest der offizielle Bericht. Aber irgendetwas stinkt an der Nummer.«

»Und was, wenn ich fragen darf?«

»Was macht ein Mensch, der einen Herzinfarkt hat?«

»Er bekommt Panik, denke ich. Wenn er überhaupt noch Zeit hat, etwas zu tun.«

»Hatte er, denn er konnte seinen Wagen noch anhalten und den Motor abstellen.«

Berger war irritiert. García Vidal hatte ihm einen bedeutungsvollen Blick zugeworfen und wartete jetzt gespannt auf eine Antwort.

»So ungewöhnlich ist das doch gar nicht. Man fällt ja nicht immer gleich um, wie von einer Axt erschlagen.«

Der Comisario winkte ungeduldig ab. »Überlegen Sie doch mal: Was macht ein Mensch zuerst, dessen Herz nicht mehr richtig arbeitet und der deshalb kaum noch Luft bekommt, von den Schmerzen und diesem Engegefühl einmal abgesehen?«

»Er wird seinen Hemdkragen öffnen und vielleicht auch das Autofenster. Er wird versuchen, so viel Luft wie nur möglich zu schnappen.«

»Sí, Señor, und nichts davon hat er getan. Nicht mal seine Krawatte war gelockert.«

»Und was sagt uns das?«

»Dass es kein Herzinfarkt war.«

»Warum wird der Mann dann nicht obduziert?«

»Weil der städtische Leichenbeschauer auf seiner Version vom schwachen Herzen besteht.«

Berger nickte. »Womit Sie und Ihr Verdacht aus dem Rennen wären.«

»Sí.«

»Cristóbal, es gibt doch einen Grund, warum sie mir das alles erzählen?«

»Miguel, Sie müssen mir einen Gefallen tun. Sie kommen morgen doch noch mal an die Leiche des Grafen heran. Könnten Sie mir eine Haar- und Gewebeprobe besorgen?«

»Comisario, das wäre Leichenschändung! Wenn ich dabei erwischt werde, drehen mich die von der Stadt durch den Wolf.«

»Wer soll Sie erwischen? Der gute Pedro schweigt für ein paar Euro wie ein Grab, und die können Sie von mir haben.«

»Nee, lassen Sie mal. Den habe ich schon auf der gräflichen Gehaltsliste. Wir sollen den Grafen auf Bitten seiner Frau auf den Bauch drehen, nur weil er sein ganzes Leben lang auf dem Bauch geschlafen hat. Ist das nicht Blödsinn?«

Der Comisario lachte spröde auf. »Das ist doch noch harmlos. Der Kollege, der sich voriges Jahr auf der Küstenstraße totgefahren hat, dem haben sie einen Fernseher und Chips mit ins Grab gegeben.«

»Davon hat Pedro nie etwas erzählt, egal wie besoffen er war«, kam es verblüfft von Berger.

»Da können Sie mal sehen, dass ein Schweigen in Santanyí noch bezahlbar ist.«

***

Wie der Comisario es vorausgesagt hatte, war Pedro leicht zu überzeugen. Nach getaner Arbeit hatte er Berger von den hundert Euro, die dieser ihm gezahlt hatte, fünfzig zurückgegeben. Er konnte sich offenbar nicht vorstellen, dass jemand für diese Gefälligkeit so unglaublich viel gezahlt hätte, egal wie reich er auch sein mochte.

Berger hatte schon viele Leichen gesehen, aber sich den Grafen anzusehen, ihn sogar anzufassen, hatte ihn doch etwas Überwindung gekostet. Er war sich selbst nicht sicher, woran das lag. Vielleicht war es sein schlechtes Gewissen? Er musste sich eingestehen, dass er die Witwe dieses Mannes mehr als einfach nur nett fand. Sie war seit Langem die erste Frau, die ihn wirklich beeindruckte. Und durch die sich bei ihm zumindest wieder ein

Anflug von Sexualität bemerkbar machte. Natürlich liebte er seine Frau noch immer. Das war einfach und gab ihm Sicherheit. Doch nun waberte da plötzlich eine quicklebendige Gräfin durch seine Gedanken, und er konnte sich bei ihr noch nicht einmal darüber beschweren. Er fühlte sich schlecht dabei, irgendwie ausgeliefert.

Zur Beisetzung erwartete Berger neben der Witwe und dem evangelischen Pfarrer, der extra aus Palma anreiste, auch die engsten Familienangehörigen, aber es kam niemand außer dem Comisario. Nicht einmal ein Kranz wurde geschickt.

Die Gräfin schien davon überhaupt nicht überrascht.

»Was ist das nur für eine Familie, in die Sie da hineingeheiratet haben?«, sagte er kopfschüttelnd.

»Anfangs hatte ich mit der Gefühlskälte dieser Sippe auch meine Probleme, aber Ernst hat mich davor beschützt. Das ist irgendwie alles an ihm abgeprallt.« Sie lächelte traurig.

»Aber ans Herz ging es ihm offensichtlich doch.«

Sie nickte. »Scheint so.«

Als der Pfarrer die Leiche aussegnete, stand Pedro plötzlich hinter Berger und trat seltsam aufgeregt auf der Stelle. Berger wunderte sich ernsthaft, dass der alte Mann das überhaupt konnte, aufgeregt sein, aber er war es.

»Was ist denn«, flüsterte Berger ihm zu, »hat das nicht Zeit?«

»Nein, Residente, kommen Sie, ich muss Ihnen etwas zeigen.«

Möglichst leise verließen sie das kleine Gebeinhaus mit den Wandgräbern und traten in die Sonne. Pedro holte eine Pappe und eine scharfe Patrone aus der Gesäßtasche seiner Hose und hielt sie Berger hin. Auf der Pappe stand: »Gräfin Rosa von Zastrow«.

»Wo hast du das her?«

»Als ich vorhin den Vorhang vor dem Wandgrab aufzog, stand das plötzlich mitten im Grab.«

Berger überlegte kurz, ob er die kleine Feier unterbrechen sollte, doch er beschloss, den Comisario erst zu informieren, wenn Graf Ernst seine letzte Ruhe gefunden hatte. Eventuelle Spuren hatte Pedro sowieso schon vernichtet.

***

García Vidal betrachtete die Patrone nachdenklich.

»Wenn ich ehrlich bin, weiß ich nicht, wie ich mich jetzt verhalten soll. Hänge ich die Nummer an die große Glocke, laufe ich Gefahr, zu viel getan zu haben. Lasse ich sie unter den Tisch fallen, tue ich eindeutig zu wenig.«

»Dann hat sie eben gar nicht stattgefunden«, kam Berger ihm zu Hilfe. »So haben Sie keinen Fehler gemacht, und diejenigen, die das Pappschild und die Munition hinter dem Vorhang platziert haben, werden sich durch diese Missachtung genötigt fühlen, noch weitere Drohungen zu schicken, dann kriegen wir sie vielleicht.

Pedro kam auf sie zu und fragte: »Was ist nun, Comisario, darf ich das Grab zumauern?«

»Einen Moment noch, Pedro. Sie haben wirklich niemanden gesehen, der die Pappe an das Grab gestellt haben könnte?«

»No, Señor. Ich habe gemacht mit Señor Residente andere Sache.«

Der Comisario nickte.

In diesem Augenblick kam die Gräfin aus dem kleinen Gebeinhaus. Sie hatte darum gebeten, nach der Zeremonie noch kurz mit ihrem Mann allein sein zu dürfen. Jetzt wirkte sie, als wäre ihr eine Zentnerlast von den Schultern genommen worden.

Sie schaute auf die Pappe, die der Comisario in der Hand hielt, und lächelte. »Wofür war das gedacht? Für den Stuhl, der für mich auf der riesigen Feier freigehalten werden musste?«

García Vidal wollte eine Erklärung abgeben, doch Berger kam ihm zuvor. »Leider nicht. Damit wurde ein leeres Grab beschriftet.«

Die Gräfin sah erst Berger, dann den Comisario an, als wolle sie den Wahrheitsgehalt dieser Aussage von ihren Gesichtern ablesen. Wenn die Ernsthaftigkeit der beiden Männer ihr Angst machte, so zeigte sie es nicht.

»Na sehen Sie, meine Herren, man beginnt, mich auf der Insel zu lieben.« Um ihren Mund lag ein spöttischer Zug. »Bleiben Sie locker, Señores«, ihre Stimme war nun auf dem ganzen Friedhof zu hören, »mich kriegen die nicht klein!«

Der Comisario schaute irritiert.

»Meinen Sie wirklich, dass hier jemand zuhört, für den diese Äußerung von Interesse sein könnte?«

Sie tippte auf die Pappe.

»Irgendjemand muss dieses nette Schildchen ja aufgestellt haben.«

Kurze Zeit später saßen sie zu dritt in der Bar sa Seu beim inzwischen auch von der Gräfin lieb gewonnenen Cortado. Rosa sah hinter der großen Marmorplatte des Stammtisches etwas verloren aus. Monika, die Frau des Wirts, stieß Berger leicht an, als er für den Comisario noch einen Café con leche servierte.

»Hat sie es hinter sich?«, fragte sie besorgt auf Mallorquinisch.

Berger nickte.

»Und, hat sie es mit Fassung tragen können?«

Berger blickte sie achselzuckend an. »Schauen Sie doch selbst. Sieht so eine glückliche Frau aus?«

Wortlos goss Monika einen großen Cognac ein und stellte ihn vor die Gräfin. Die schaute kurz auf, schenkte ihr ein dankbares Lächeln und trank den Weinbrand auf ex. Sie hatte Mühe, die Fassung zu bewahren, als sie den Alkohol herunterschluckte.

»Das ist wenigstens eine Frau der Tat«, prustete sie mit großen Augen, »die quatscht nicht nur vom Töten, die vergiftet einen und gut.«

Sie schüttelte sich noch zweimal und schwieg dann wieder.

Als Berger seinen Cortado ausgetrunken hatte, wurde ihm die Stille unangenehm. »Treten Sie von nun ab in einen Kommunikationsstreik?«

Sie schüttelte den Kopf. »Das hätten Sie wohl gern. Nein, ich überlege, was ich als Nächstes mache, vielleicht einen Trecker kaufen, mit einem Wasseranhänger. Dreihunderttausend Quadratmeter kann ich schließlich nicht mit der Gießkanne grün halten.«

»Sie wollen doch keinen Golfplatz bauen, oder?«

»Natürlich nicht, aber auch andere Pflanzen brauchen Wasser, oder etwa nicht?«

Der Comisario lächelte: »Nicht so viel wie ein Ziergarten. Hut ab, Frau Gräfin, ich finde es enorm, dass Sie nach so einem schweren Gang heute schon gleich an morgen denken.«

»Danke für die Blumen, Herr Kommissar, aber das ist das, was mich aufrecht hält. So ein Riesenerbe lässt sich nicht im Kriechgang bewirtschaften.«

Berger hatte nichts anderes von ihr erwartet.

»Sie brauchen dringend einen neuen Verwalter, aber einen, auf den Sie sich verlassen können«, sagte er jetzt.

Rosa bestellte durch Handzeichen noch eine Runde Kaffee und fragte: »Was war denn bloß mit den Burgueras los? Die sind einfach auf und davon. Ich muss ja einen furchtbaren Eindruck auf sie gemacht haben.«

»Das liegt wohl weniger an Ihnen als an der Angst, durch eine Anstellung bei Ihnen in Schwierigkeiten zu geraten.«

Der Comsario nickte bei Bergers Worten. »Es wird tatsächlich nicht einfach sein, jemanden für Sie zu finden.«

»Da wird sich doch wohl was machen lassen, oder? Ich bezahle auf jeden Fall über Tarif.«

»Das ist in Ihrem Fall nicht ausschlaggebend. Ist Ihnen eigentlich aufgefallen, dass die Bar ziemlich voll war, als wir sie betraten?«

Die Gräfin schaute sich um und bemerkte erstaunt, dass die Tische um sie herum leer waren. »Die werden alle nach Hause gegangen sein, zum Mittagessen.«

»Nein, Gräfin, hier in Spanien isst man nicht zu Mittag wie in Deutschland. Die sind gegangen, um nicht mit Ihnen zusammen gesehen zu werden.«

Sie sackte ein wenig in sich zusammen und seufzte. »Das ist Rekord. Sonst habe ich immer eine ganze Woche gebraucht, um zur Persona non grata erklärt zu werden.«

Berger schlürfte genussvoll seinen Cortado. »Eigentlich wird man auf dieser Insel freundlicher begrüßt, das können Sie mir glauben.«

»Und was habe ich bitte schön verbrochen?«

»Tja, weswegen wird man normalerweise vergrault ...« Berger kratzte sich nachdenklich am Kopf. »Da gibt es bei Kriminalfällen drei Möglichkeiten: Entweder Sie haben etwas, was jemand anders haben will, Sie wissen etwas, was Sie nicht wissen dürfen, oder man mag Sie ganz einfach nicht.«

»In Kriminalfällen wird man aber nicht vergrault, sondern ermordet«, fügte García Vidal hinzu.

»Tja, um mich einfach nur nicht zu mögen, bin ich nicht lange genug auf der Insel. Da bleiben also nur noch die ersten zwei Möglichkeiten.«

Der Comisario schaute Rosa eindringlich an. »Okay, dann wissen Sie vielleicht etwas, was Sie nicht wissen dürfen?«

Sie schüttelte den Kopf. »Woher soll ich das wissen?«

Berger überlegte. »War Ihr Mann vielleicht bei irgendeinem Geheimdienst?«

Rosa winkte ab. »Wenn ich das wüsste, wäre das aber ein ziemlich lausiger Geheimdienst gewesen. Und wenn Ernst etwas nicht ausstehen konnte, dann war es Unprofessionalität.«

»Dann haben Sie etwas, auf das andere scharf sind.«

»Was soll das sein?«

Der Comisario wiegte den Kopf hin und her. »Dreihunderttausend Quadratmeter besten Landes. Genug, um zig Millionärsfincas bauen zu können.«

»Und wenn ich dieses Land nicht hergeben will?«

»Dann werden die versuchen, es sich zu nehmen.«

Sie war entrüstet. »Egal wer es sein mag. Nur über meine Leiche!«

»Wenn es weiter nichts ist?« García Vidal lächelte spöttisch.

Die Gräfin stutzte. »Moment mal, die Herren, wenn Sie sich so sicher sind, dass die mir an den Kragen wollen, wer immer es auch sei, wie kommen Sie dann eigentlich auf das schmale Brett, zu behaupten, dass mein Mann eines natürlichen Todes gestorben ist?«

Der Comisario kratzte sich am Kinn. »Weder Señor Berger noch ich haben das jemals behauptet. Es ist ein offenes Geheimnis, dass in letzter Zeit unnatürlich viele Residenten eines natürlichen Todes sterben. Wir haben nur leider nicht den geringsten Anhaltspunkt, um den amtlichen Leichenbeschauer zu widerlegen.«

Rosa wurde blass vor Schreck. Ein Schauer der Angst huschte ihr über den Rücken. »Na, dann kann ich doch gleich einpacken. Wer wird denn unter diesen Umständen bei mir arbeiten wollen? Die müssen ja mit Recht um ihr Leben fürchten.«

Berger trommelte mit den Fingern auf die Marmorplatte.

»Einen kenne ich, der würde es machen!«

Rosa lachte böse auf.

»Und was ist sein Handicap? Ist er blind, taub und blöd, oder ist es etwas anderes, was ihn vom normalen Leben ausschließt?«

Berger wurde ärgerlich. Sie meinte es sicher nicht so, aber was und wie sie es sagte, klang für ihn wie eine Beleidigung.

»Tomeu mag nicht gerade überbelichtet sein, aber er ist eine ehrliche Haut, hat Ahnung von der hiesigen Landwirtschaft und ist absolut loyal.«

»Woher wollen Sie wissen, dass dieser Tomeu ausgerechnet mir gegenüber loyal ist?«

Der Comisario versuchte die gereizte Stimmung zu beheben.

»Weil Señor Berger auch auf Ihrer Seite ist und Tomeu nur zwei Lebewesen auf dieser Welt traut, und das ist zum einen sein Wolfshund und zum anderen der Residente.«

»Ach, und wie kommt es, dass dieser mentale Einzeller gerade ihm aus der Hand frisst?«

Jetzt wurde sogar der Comisario ärgerlich und gab bissig zurück: »Weil ihm der Residente als Einziger geholfen hat, als er aus dem Gefängnis kam. Das Gute an ›mentalen Einzellern‹, wie Sie Tomeu so reizend nennen, ist, dass sie noch einen Ehrenkodex haben und sie jemanden, der ihnen einmal geholfen hat, niemals vergessen werden.«

Es entstand eine lange und spannungsreiche Pause am Tisch.

»Und die Herren meinen also, dass so ein unterbelichteter Kleinkrimineller mit seiner reißenden Bestie zu einer hochnäsigen Aristokratin mit einem neurotischen Schwein passen würde?«, sagte Rosa schließlich sanft.

Berger nahm ihr Friedensangebot erleichtert an. »Ihr seid, Durchlaucht, geradezu füreinander geschaffen.«

»Na, dann auf, meine Herren, lassen Sie uns dieses Wunderwerk der Evolution einkaufen.« Sie erhob sich. »Und was machen wir danach?«

»Danach werden wir alles daransetzen, dass die werte Gräfin Rosa von Zastrow nicht allzu schnell ihrem Mann begegnet.«

»Das wäre übrigens auch ganz in seinem Interesse. Er hasste nämlich Überraschungen.«

***

Das Handy klingelte. Sergej ging missmutig ran.

»Ja, wer ist da?«

»Ibanez.«

»Und, wie hat sie reagiert?«

»Eher negativ. Sie hat quer über den Friedhof gerufen, dass sie nicht daran denkt, zu verkaufen.«

»Tja, die Deutschen sind hartnäckig, das sagt mein Vater auch immer wieder. Dann sollten wir gleich nachlegen, Ibanez. Das übernimmst du.«

Am anderen Ende der Leitung war es für einen Moment still, dann hörte Sergej seinen Gesprächspartner schlucken.

»Sie meinen doch wohl nicht etwa …?«

»Nein.« Sergej lachte überheblich. »So weit ist es noch nicht. Wir sollten stufenweise vorgehen. Setze ein deutliches Zeichen, Ibanez, eines, das nicht übersehen werden kann, verstanden?«

»Sí, Señor, ich habe verstanden. Und wann?«

»Na, am besten gleich. In solchen Dingen sollte man nichts aufschieben.«

Sergej klappte das Handy zusammen und schaute in die fragenden Augen von Kong, seinem väterlichen Leibwächter.

»Gibt es Probleme?«

Sergej lächelte ihn beruhigend an: »Keine, die du nicht endgültig in meinem Sinne lösen könntest. Aber so weit, mein Alter, ist es noch nicht.«

3

Rosa war irritiert, als sie Tomeus Behausung sah, einen kleinen, wetterfest gemachten Schafstall mit Glasfenstern. Sie traute sich erst gar nicht hinein. Nur auf Bergers Versicherung hin, dass es innen eigentlich recht gemütlich sei, wagte sie diesen Schritt.

»Und übrigens«, er lächelte sie an, »Sie können ihn auf Deutsch anreden, er beherrscht unsere Sprache recht gut. Er hat sie im Gefängnis gelernt.«

Zu ihrer Überraschung war der Innenraum wirklich sehr viel wohnlicher, als man von außen hätte vermuten können, vor allem war alles blitzsauber. Ganz ähnlich verhielt es sich mit dem Besitzer dieser Behausung. Er sah aus der Entfernung aus, als hätte er mindestens ein Jahr lang keine Dusche und keinen Rasierer mehr gesehen, aber der dafür typische Geruch fehlte gänzlich. Im Gegenteil, er roch sogar sehr angenehm, und Rosa bemerkte, dass er äußerst gepflegte Hände hatte, trotz der schweren Arbeit, die sie verrichteten.

Sie ging lächelnd auf ihn zu und streckte ihm zur Begrüßung die Hand hin. »Señor Tomeu, ich freue mich, einen Freund Señor Bergers kennenzulernen.«

In Tomeus erstauntem Gesicht machte sich ein herzliches Lächeln breit. »Sí, S-ss-señora, S-ss-sseñor B-bb-berger ist g-gg-gute Freund, s-sss-ehr gute Ff-rr-eund. Hat mir v-v-viel g-gg-geholfen.«

»Ja, er erzählte mir davon. Señor Tomeu, wissen Sie, wer ich bin?«

Der Mann strahlte über das ganze Gesicht und nickte. »Ss-si, S-ss-Señora, Tomeu ha-ha-hat doch Augen. Señora seien eine sehr sch-schsch-schöne Frau.« Es dauerte eine Weile, bis er diesen Satz heraushatte, denn je mehr er versuchte, seiner Begeisterung Ausdruck zu verleihen, desto schlimmer wurde es mit der Stotterei.

Berger griff ein: »Nicht nur schön, Tomeu, das ist auch die Gräfin von Zastrow.«

Tomeus Augen wurden groß. »D-d-d-die G-g-gg-ggg-gräff-f-ff-ff-fin v-v-vvv-von …«

Rosa machte der Quälerei lieber ein Ende, zumal es ihr sicher schien, dass dem armen Mann bei dem Namen Zastrow das Gesicht explodieren würde.

»Sie können mich Rosa nennen.«

Tomeus Augen wurden riesig. »R-rr-rrr-rrr-rr-ros-sss-a?«

Berger hatte auch hier die Lösung: »Oder sag einfach ›Condesa‹, dieses Wort dürfte dir mehr liegen.«

Tomeu lächelte sie selig und entspannt an. »Sí, ›C-c-cond-d-desa‹ ist g-ggut.«

»Tomeu«, sagte Rosa und erwiderte sein Lächeln, »ich würde Sie gern bei mir als Verwalter einstellen. Herr Berger erzählte mir, dass Sie eine landwirtschaftliche Ausbildung genossen haben.«

»H-hh-hhat er d-d-das?«, fragte Tomeu staunend.

»Sí, das hat er, und es wäre eine offizielle Anstellung.«

»S-s-ssss-sog-ggg-ar m-m-mmit ...«

Berger klopfte dem vor Aufregung bebenden Tomeu beruhigend auf die Schulter. »Sogar mit Krankenversicherung, mit Rente und allem, was du dir vorstellen kannst.«

»Und wenn Sie ihren Hund mitbringen und der das Grundstück gut bewacht, dann bekommen Sie für ihn auch noch Futtergeld, einverstanden?«

Tomeus Gesicht leuchtete, als wenn es von Weihnachtskerzen beschienen würde. In diesem Strahlen lag so viel Wärme und Freude, wie es Rosa noch nie vorher bei einem fremden Menschen erlebt hatte.

Sie einigten sich darauf, dass er seinen Dienst auf der Finca noch am selben Tag antreten würde.

Die Ereignisse des Nachmittags ließen Bergers aufkeimende Zuneigung zur Gräfin von Zastrow augenblicklich im Ansatz ersticken. Er war mit ihr nach Felanitx gefahren, damit sie im Fachhandel Arbeitskleidung für sich und Tomeu kaufen konnte, und hatte sich gleich darauf gewünscht, er hätte sie das Geschäft allein betreten lassen. Es war ihm im höchsten Maße peinlich.

Im Gegensatz zu ihm war ihr offensichtlich nicht klar, dass es an Blaumännern keinerlei Applikationen gab und die vielen Taschen nicht für Accessoires, sondern für Werkzeuge bestimmt waren. Außerdem hatte sie wohl noch nie davon gehört, dass sich Pumps beim Ausmisten nie so richtig durchsetzen konnten, schon gar nicht auf Mallorca.

Der Weg zurück zum gräflichen Anwesen bedeutete für Berger

notwendige Zeit, um die Fassung wiederzuerlangen, doch sein Schweigen wirkte auf die Gräfin offenbar irritierend.

Sie schielte zu ihm hinüber. »Was schauen der Herr Residente so indigniert? Haben der große Meister irgendwelche Probleme?«

Berger schüttelte müde sein Haupt. »Ich denke nur so darüber nach, wie lange ich wohl dazu benötigen werde, um in diesem Laden wieder einigermaßen ernst genommen zu werden.«

»War ich denn so schlimm?«, fragte sie erstaunt. »Ich dachte eigentlich, mich zurückgehalten zu haben.«

»Es wäre schön, wenn Sie mir das schon dort gesagt hätten, dann hätte ich eingehender darauf achten können.«

»Mein Gott, ich habe doch nur das eine oder andere Teil kurz anprobiert. Hat das denn so schlimm ausgesehen?«

»Im Gegenteil, Frau Gräfin sehen auch mit einem Scheuerlappen um die Schultern nach etwas aus, das ist ja das Problem. Das war ein Lagerverkauf und kein Lagerfeld.«

»Aber die Herren Verkäufer waren entzückt!«

»Das kann schon sein, aber bei den Damen dieser Herren Verkäufer habe ich in Zukunft bis in die Steinzeit verschissen, und bei denen war ich bisher Mamas Liebling.«

Sie war über den Ausbruch völlig überrascht. »Machen Sie jetzt etwa einen auf *lonesome cowboy*? Wenn der Herr Piesepampel einen mütterlichen Busen brauchen, dann borge ich Ihnen gerne meinen. Aber machen Sie sich bitte keine Hoffnungen, ich bin nämlich auch eine schlechte Liebhaberin.«

»Das ist mir durchaus klar, Gräfin, denn wenn Sie im Bett nur annähernd so sensationell wären wie auf dem Laufsteg, dann wäre Ihr Mann nicht einfach kampflos gestorben!«

Rosa war erst einmal sprachlos. Noch nie ihr war ein solches Kompliment derartig um die Ohren gehauen worden. Sie fühlte sich, als hätte man sie mit einer Liebeserklärung gepeitscht. Ist das die wahre Männerwelt?, fragte sie sich. Wie weit sie sich doch vom wirklichen Leben entfernt hatte! Es kam ihr vor, als wäre sie gerade dabei, in einer völlig fremden Galaxie notzulanden.

Sie dachte an ihren Mann, dann schielte sie zu dem finster vor sich hinbrütenden Berger. Sie stellte sich beide Männer im Bett vor, besser gesagt, sie versuchte es. Für den Grafen war Sex der Preis gewesen, den er zu zahlen hatte, um Nachkommen in die Welt zu setzen, mal davon abgesehen, dass er im Hinblick auf die Damenwelt generell über eine ausgesprochen »schlappe Währung« verfügte. Das akzeptierte er immer mehr, und warum sollte man wirkungslose Flüssigkeiten austauschen, wenn man in dieser Zeit auch Bilanzen studieren konnte? Berger hingegen konnte sie sich weder beim Sex noch bei der Lektüre der »Financial Times« vorstellen.

Sie schreckte hoch, als er plötzlich scharf bremste. Sie waren ungefähr hundert Meter von dem Steintorbogen ihrer Finca entfernt, an dem sich zwei Männer zu schaffen machten. Sie hatten Leitern an den Torbogen gelehnt, waren gerade dabei, Tierfelle aufzuhängen, ein großes und mehrere kleine.

»Gräfin, Sie können doch Auto fahren?«

»Ja.«

»Auch so eines?«

»Ja, ich hatte früher mal eine Ente.«

»Gut, ich werde jetzt aussteigen und die Herren da vorn zur Rede stellen. Sollte es Ärger geben, fahren Sie sofort nach Santanyí und holen Hilfe, verstanden?«

Sie war irritiert. »Ja, aber ich werde Sie doch nicht allein gegen diese ...«

»Ich habe Sie gefragt, ob Sie verstanden haben!«, herrschte Berger sie an.

Sie nickte eingeschüchtert und schwieg.

Berger stieg aus und ging schnellen Schrittes auf die Männer zu, die gerade dabei waren, in aller Ruhe die Leitern wieder hinabzusteigen. Als er näher kam, erkannte er, dass die Kerle keine Felle, sondern eine tote Muttersau mit ihren Ferkeln am Torbogen aufgehängt hatten. Den einen der Männer kannte er vom Sehen, den anderen mit Namen.

»Was soll das, Jordi? Wer hat sich diese Schweinerei ausgedacht?«, rief er verärgert. Doch bevor der Angesprochene antworten konnte, kamen zwei weitere Männer hinter der Mauer hervor, die er ebenfalls schon einmal gesehen hatte, nur wusste Berger nicht mehr, wo.

»Fahren Sie weiter, Residente, und kümmern Sie sich in Zukunft nur noch um Sachen, die Sie etwas angehen!«, sagte einer der beiden drohend.

Berger zückte sein Handy. »Meine Herren, ich werde mich nicht nur weiter um solche Dinge kümmern, ich werde Sie auch verhaften lassen.« Er hielt das Telefon hoch. »Ich brauche nur eine Taste zu drücken, und Comisario García Vidal hört nicht nur mit, was hier geredet wird, er weiß auch sofort, wo wir sind.«

Er hielt inne, um seine Worte bei den Strolchen sacken zu lassen, aber die grinsten nur und zogen den Ring um ihn enger. Berger drückte die Kurzwahl des Comisarios und stellte auf laut.

»Lieber Vodafone-Kunde, Ihr Guthaben beträgt nur noch sechzehn Cent und reicht nicht …«

Mehr hörte Berger nicht. Er spürte einen Schlagring in seiner Magengrube und dann ein paar Tritte an seinen Kopf. Die Schmerzen explodierten förmlich in seinem Körper und raubten ihm die Sinne. Er hörte einen Motor aufheulen, Schreie von Menschen und das Heulen und Knurren eines Wolfsrudels, dann wurde es dunkel und still um ihn.

***

Als Berger aufwachte, hörte er ein Auto bremsen. Sein Kopf lag weich und wurde zärtlich von zwei warmen Händen umklammert. An seiner Wange fühlte er eine wunderschön weiche Brust. »Das ging aber schnell mit dem mütterlichen Busen«, murmelte er.

Die Gräfin lächelte ihn an. »Aber deswegen müssen Sie doch nicht gleich auf vier Leute gleichzeitig losgehen.«

»Ist doch ein Supertrick und hat auch auf Anhieb geklappt.«

Es hielt schon wieder ein Wagen, Stimmen drangen an sein Ohr. Er versuchte, sich aufzurichten, hielt aber mit verzerrtem Gesicht inne. »Mir tut jeder Knochen im Leibe weh, Rosa, außerdem kriegt mich hier keiner mehr weg. Erzählen Sie mir bitte, was um uns herum geschieht.«

»Eben ist ein Notarztwagen gekommen, der die Verletzten versorgt.«

»Die Verletzten?« Er lächelte zufrieden. »Habe ich sie also doch noch erwischt?«

»Nein. Tomeu und Shakespeare kamen gerade um die Ecke, als die Herren mit Ihrer Behandlung begonnen hatten.«

Neben ihm ertönte die Stimme des Comisario.

»Was ist, Miguel, tut es weh?«, fragte García Vidal besorgt.

»Nur wenn ich lache.« Berger versuchte erneut, sich aufzurichten. Diesmal schaffte er es, wenn auch nur unter größter Anstrengung.

García Vidal hob die Augenbrauen und schüttelte den Kopf. »Señor, Sie müssten sich einmal so sehen. Sie würden einen Schock bekommen.«

Er schaute sich fragend in der Runde um. »Kann jemand etwas zur Aufklärung der Geschehnisse beitragen? Ich habe drei Herren mit massiven Biss- und Schlagverletzungen gesehen. Was bitte ist mit dem vierten passiert?«

Tomeu trat zu ihnen. »D-d-dder ist a-auch geb-bbbissen w-wworden, v-vvv-vvon einer Ente«, sagte er grinsend.

Der Comisario staunte nicht schlecht. »Der Mann wurde von einem Vogel gebissen? Den Wunden nach zu urteilen war das dann aber ein Flugsaurier!«

Tomeu schüttelte den Kopf. »K-k-keein V-v-v-vogel, s-s-s-sondern ei-eine E-e-e-nte.«

Der Comisario verstand und sah Rosa vorwurfsvoll an. »Haben Sie neben dem Führerschein vielleicht auch noch eine gültige Waffenkarte für den Wagen?«

»Moment mal bitte«, empörte sich die Gräfin, »was sollte ich denn machen? Der Kerl holte gerade einen Baseballschläger aus seinem Auto, um Herrn Berger damit zu bearbeiten. Da bin ich mit der Ente dazwischen.«

García Vidal versuchte, sich die Situation vorzustellen. »Sie sind also zwischen Opfer und Angreifer gefahren?«

»Nein, zwischen seine Beine.«

Der Comisario hielt inne. Dann hob er die Hand und bedeutete Rosa zu schweigen. »Condesa, Sie sind gerade dabei, sich um Kopf und Kragen zu reden. Darf ich mal aus meiner Sicht rekapitulieren?«

»Nur zu, Comisario, nur zu.«

»Also, die vier Herren wollten mit dem Baseballschläger Kaninchen jagen. Dabei sprang der eine unachtsam über die Mauer, Ihnen direkt vors Auto. Die anderen drei wollten ihm helfen, und da …«

»… bin ich ausgestiegen, weil ich dachte, dass die mich ausrauben wollen, und habe alle gebissen?«

»Nein, Ihr Wachhund dachte, seine Herrin wird angefallen und hat die Wilderer gebissen. Es waren ja schließlich Ihre Kaninchen, die gejagt wurden.«

»Genauso war es«, sagte Berger sarkastisch, der sich nur mit Mühe aufrecht hielt und sich am liebsten wieder in den Schoß der schönen Gräfin gelegt hätte. Er wischte sich mit einem Tuch das Blut aus dem Gesicht und zeigte auf die toten Schweine, die noch immer am Torbogen hingen. »Aber was ist mit den armen Viechern da oben? Haben die vielleicht Selbstmord begangen?«

»Ich weiß.« Der Comisario versuchte, den aufkeimenden Zorn des Residente zu besänftigen. »Es bei dieser Version zu lassen, wäre jedoch für alle Beteiligten die beste Lösung. Die vier Strauchdiebe haben ihre Lektion bekommen und werden die Schweine ersetzen, dafür werde ich persönlich sorgen.«

Er winkte einen der anwesenden Polizisten herbei. »Die Herren kommen außerdem offiziell wegen Wilderns so lange in den Bau, bis sie ihre halbseidenen Auftraggeber verraten haben.«

Der Streifenpolizist nickte und gab den Männern ein Zeichen, dass sie ihm folgen sollten. Wie geprügelte Hunde schlichen sie hinter ihm her.

Berger lachte dumpf. »Schauen Sie sich diesen traurigen Haufen doch mal an! Die haben doch viel zu viel Schiss, etwas zu sagen.«

»Davon mal abgesehen«, kam es vom Comisario, »kann es auch sein, dass sie ihre Auftraggeber wirklich nicht kennen. Sie wissen doch, wie das läuft, Miguel. Der Job wird ihnen über Handy angeboten, und das Geld kommt dann per Post. Davon werden die dann auch die Schweinerei bezahlen.«

»Meinen kleinen Filou können die gar nicht ersetzen, diese Mistkerle«, schluchzte die Gräfin.

Mit großer Anstrengung kam Berger auf die Füße. García Vidal musste ihn stützen, aber der Residente war bereit, das Geschehen wieder in die Hand zu nehmen. »Tomeu, du sorgst bitte dafür, dass die Viecher da oben abgenommen und begraben werden.«

Dann wandte er sich an die Gräfin. »Ich wäre Ihnen dankbar, wenn ich einmal Ihr Bad aufsuchen dürfte. Ich denke, ich sollte mich etwas frisch machen.«

Sie wurden mit einem der Krankenwagen direkt vor das Herrschaftshaus gefahren. Die letzten Schritte ging Berger langsam und auf Rosa gestützt, die plötzlich zu zittern anfing.

»Irgendwie war das heute ein wenig viel für mich«, murmelte sie erschöpft.

Sosehr ihm auch die Knochen wehtaten, in diesem Moment hätte er nichts lieber getan, als sie tröstend in den Arm zu nehmen.

»Wenn so ein Tag mit einer Beerdigung beginnt, kann der Rest ja nichts werden«, sagte er stattdessen mitfühlend.

»Sollte das irgendwie zu meiner Aufheiterung beitragen?«

»Wenn ich ehrlich bin, ja.«

»War nicht so prickelnd.«

»Ich merke schon, tut mir leid.«

Sie hielt plötzlich inne und schaute auf ein Kakteenwäldchen. Verwundert folgte Berger ihrem Blick. »Was ist, haben Sie da drin etwas verloren? Wenn ich schon so angepikt aussehe, dann kann ich das wohl auch noch schnell rausholen?«

»Quatsch, horchen Sie doch mal, da ist was.«

Beide lauschten und hörten ein Schnäuzen.

»Da hat jemand Schnupfen«, flüsterte die Gräfin.

»Und zum Niesen geht dieser Jemand in die Kakteen?« Berger schüttelte den Kopf. »Blödsinn, das wird irgendein Getier sein.«

In diesem Augenblick hörten sie ein helles Grunzen, und als wenn es jemand jagen würde, kam ein Ferkelchen aus dem Stacheldickicht geschossen, direkt auf die Gräfin zu. Die ließ Berger los, bückte sich und streckte beide Arme nach dem Tierchen aus. »Mein Gott, das ist Filou, mein kleiner Filou hat doch überlebt!«, rief sie glücklich.

Mit einem Satz hopste das Schweinchen in ihre Arme und versteckte sich zitternd zwischen ihren Brüsten.

Berger lächelte. »Schade, das war's dann wohl. Dieser Platz ist, nehme ich an, für die nächsten Wochen besetzt.«

Sie drückte das Tierchen ganz fest an sich. »Stört Sie das?«

»Im Augenblick, wenn ich ehrlich bin, saumäßig.«

Berger verbrachte eine ganze Weile im Bad, bis er wieder ein wenig besser aussah. Als er fertig war, stand Tomeu in der Küche und machte Tortillas, der Comisario telefonierte mit seiner Dienststelle, und Filou hatte sich auf dem Arm der Gräfin auch schon etwas von seinem Schock erholt. Tomeu hatte für das Ferkel aus einem alten Gummihandschuh und einer Plastikflasche eine Nuckelflasche konstruiert, und so war es inzwischen wenigstens satt.

Trotzdem gab es noch ein kleines Problem, denn immer, wenn Rosa auch nur auf die Idee kam, das kleine Wesen absetzen zu wollen, fing es sofort wieder an, panikartig zu quieken. Shakespeare hingegen lag tief schlafend vor ihren Füßen.

Die Gräfin schaute sorgenvoll auf ihr Findelkind. »Hör mal, du Schwein, ich muss auch mal aufs Klo. Du kannst dann doch nicht jedes Mal so ein Geschrei machen, wenn ich dich absetze.«

Tomeu rief ihr vom Herd aus zu: »V-v-vvers-s-ssuchen Sie doch m-mmm-m-al, d-dd-das Schw-www-wwein auf d-ddd-dden H-h-hhund zu l-llllegen.«

Vorsichtig befolgte sie seinen Vorschlag. Und es klappte. Den Hund störte es nicht, und das Ferkelchen fühlte sich im warmen, weichen Fell des Hundes sichtlich wohl.

»Danke, Tomeu, Sie haben mir heute zum zweiten Mal das Leben gerettet.

Berger sah kopfschüttelnd auf den glücklich schlafenden Filou. »Das Tierchen wird irgendwann einmal traurig darüber sein, dass ihm nicht auch so ein schönes Fell wächst wie seinem großen Bruder.«

Der Comisario hatte sein Telefonat beendet und war in die Küche zurückgekehrt. »Wir sind hier auf Mallorca«, gab er zu bedenken. »Es wird meistens glücklich sein, dass es keinen solchen Pelz hat.«

»Und was macht es im Februar? Da wird es über jedes Haar glücklich sein.«

»D-d-ddder Mann s-sp-pricht aus Erf-ff-fahrung«, kam es von Tomeu.

Berger seufzte. »Ist das nicht seltsam? Wenn ich diesen Kerl nach der Uhrzeit frage, dann muss ich immer eine Stunde zuzählen, wenn er mit der Antwort fertig ist, aber die kleinen Gemeinheiten fallen ihm ganz geschmeidig aus seinem Kopf.«

»Das macht der Umgang mit Ihnen, Residente. Aber nun sollten wir uns um wichtigere Dinge kümmern, meinen Sie nicht auch?«

Die Gräfin lächelte sarkastisch. »Und die wären? Zuerst eine Morddrohung, dann erschlagene Schweine, gefolgt von einem tätlichen Angriff. Und Sie biegen die Wahrheit so zurecht, dass die Verantwortlichen mit einem blauen Auge davonkommen. Irgendwie muss man sich doch gegen solche Machenschaften wehren können! Dem Stärkeren nachgeben und weglaufen kann nicht die einzige Option sein.«

»Es kann jedoch unter Umständen die einzig richtige sein.« Berger betupfte seinen noch immer leicht blutenden Mundwinkel mit einem Papiertaschentuch.

»Wollen Sie mich hier weghaben?«

»Blödsinn, aber man sollte über diese Möglichkeit gründlich nachdenken.«

»Weglaufen ist nicht akzeptabel, jedenfalls nicht für eine von Zastrow.«

»Ich denke, den Herrn haben wir heute beerdigt.«

»Ihn, Residente, aber nicht seinen Namen und schon gar nicht seinen Geist.«

»Und wie stellen Sie sich Ihr weiteres Inselleben vor?«, fragte García Vidal. »Soll Sie die spanische Armee in Schutzhaft nehmen?«

»Das stelle ich mir ganz wunderbar vor.« Berger war in seinem Element. »Es ist Punkt zehn Uhr abends. Rund um die Kaserne gehen gleißende Scheinwerfer an. Das Tor öffnet sich. Zuerst rollen zwei Schützenpanzer heraus, dann kommen die Scharfschützen, gefolgt von der Infanterie. Und dann kommt unser Filou und kackt auf die bewachte Wiese.« Er lachte. »Da sage doch noch mal jemand, heutzutage gäbe es keine Kampfschweine mehr!«

Das Telefon klingelte. Die Gräfin hob ab und lauschte konzentriert. *»No comprendo, Señor, un momento por favor.«* Sie reichte Berger den Apparat. »Da, übersetzen Sie mal.«

Berger nahm das Telefon, horchte, und in seinem Gesicht machte sich Empörung breit.

»Und?«, fragte die Gräfin, als er aufgelegt hatte.

»Das war eine elektronische Ansage. ›Wenn Sie nicht umgehend verkaufen‹, hieß es darin, ›könnte Ihnen das Gleiche passieren, was Ihnen die Polizei morgen von einer weiteren Unwilligen berichten wird.‹«

»Was hat denn das nun wieder zu bedeuten?« Rosa sah irritiert in die Runde.

»Das bedeutet, dass morgen das ganze Theater erst richtig beginnt«, sagte García Vidal ahnungsvoll.

»Und wenn ich einfach nicht mitspiele?«

Berger wurde deutlich. »Das interessiert die einen Scheiß, liebste Gräfin. Es ist auch dann Weihnachten auf Mallorca, wenn Sie nicht in die Christmette gehen.«

»Sprüche sind jetzt nicht angebracht«, erwiderte sie sauer. »Ich würde gern akzeptable Vorschläge hören.«

Doch Berger blieb ungerührt. »Auch wenn Sie mir gleich an die Gurgel gehen werden, aber Sie haben hier auf der Finca nichts mehr zu suchen.«

»Ich werde einen Teufel tun und gehen. Ich bleibe auf meinem Grund und Boden!«

»Dann wäre ich Ihnen dankbar, wenn Sie mir sagen würden, ob Sie auch auf dem Bauch liegend zur letzten Ruhe gebettet werden wollen.«

»Sie sind ein Ekel.«

»Und ich werde auch noch dafür bezahlt. Sagen Sie bloß, das ist kein Traumjob.« Er grinste.

Der Comisario unterbrach sie leicht genervt. »Ich bitte Sie, wir haben ein Problem, das wir lösen müssen.«

»Was gibt es da zu lösen, meine Herren? Ich werde offensichtlich bedroht, und der, der das macht, sollte ins Gefängnis. Warum soll ich bitte schön der Gewalt weichen?«

»Weil diese Gewalt so gewaltig werden könnte, dass Sie, Frau Gräfin, sich ganz gewaltig darüber wundern könnten.« Berger schaute sie eindringlich an.

»Gut, ich muss also hier weg. Und wohin bitte?«

»Was weiß denn ich? Vielleicht war das mit der Schutzhaft gar keine so schlechte Idee vom Comisario.«

Der schüttelte den Kopf. »Solange ich nicht genau weiß, wer unser Gegner ist, nehme ich niemanden in Schutzhaft. Wenn tatsächlich so hochgestellte Männer wie der Kreisdirektor und der Leichenbeschauer auf deren Gehaltsliste stehen, kann ich für kein sicheres Gefängnis garantieren. Ein kleiner Aufseher verdient sich auch ganz gern mal was dazu.«

Berger nickte. »Da hat er recht.«

»Heißt das, dass man hier auf Mallorca nicht einmal den Behörden trauen kann?«

»Den Behörden kann man nirgendwo auf der Welt trauen. Entweder sie sind korrupt, dämlich oder selbstherrlich. Auf jeden Fall sind sie gefährlich.«

»Und welche Spezies trifft man hier an?«

»Alle drei, wie überall auf der Welt.«

Der Comisario stand auf und begann hin und her zu wandern. »Ich glaube, ich hätte da ein Versteck anzubieten, das ideal für Sie wäre. Sie wären weg von der Bildfläche, aber dennoch jederzeit verfügbar. Und wir hätten Sie unter unseren Fittichen.«

Berger war begeistert. »Klasse, dahin bringen wir sie.«

»Und wo wäre das bitte?«, fragte Rosa gespannt.

»Im Bootshaus unseres hochverehrten Residente.«

Bergers Gesichtszüge versteinerten. »Das ist doch wohl nicht Ihr Ernst, oder? Wie soll ich denn auf die Gräfin in Cala Figuera aufpassen, wenn ich in Santanyí bin?«

»Dann sind Sie, verdammt noch mal, auch in Cala Figuera.«

»Aber Comisario, wir wären von morgens bis abends wie aneinandergekettet!«, gab Rosa entsetzt zu bedenken. »Man hat schließlich seine Intimsphäre.«

Berger sprang auf und lief unruhig im Raum auf und ab. »Da ist nur ein offenes Bad, da kann jeder dem anderen beim Duschen zusehen, sogar auf dem Klo!«

»Ich bitte Sie!«, winkte der Comisario ab. »Sie sind zwei erwachsene Menschen, und Sie werden sich doch wohl jeder den anderen auf dem Klo vorstellen können!«

Die Gräfin stand jetzt ebenfalls auf. »Das wollen wir aber gar nicht!«

»Stimmt, das wollen wir nicht!«

Der Comisario lächelte. »Sie müssten sich jetzt nur mal in ihrem gemeinschaftlich vorgetragenen heiligen Zorn sehen. Ich denke, sie werden das zusammen ganz wunderbar meistern.«

Berger fühlte sich überrumpelt. »Und was werden meine Nachbarn dazu sagen?«

»›Schau mal einer an!‹, werden sie sagen. ›Da hat der Berger doch immer so auf heilig gemacht, und nun hat er sich doch jemanden zugelegt, und dann auch noch etwas so Nettes.‹ Die Frauen werden vor Ihnen ausspucken, die Männer werden Ihnen anerkennend auf die Schultern klopfen. Sie wissen ja, die spanischen Herren haben ein Faible für Blondinen.«

4

Die Nacht war drückend heiß. Sie schwitzten unter ihren Moskitonetzen, und der kleine Raum über dem Bootsschuppen erdrückte die Gräfin fast, so eng wirkte er auf sie. Hinzu kam, dass es im Bootshaus durch die Feuchtigkeit ein klein wenig modrig roch, was das Engegefühl noch verstärkte.

Berger war den ganzen Abend über schlecht gelaunt gewesen und ärgerte sich gerade laut über sich selbst. »Das ist doch alles eine absolute Schnapsidee. Wie komme ausgerechnet ich dazu, mir eine Gräfin anzuschaffen? Und dann noch eine mit einem Schwein.« Er wälzte sich unruhig auf einer Matratze, die sie aus ihrer Finca mitgebracht hatten.

Sie richtete sich in seinem Bett auf.

»Was soll ich denn machen? Filou wäre vor Kummer eingegangen, wenn ich ihn nicht mitgenommen hätte.«

»Na und? Dann wäre er jetzt tot, und für einen Braten hätte er genau die richtige Größe.«

Das Ferkel schreckte hoch und fing an zu quieken.

»Da sehen Sie, was sie angerichtet haben. Der arme Kerl bekommt Angst, wenn Sie so etwas sagen.«

»Dann sollten wir morgen gleich zum Schweinetherapeuten gehen. Ich kenne da einen, den Xavier vom Strandgrill. Dessen Spanferkel hängen ausnahmslos lächelnd am Spieß.«

Sie hielt Filou die Ohren zu und flüsterte: »Hör gar nicht hin, was dieser Mensch sagt.«

Berger schob missmutig das Moskitonetz zur Seite und setzte sich auf.

»Nun mal im Ernst, Gräfin, was sollen denn die Leute denken, wenn sie hier am Haus vorbeigehen und ständig dieses Grunzen, Quieken und vor allem dieses ewige ›Nochnochnoch‹ hören!«

»Sie würden denken, dass hier in puncto Liebe die wilde Wutz abgeht. Dann wären Sie zur Abwechslung mal den Männern unheimlich, aber dafür würden Ihnen die Frauen anerkennend auf die Schulter klopfen.«

Berger war entsetzt. »Sie kennen die Mallorquiner nicht. Wundern werden die sich, aber ganz gewaltig wundern.«

Sie schaute ihn betont erstaunt an. »Wissen die etwa alle schon, dass Sie ein schlechter Liebhaber sind?«

Er tat einfach so, als ob er diese Bemerkung nicht gehört hätte. »Ich hole mir jetzt von unten eine Flasche Rotwein und werde mich besaufen!«

»Das ist schön. Bringen Sie mir bitte eine mit.«

Nach dem Wein, den beide im Wesentlichen schweigend genossen hatten, schlief Berger tief und traumlos. Gegen Morgen fing sein Unterbewusstsein an zu arbeiten, und er begann, von seiner Frau zu träumen. Es wurde ein sehr intimer Traum. Er spürte förmlich ihre wunderbar weiche Haut an der seinen. Er genoss ihre warmen und innigen Küsse. Seine Lippen suchten die ihren. Liebevoll schlug er seine Augen auf und küsste das Schwein.

Wie von der Tarantel gestochen schoss er in die Höhe. »Mein Gott, das ist ja ekelhaft, was soll das denn?«, rief er übellaunig.

Die Gräfin, davon gänzlich unbeeindruckt, war gerade dabei, das Frühstück zuzubereiten. »Der Kaffee und die Eier sind fertig, diese Minibaguettes hier habe ich aufgebacken ...«

»Das sind keine Baguettes, sondern Fuertes!«

»Da war aber so ein weiches Ding dabei. Sah aus wie aus süßem Teig.«

»Das war dann ein Flocho.«

»Okay, dann habe ich also eben drei Fuertes und ein Flocho aufgebacken und Filou gebeten, Sie zu wecken.«

Berger seufzte ergeben. Er ging zum Waschbecken und begann, sich mit kaltem Wasser das Gesicht abzuspülen. Erst als die Schürfwunden auf Kinn, Wangen und Stirn wie Feuer brannten, schaute er in den Spiegel und bekam einen weiteren Schreck.

»Um Gottes willen, mich hat ein Bus überfahren!«

Rosa blieb gelassen. »Seien Sie nicht so verpimpelt, dafür sind Sie bald Besitzer eines funkelnagelneuen Kühlschranks und einer völlig neu elektrifizierten Wohnung.«

Er schaute sie erst ungläubig an, dann nickte er zustimmend. »Stimmt eigentlich. Mein Auftrag lautete, Ihren Gatten zu beerdigen, mit allem Drum und Dran.« Sein Gesicht hellte sich auf. »Die

Nummer ist durch. Im Grunde könnte ich Sie jederzeit rausschmeißen.«

Sie nickte. »Stimmt, das könnten Sie.«

»Ha, und Sie könnten absolut nichts dagegen machen oder mich verklagen oder sonst irgendetwas?«

»Absolut nicht.«

»Ein Fingerschnipp würde also reichen, und ich wäre Sie los?«

Ungerührt deckte sie den Tisch fertig. »Wären Sie.«

Er grinste sie so frech an, wie es seine Wunden zuließen. »Allein dieser Gedanke lässt mich frohlocken, Frau Gräfin. Können Sie das nachvollziehen?«

»Kann ich.« Sie schaute in den kleinen Kühlschrank. »Gibt's hier keine Butter?«

»Man isst auf Mallorca keine Butter. Das machen nur Deutsche.«

»Ich bin eine Deutsche.«

»Genauer gesagt machen es nur Touristen.«

»Und was isst man als Residente? Ich bin ja nun auch einer.«

»Flochos oder Fuertes und Marmelade pur. Die Mallorquiner selbst essen nur schnell einen Keks zum Frühstück und kippen einen Kaffee runter, sonst nichts.« Er setzte sich an den gedeckten Tisch, freute sich an dem Anblick des leckeren Essens und rieb sich die Hände. »Manchmal genieße ich es aber auch, Deutscher zu sein.«

»Fuertes ohne Butter, das staubt doch beim Essen.« Sie schüttelte den Kopf und setzte sich zu ihm.

»Man gewöhnt sich daran.« Er nahm ein Fuerte und brach sich etwas davon ab. Die Gräfin tat es ihm gleich.

»Und, machen Sie es?«, fragte sie.

»Was denn?«

»Na, mit dem Finger schnippen.«

Er tunkte ein großes Stück Brot in die Aprikosenmarmelade und lächelte verschmitzt. »Bin ich bescheuert? Dann müsste ich den Kram hier ja allein abwaschen.«

Stattdessen schnippte jetzt die Gräfin mit den Fingern. »Komm bei Fuß, Filou. Mach bei Frauchen schön Platz und sei artig. Wir beide haben hier noch eine Galgenfrist.«

Zu Bergers grenzenlosem Erstaunen gehorchte das Tier aufs

Wort. Als er gerade sein zweites Stück Brot in die Marmelade tunken wollte, klingelte sein Handy. Er verzog das Gesicht und nahm den Anruf an. Das Telefonat war nur sehr kurz.

Zwischen zwei Schlucken Kaffee fragte die Gräfin: »Und, wer wagt es, el Residente beim Frühstück zu stören?«

Er steckte das Telefon wieder in seine Tasche und erhob sich. »Der Comisario. Sie haben in der Cala Mondragó eine Leiche gefunden.«

»Nanu, ruft er Sie etwa bei jedem Toten an?«, fragte Rosa verdutzt.

»Nein, aber der heutige, so meinte er, könnte in unserem Fall von Interesse sein.«

Sie stellte ihr Tasse beiseite und erhob sich ebenfalls. »Dann wollen wir mal.«

»Sie können nicht einfach an den Tatort mitkommen.«

»Warum nicht? Wie sollen Sie auf mich aufpassen, wenn ich nicht mitkomme?«

»Aber das ist ein Tatort!«

»Na und? Es gibt bestimmt keinen Ort auf Mallorca, an dem augenblicklich weniger böse Buben herumrennen als dort.«

»Es sei denn, es gibt auch bei den offiziellen Herrschaften, die an so einem Tatort herumturnen, böse Buben.«

»Dann werden wir eben aufpassen.« Sie schnippte wieder mit den Fingern. »Komm, Filou, wir gehen Gassi.«

Kopfschüttelnd beobachtete er, wie das Ferkel aufsprang und wie ein Hund fröhlich mit seinem Ringelschwanz wedelte.

Auch in Bergers Auto verhielt sich das Tier nicht unbedingt so, wie man es von einem Schwein erwarten würde. Es saß brav auf der Decke, die ihm die Gräfin in den Kofferraum gelegt hatte, und dachte gar nicht daran, Dreck oder Lärm zu machen oder sich sonst irgendwie in Szene zu setzen.

Filou hatte offenbar bereits als Ferkel all das, was man seinem Hund ein Leben lang – meist erfolglos – beizubringen versucht.

***

In der Cala Mondragó war die Hölle los. Der große Parkplatz war völlig überfüllt, die Straße, die hinunter in die Bucht führte, durch

Einsatzfahrzeuge verstopft. Die drei machten sich also auf, um den Weg per pedes zu bewältigen, was vor allem den vielen Touristen Freude bereitete, die natürlich Filou bestaunten. Das Tier spürte diese Blicke, und es schien ihm besonders Spaß zu machen, stolz wie ein reinrassiger Dobermann neben seinem Frauchen zu laufen, jederzeit dazu bereit, sich mit furchterregendem Quieken auf jeden ihrer Feinde zu stürzen.

Die tief in das felsige Land eingeschnittene Bucht hatte etwas von einem mit Pinien bewachsenen Fjord, nur war das Wasser warm und von einem betörenden Hellblau. Diese Cala hatte alles, was man für perfekte Postkarten benötigte, einschließlich eines circa zweihundertfünfzig Meter langen Sandstrandes.

Berger hatte einige Mühe, sich durch den dichten Menschenring zu schieben, der sich um die Absperrung herum gebildet hatte. Natürlich wollte jeder den leichten Schauer der Betroffenheit spüren, der einem den Rücken herunterläuft, wenn man einen ermordeten Menschen live, ganz ohne TV sieht, und so bemühte sich alles, wenigstens einen kurzen Blick auf die Leiche erhaschen zu können.

An den fehlenden Spuren im Sand stellte der Residente erleichtert fest, dass an der Fundstelle bisher so gut wie nichts verändert worden war und der Gerichtsmediziner noch keine Gelegenheit dazu gehabt hatte, wertvolle Eindrücke, wie er immer sagte, zu zerstören.

Der Comisario war sichtlich dankbar, dass Berger so schnell den Weg zu ihm gefunden hatte. »Ich freue mich, dass Sie sich das selbst ansehen können und ich Ihnen nicht wieder alles im Detail erklären muss.«

García Vidal war zwar selbst ein hervorragender Kriminalist, doch eine zweite Meinung war ihm immer willkommen. Vor allem, wenn sie vom Residente stammte.

Berger ging mehrmals langsam und bedächtig um die Frauenleiche herum. Die Tote machte einen äußerst entspannten Eindruck, so als sei sie völlig ohne Stress im Schlaf gestorben. Wenn da nicht ihre geöffneten Augen wären. Und wer schlief schon nachts im Badeanzug in einer Strandmuschel? Berger fiel auf, dass der Sand vor der Strandmuschel absolut glatt war, als ob sie jemand einmal um hundertachtzig Grad gedreht hätte. Er machte García Vidal darauf aufmerksam. »Können Sie sich das erklären?«

Der schüttelte den Kopf. »Leider nicht. Vielleicht hat sie das Ding umgestellt, weil die Sonne sich gedreht hatte.«

»Wie kommt ein Mensch, der sich mit einer Sonnenschutzvorrichtung ausrüstet, auf die Idee, diese mit der Öffnung nach Süden zu drehen?«

Der Comisario nickte. »Außerdem hat die Leichenstarre bereits eingesetzt, sie muss also seit mindestens vier Stunden tot sein. Um die Zeit gab es noch keine Sonne, nach der man die Muschel hätte ausrichten können.«

Berger ging dicht an die Leiche und schaute sie sich genau an. Irgendwie glaubte er, die Tote vom Markt in Santanyí her zu kennen, aber der Tod verändert einen Menschen.

Diese Frau schien wirklich nichts von dem Drama mitbekommen zu haben, in dem sie die Hauptrolle spielte. Nicht die kleinste Kleinigkeit deutete auf ein Gewaltverbrechen hin, im Gegenteil. Sie lag auf der Seite und schaute ganz entspannt mit ihren toten Augen auf das Wasser.

Der Comisario stellte sich neben Berger, rieb sich die müden Augen und seufzte. »Beim Leichenbeschauer wird es wieder heißen, sie sei im Schlaf gestorben.«

»Blödsinn, wer schläft denn mit offenen Augen?«

Berger hörte neben sich ein leises Grunzen. Einen Augenblick später stand die Gräfin neben ihm. »Na, wie schaut es aus?«

Berger war erstaunt, dass man sie hinter die Absperrung gelassen hatte. Aber er beschloss, nicht darauf einzugehen.

»Beschissen schaut es aus. Die Dame dort ist tot, und wir wissen nicht, warum.«

»Auf den ersten Blick sieht alles nach einem natürlichen Tod aus«, fügte der Comisario hinzu.

»Ach, sieht es das?«, fragte sie gedankenverloren, den Blick auf die Tote gerichtet.

Berger wurde ärgerlich. »Wie ich an Ihrem Ton hören kann, sind Frau Gräfin mit unserer Deutung der Situation wohl nicht ganz einverstanden, oder?«

»Stimmt, das bin ich nicht. Wäre in Ihrem Team eine Frau, dann wären Sie schon etwas weiter in Ihren Ermittlungen.«

Berger machte noch eine Runde um die Leiche. »Also gut, raus mit der Sprache, was wäre uns als Frau sofort aufgefallen?«

Sie hielt den Kopf leicht schief und musterte die Tote sorgfältig. »Ihren Fingernägeln nach zu urteilen ist sie sehr gepflegt, ihrer Kleidung und den Accessoires nach sogar wohlhabend. Zwei Dinge passen da nicht zusammen: Zum einen würde so eine Frau niemals das Haus ohne Make-up und zum anderen schon gar nicht mit unlackierten Fußnägeln verlassen, vor allem nicht, wenn sie mit solchen Flipflops unterwegs ist.«

García Vidal zeigte sich beeindruckt. »Das waren zwei klare Punkte für Sie, Durchlaucht.«

In diesem Augenblick kam der Leichenbeschauer durch die Absperrung. »*Buenos días*, Herrschaften. Tut mir leid, dass es so lange gedauert hat. Hier ist ja er Teufel los.« Er kniete sich neben die Leiche und untersuchte sie.

García Vidal schaute ihm eine Weile zu. »Señor Médico, wonach sieht es für Sie aus?«, fragte er schließlich.

Der Arzt würdigte den Comisario keines Blickes. »Wenn ich Ihre Frage richtig deute, dann vermuten Sie hier wieder Mord und Totschlag, oder?«

»Ich vermute gar nichts. Ich will nur Ihre Meinung hören.«

Der Doktor stach mit einer langen Kanüle in den Leib der Toten und schob so die Messsonde eines digitalen Thermometers in ihre Leber. »Soweit ich es sagen kann, sieht das hier nach einer natürlichen Todesursache aus.«

Berger tauschte ein Blick mit dem Comisario und lächelte süffisant. »Und was war es bitte? Keuchhusten, Mumps, Scharlach?«

Der Arzt funkelte ihn böse an. »Machen Sie sich bitte nicht lächerlich. Wer sind Sie überhaupt?«

»Señor Médico«, ging der Comisario dazwischen, »es tut mir leid, dass ich noch keine Zeit hatte, Ihnen den Residente vorzustellen.«

»Ach, Sie sind der Deutsche, der hier überall seine Nase reinsteckt?«

»Er ist offizieller Mitarbeiter der *Policía Nacional*, Señor, und ich bitte Sie, ihm mit dem entsprechenden Respekt zu begegnen.«

Der Arzt schwieg beleidigt.

»Nun mal zurück zu unserer kalten Freundin hier.« Berger

wurde ungeduldig. »Sie wollen doch wohl bei diesem entspannten Äußeren der Dame nicht auf Herztod schließen, oder?«

Der Doktor las die Lebertemperatur ab und notierte sie auf einem Formular. »Doch, genau das will ich. Es muss ja nicht unbedingt ein Infarkt gewesen sein. Es gibt Fälle, wonach ein Herz auch einfach so aufhören kann zu schlagen, ganz ruhig und ganz entspannt, wie Sie sagen.«

Berger nickte wissend. »So eine Art koronare Demenz!«

Der Doktor schaute irritiert zu ihm auf. »Was soll denn das nun wieder sein?«

»Das Herz, dieses kleine, dumme Ding, hat einfach vergessen weiterzuschlagen. Es war unkonzentriert und hat sich mal wieder um andere Dinge gekümmert.«

Der Comisario machte sich grinsend Notizen und verkündete: »Das werde ich so in meinen Bericht aufnehmen.«

Die Gräfin stieß Berger an und zog ihn beiseite. »Was für ein Spiel wird hier eigentlich gespielt?«

Berger übersetzte ihr den Dialog.

Ungläubig schüttelte sie den Kopf. »Der Doc macht mit seinem natürlichen Tod doch hoffentlich nur Spaß, oder?«

»Ganz im Gegenteil. Das ist sein bitterer Ernst.«

Sie war fassungslos und wandte sich an García Vidal. »Comisario, Sie können das doch nicht so durchgehen lassen!«

»Augenblicklich bleibt mir gar nichts anderes übrig«, gab dieser zurück und fügte kurz darauf spöttisch hinzu: »Ich bin gespannt, ob dem Doktor überhaupt auffällt, dass die Tote ihren Badeanzug verkehrt herum anhat.«

Berger sah ihn verblüfft an. »Sind Sie sicher? Vielleicht trägt man das heute so.«

Rosa lachte auf. »Mit der Waschanleitung nach außen?« Sie schüttelte den Kopf. »Comisario, gehe ich recht in der Annahme, dass dieser Mann nicht unbedingt der Arzt Ihres Vertrauens ist?«

García Vidal nickte. »Genau das ist unser Problem.«

Die Gräfin hob die Augenbrauen. »Hat der auch meinen Mann untersucht?«

Jetzt nickten beide etwas betreten.

»Mir wird langsam klar, wie mächtig unser Gegner sein muss«, gestand sie tonlos.

Berger legte tröstend seine Hand auf ihre Schulter.

»Leider Gottes hat der Comisario gegen diesen Herrn keinerlei rechtliche Handhabe. Wenn der über eine Leiche sagt, dass es ein natürlicher Tod war, dann ist es so, selbst wenn der Kopf fehlt.«

Sie verstand die Welt nicht mehr. »Wenn ich so einen Typen auf meiner Gehaltsliste hätte, wäre ich also selbst als Jack the Ripper auf der sicheren Seite?«

»Sí, Condesa.« Der Comisario zuckte mit den Achseln. »Uns sind wirklich die Hände gebunden.«

Sie machte Anstalten, sich erheblich aufzuregen, doch der Comisario kam ihr zuvor. »Bitte nicht schimpfen, Condesa. Ich weiß, die Gesetze sind in diesem Punkt voller Fehler, aber es sind die besten Gesetze, die wir jemals hatten.«

»Dann möchte ich, dass Sie das Grab meines Mannes wieder öffnen und ihn gründlich untersuchen«, sagte sie entschlossen. »Seine Totenruhe ist dann zwar gestört, aber ich will Gewissheit, auch in seinem Interesse.«

Berger nahm dies als Anlass, zu beichten. »Genau darüber wollte ich noch mit Ihnen sprechen. Um diese von Ihnen geforderte Gewissheit erlangen zu können, haben wir bereits Gewebeproben entnommen, illegal sozusagen.«

»Und, was haben diese erbracht?«

»Noch gar nichts. Ohne eine ausführliche Begründung kann der Comisario diese teuren Untersuchungen nicht richterlich anordnen lassen.«

»Dann zahle ich das eben, aber dafür möchte ich Gewissheit, und zwar so schnell wie möglich.«

Der Comisario lächelte breit. »Si, Condesa. Ich werde sofort alles Nötige veranlassen. Jetzt, wo Sie die Gewebeentnahme nachträglich genehmigt haben, ist die Untersuchung in jedem Falle legal.«

In diesem Augenblick tauchte Comandante Hidalgo, der Chef der städtischen Polizeibehörde, der *Policía Municipal*, hinter der Absperrung auf.

García Vidal verdrehte die Augen. »Nicht der schon wieder.«

Der Comandante, ein leicht untersetzter Mann mit grauem Schnurrbart, der jedem preußischen General zur Ehre gereicht hätte, sah wieder einmal aus, als sei er einem Sommerkatalog für polizeiliche Führungskräfte entsprungen. Seine schwarzen Schuhe blinkten in der Sonne, auf seiner Kleidung war ebenfalls nicht das kleinste Fitzelchen Staub zu erkennen, und an den Bügelfalten in seiner Hose und den Ärmeln seines kurzärmligen weißen Hemdes konnte man sich, wie gewöhnlich, schneiden.

»Was ist hier los?«, brüllte er schon von Weitem seine Leute an. »Haben Sie weiter nichts zu tun, als hier herumzustehen?«

»Im Augenblick nicht, Comandante!«, brüllte einer der Stadtpolizisten zurück. »Wir haben die Absperrung zu überwachen, Comandante.«

»Und warum tun Sie das nicht?« Er zeigte auf die Gräfin. »Wer ist das, und was hat die hier zu suchen?«

»Sie gehört zum Comisario und zum Residente.«

Hidalgo ärgerte sich sichtlich, als sein Blick auf den Residente fiel. Die beiden verband eine tiefe, völlig grundlose Feindschaft, die daraus resultierte, dass sie sich einfach nicht riechen konnten. Sie gipfelte darin, dass sich beide gegenseitig das Leben so schwer wie nur möglich machten und es liebten, den jeweils anderen bloßzustellen. Bei den verbalen Gemeinheiten war Berger eindeutig Punktsieger; was aber die noch unbezahlten Knöllchen betraf, mit denen Hidalgo Bergers Auto immer wieder hingebungsvoll schmückte, lag der Chef der Stadtpolizei gefährlich weit vorn.

Hätte Berger nicht so einen guten Draht zur Nationalpolizei, die in polizeilichen Angelegenheiten dem Comandante gegenüber weisungsbefugt war, hätte Hidalgo ihn schon längst aus Santanyí weggeekelt, dessen war er sich sicher.

»Sind euch *Nacional*-Schnüfflern die Hunde ausgegangen, oder sucht der Comisario neuerdings im Dienst Trüffel?«, rief Hidalgo lautstark. Mit einem Finger zeigte er auf Filou.

»Mir fiele schon etwas Passendes ein, was ich mit dem Schweinchen machen würde, wenn ich mir diese appetitlichen Schenkel ansehe. Finden Sie nicht auch?« Er lachte scheppernd über seinen eigenen Witz.

García Vidal wurde gefährlich leise.

»Señor Comandante, im Augenblick haben wir keinen Nerv für Ihre einfallslosen Späße. Haben Sie die angeforderten Informationen?«

Hidalgo wurde dienstlich, was man daran erkannte, dass sich sein Körper straffte und er Haltung annahm.

»Sí, Comisario, es handelt sich bei der Frauenleiche um die amerikanische Staatsbürgerin Cynthia McDowel, eine Schriftstellerin, die hier seit über zehn Jahren eine Finca bewohnte.«

»Also eine Residentin?«

»Sí, Comisario.«

»Ist sie auch die Besitzerin des von ihr bewohnten Anwesens?«

»Sí, Comisario.«

»Hat sie sich in letzter Zeit irgendwie darüber beklagt, dass sie zum Verkauf ihres Grundstücks gedrängt worden wäre?«

»Nicht dass ich wüsste, Comisario.«

Einer der Stadtpolizisten, der hinter Hidalgo stand, wurde unruhig und räusperte sich.

»Haben Sie ein Problem, Kollege?«

»No, Comisario.« Dem Wachtmeister war es sichtlich unangenehm, mehr zu wissen als sein Chef. Mit gesenktem Blick berichtete er: »Also, vorgestern traf ich Mrs McDowel beim ›Spar‹ in Cala Figuera, und da erzählte sie mir, dass ihr die Häusermakler inzwischen mehr als lästig geworden seien. Einer würde sie geradezu bedrängen, ihm ihr Haus zu verkaufen.«

»Hat sie gesagt, um welche Agentur es sich dabei gehandelt hat?«, fragte Berger dazwischen.

»Nein, Señor, hat sie nicht.«

Hidalgo sah den jungen Kollegen missbilligend an. »Aber da muss man doch als guter Polizist nachhaken, wenn einem so etwas mitgeteilt wird. Das kann man doch nicht einfach auf sich beruhen lassen.«

Berger widersprach mit hochgezogenen Augenbrauen: »Als man Sie zum Comandante gemacht hat, wurde auch nicht weiter nachgehakt, sonst wäre das nicht passiert.«

»Ich kann mir wenigstens ein Auto ohne Strafzettel leisten«, gab Hidalgo kühl zurück.

»Ich auch!«, versuchte Berger zu kontern.

Hidalgos Gesicht verzog sich zu einem zuckersüßen Lächeln.

»Das wüsste ich aber!«

Während sich die beiden mit Liebenswürdigkeiten nur so überschütteten, nahm die Gräfin García Vidal ein paar Schritte beiseite.

»Comisario, geht das zwischen denen die ganze Zeit so?«

»Sí, Condesa. Sie sahen und sie hassten sich, ohne dass jemals irgendetwas vorgefallen wäre.«

Sie sah ihn irritiert an. »Normal ist das aber nicht, oder?«

»Das kann passieren. Wenn Sie sich auf den ersten Blick geliebt hätten, wäre alles gerührt, aber so?«

»Mal von diesen beiden Kindsköpfen hier abgesehen, kommen Sie in der Mordsache weiter?«

»Wir wissen, wer sie war, wo sie wohnte und dass sie von Häusermaklern bedrängt wurde, mehr noch nicht.«

Der Leichenbeschauer war mit seiner Arbeit fertig. »Comisario, Sie können einen Bestatter anrufen. Die Leiche ist hiermit freigegeben. Herzversagen, ganz eindeutig.«

***

Berger kochte vor Wut, als er den Strafzettel hinter dem Scheibenwischer seines Autos hervorzog.

»Achtzig Euro, nur weil ich nicht beim TÜV war. Das ist pure Schikane!«

Rosa gab Filou in einer Schüssel etwas Wasser aus einem kleinen Kanister im Auto. Das Tier machte sich schlabbernd darüber her.

»Sehen Sie, bald braucht er gar kein Fläschchen mehr. Was mit Wasser klappt, klappt auch mit Brei. Übrigens, von was für einer Schikane sprechen Sie?«

»Dass ich zum TÜV muss.«

»Das muss doch jeder, oder?«

»Ja, aber ich bin der Einzige, der wirklich dahin muss, weil Hidalgo niemals auf die Idee kommen würde, einem Mallorquiner so ein Knöllchen zu verpassen.«

»Na und, dann gehen Sie halt zum TÜV, wo ist das Problem?«

Er ließ den Wagen an und fuhr aus der Parklücke. »Die würden sich totlachen. Höchstwahrscheinlich bin ich der Einzige, der sich da sehen lässt.«

Sie schaute sich im Wagen um. »Ein anderer würde auch nie auf die Idee kommen, mit so einem Auto beim TÜV vorzufahren.«

»Was soll ich denn machen?«, brauste Berger auf. »Ich bin nun mal kein Dukatenscheißer.«

»Vielleicht liegt das daran, dass Sie normalerweise auf Dukaten scheißen.«

Er überlegte, was er darauf antworten sollte, ihm fiel aber nichts Passendes ein. Sie hatte recht, und das wurmte ihn. Berger beschloss, beleidigt zu sein.

In der Bar sa Seu schmollte Berger noch immer. Die Gräfin beobachtete die beiden kleinen Töchter des Hauses dabei, wie sie Filou liebevoll streichelten, der das sichtlich genoss. Dennoch achtete er dabei stets darauf, dass die Gräfin in unmittelbarer Nähe blieb. Sowie sie aufstand, um sich eine Zeitung oder ein Getränk vom Tresen zu holen, sprang das Schwein ebenfalls auf und rannte ihr hinterher.

Berger war ein wenig neidisch darauf, dass die beiden auf den ersten Blick einen Draht zueinander entwickelt hatten. Eigentlich widersprach das seiner gesamten Lebensphilosophie, dennoch wünschte er sich so etwas auch für sich.

Sie sah ihn an und lächelte sanft. »Was passt Ihnen nun schon wieder nicht?«

Ihm war nicht nach endlosen Debatten über den Sinn des Lebens, also log er sie an: »Ich denke über die Frau am Strand nach.«

»Was meinen Sie, ist das der gestern angekündigte Denkzettel?«

»Es sieht ganz danach aus.«

»Da wurde also tatsächlich ein Mensch getötet, nur um mir Angst zu machen?« Rosa wurde blass um die Nase.

»Nein, da wurde das eine mit dem anderen verbunden. Ich nehme an, die Frau hatte sich geweigert, ihr Grundstück zu verkaufen, also musste sie weg.«

»In Deutschland nennt man so etwas Entmieten.«

»Hier nennt man das Mord.«

Der Comisario betrat die Bar. Man sah dem fast schon dürren Mann an, dass er finstere Gedanken mit sich trug. Als er sich zu ihnen an den Tisch setzte, gab er dem Wirt ein Zeichen, dass er ebenfalls einen Cortado haben wollte.

»Was ist, Comisario, gibt es Probleme?«

García Vidal verneinte.

»Das, was geschehen ist, reicht ja auch so. Wir haben einen

Mord, aber dürfen ihn nicht aufklären, ohne dabei gegen Gesetze zu verstoßen. So etwas ist Schwachsinn, es macht mich krank und böse.«

Berger konnte das gut nachempfinden.

»Dieser Fall ist meiner Meinung nach die Bestätigung dafür, dass der Tod von Graf Ernst nicht natürlich war.«

»Aber wie wurde mein Mann getötet? Wie kann man so einen Herzinfarkt auslösen, wenn es einer war?«

»Da gibt es mit Sicherheit einige Medikamente.«

»Aber die müssen ihm doch irgendwie zugeführt worden sein. Wissentlich hätte er die nie zu sich genommen, wenn sie ihm ein Arzt nicht verschrieben hätte. Mein Mann hat um jedes Aspirin eine endlose Grundsatzdiskussion geführt.«

»Wenn er etwas bekommen hat, werden wir es in den Gewebeproben nachweisen können, und die sind bereits auf dem Weg nach Barcelona.« Der Comisario rührte Zucker in seinen Cortado.

»Warum denn ganz nach Barcelona?«, wollte Berger wissen.

»Weil es dort ein großes privates Labor gibt, das derartige Untersuchungen diskret durchführen kann.«

»Und das Ganze läuft auf meinen Namen?«

»Sí, Condesa, wie wir es besprochen hatten.«

Berger lehnte sich zurück. »Wie gehen wir vor, wenn wir tatsächlich einen Mord am Grafen nachweisen können?«

»Dann haben wir einen konkreten Anhaltspunkt und können den Leichnam zu weiteren forensischen Untersuchungen exhumieren.«

Berger trommelte nervös auf den Marmortisch.

»Wir können nicht immer nur reagieren, wir müssen auch mal in die Offensive gehen. Ich schlage vor, dass Sie mit Ihren Leuten alle Fälle, die unser Leichenbeschauer in den letzten zwei Jahren abgeschlossen hat, überprüfen.«

»Das würde ich gern machen, aber das geht nicht. Dokumentiert sind Fälle bei uns nur dann, wenn er Leichen an die Gerichtsmedizin als ›unklare Todesfälle‹ überwiesen hat, und das tut er, fleißig sogar.«

»Ich denke, das gerade macht er nicht?«

»Natürlich macht er das. Es gibt ja auch genug Tote in dieser

Gegend, die keine Residenten sind. Nur bei denen kann man ihm Befangenheit vorwerfen.«

»Also kommen wir von der Seite nicht an ihn heran.«

»Sí, Compadre.«

Rosa hatte Filou auf ihren Schoß genommen und streichelte ihn.

»Haben Sie jemanden in der Stadtverwaltung, dem Sie vertrauen können?«, fragte sie.

»Nein. Der Kreisdirektor hat ein ausgesprochen gut funktionierendes Netzwerk. Wenn ich anfange, dort zu recherchieren, dann weiß er es sofort.«

Sie überlegte. »Und wie ist es beim Finanzamt?«

»Da müsste es gehen, aber was soll ich bei denen abfragen?«

»Sämtliche Fincaverkäufe der vergangenen zwei Jahre. Derartige Dinge müssten doch nachvollziehbar sein, oder? Als mein Mann einmal ein Haus verkauft hat, wurden vom Finanzamt der Kaufwert, die Baukosten, der jeweilige Schätzwert und der Verkaufserlös erfasst und berechnet, um eventuell anfallende Spekulationssteuern berechnen zu können.«

Das Gesicht des Comisarios hellte sich auf. »Da könnte ich vielleicht sogar erfahren, ob der Grund des Verkaufs der Tod des Besitzers war.«

»Aber wir brauchen auch Namen und Adressen der noch lebenden Verkäufer oder ihrer Angehörigen«, warf Berger ein, »denn nur so bekommen wir heraus, unter welchen Bedingungen der Verkauf ablief, also ob die alten Besitzer zum Verkauf gedrängt wurden.«

Der Comisario zückte sein Handy. »Das werden wir gleich herauskriegen. Moment, *por favor*.«

Berger sah der Gräfin über den Tisch hinweg in die Augen. »Sie können beobachten, Sie können kombinieren, Sie können strategisch planen, und Sie scheinen eine begnadete Schweinedompteurin zu sein. Sie überraschen mich. Woher können Sie das alles?«

»Danke für die Blumen, Residente, ich bin halt eine Frau.«

»Und da lernt man den Umgang mit Schweinen?«

»Nur mit männlichen, Señor Berger.«

5

Lucio Ibanez wählte hektisch die Handynummer, die er von einem Zettel aus seiner Brieftasche ablas. Natürlich benutzte er dafür sein privates Handy. So altertümlich die Stadtverwaltung von Santanyí in vielen Dingen auch sein mochte, die Telefonanlage war digital, und man konnte jede Nummer zurückverfolgen, egal von wo sie auch gewählt wurde.

Es dauerte eine Weile, bis endlich jemand abnahm.

»Señor Schokotoff.« Er wartete vorsichtig, bis er sicher war, den Richtigen am anderen Ende zu haben.

»Ah, Ibanez, ich hoffe, du hast eine gute Nachricht. Hat sie sich entschlossen, ihren Besitz zu verkaufen?«

»Ich weiß es nicht, Señor. Augenblicklich sitzt sie hier in einer Bar schräg gegenüber vom Rathaus, zusammen mit dem Comisario.«

»Ibanez, wenn du alles richtig gemacht hast, wird sie heute noch den Verkauf ihres Grundstücks mit dir besprechen wollen.«

»Es sieht, wenn ich ehrlich bin, nicht danach aus. Sie sitzt dort und macht wirklich nicht den Eindruck, als sei sie besonders verkaufswillig.«

»Dann sorge verdammt noch mal dafür, dass sie verkaufen will, sonst werde ich mich danach erkundigen müssen, was deine Familie so zu verkaufen hat, haben wir uns verstanden?«

Ibanez schwitzte Blut und Wasser.

»Sí, Señor, Sie werden keinen Grund dazu haben, das verspreche ich Ihnen.«

Schokotoff legte wortlos auf, Ibanez hingegen musste sich erst einmal setzen. In was für eine Lage hatte er sich da nur begeben? Hier und da hatte er mal ein paar tausend Euro eingesteckt. Dabei brauchte er das Geld gar nicht, das war ja das Tragische. Damit hatte er lediglich zwei Nächte lang in einem Bordell in Palma die Sau rausgelassen.

»Maria wird mir die Eier abreißen, wenn sie davon erfährt«, murmelte er voller Selbstmitleid. Der Krach mit seiner Ehefrau war das Einzige, was er wirklich fürchtete. Berufliche Konsequenzen schloss er aus. Man ist nicht umsonst ein echter Mallorquiner.

***

Berger war mit dem Comisario zu dessen Dienststelle gefahren. García Vidal und seine Leute teilten sich ein Haus mit der *Guardia Civil*, und dort verfügten sie über die für ihre Nachforschungen wichtige Infrastruktur.

Die Gräfin hatte Tomeu beauftragt, Bergers Dyane in eine Citroën-Werkstatt zu bringen und wartete nun auf Nachricht, ob alles nach ihren Vorstellungen klappen würde. Ihr war die Zeit, die sie seitdem allein in der Bar sa Seu verbracht hatte, etwas lang geworden, aber sie sah ein, dass es für sie der sicherste Ort in ganz Santanyí war.

Zum großen Entzücken der sich auf der Plaça langweilenden Kinder kehrte Tomeu mit Shakespeare im Gefolge von seinem Auftrag zurück. Sie konnten sich gar nicht daran sattsehen, wie wunderbar dieser riesige Hund und das kleine Ferkelchen miteinander spielten.

»Und«, erkundigte sie sich, »war es ein Schock für die Herren Mechaniker?«

»S-s-sssie haben e-ee-s m-mmm-mit F-f-fffassung ge-ge-getragen. Ei-ei-ein N-nnneuwagen ist b-bb-bbbilliger, s-ssagten s-ss-ssie aber.«

Sie lachte. Diese Diagnose war zu erwarten gewesen. »Haben Sie so einen Leihwagen bekommen, wie ich ihn wollte?«

»S-s-ssi, Patrona, einen alten 2CV-G-gg-geländew-ww-agen.«

»Wunderbar, das wird den Residente für die Zeit der Reparatur etwas trösten, danke Tomeu.«

Sein Gesicht leuchtete vor Stolz, seiner Chefin so gut gedient zu haben.

Kurz darauf kamen García Vidal und Berger wieder. Berger hatte einen großen Stapel Computerausdrucke unter dem Arm, der Comisario sein Notebook.

Man beschloss, Bergers Wohnung zum Hauptquartier zu machen. In Anbetracht der Tatsache, dass diverse Mitarbeiter des öffentlichen Dienstes in diese Sache verstrickt zu sein schienen, mussten sie sicher sein, dass ihnen niemand nachschnüffeln konnte.

***

Die Gräfin war auf eine Behausung vorbereitet, die dem Inneren des Bootshauses glich, aber sie wurde eines Besseren belehrt. Bergers Wohnung in der Carrer de la Platja war einfach, aber zweckmäßig eingerichtet, wunderschön geschnitten und urgemütlich. Sie schien auch eine angenehme Ausstrahlung zu haben, denn die Tiere legten sich sogleich nebeneinander auf einen der Flickenteppiche und schliefen eng aneinandergekuschelt ein.

Berger war ganz der Gastgeber. »Was darf ich den Herrschaften zu trinken anbieten?«

»*Vino tinto, por favor*«, kam es vom Comisario.

»*Una cerveza*«, vervollständigte Tomeu die Bestellung.

»Und Sie?« Berger strahlte die Gräfin an.

»Ich hätte bitte gerne ein Wasser ohne Kohlensäure.« Sie konnte sich an der Wohnung gar nicht sattsehen. »Darf ich mich ein wenig umschauen?«

»Gern, aber Sie werden nichts Interessantes finden.«

Sie machte einen kurzen Streifzug durch die drei Zimmer. Als sie zurückkam, resümierte sie: »Es heißt immer, Junggesellenwohnungen fehlt die weibliche Hand, um sich darin wohlfühlen zu können. Welches Weib hat hier ihre Hand angelegt?«

»Soweit ich mich erinnere, sind Sie das erste weibliche Wesen, das mich hier besucht. Tja, und was die Gemütlichkeit betrifft: Ich habe alles so eingerichtet, wie es meiner Frau gefallen hätte.«

»Sie muss ein wunderbarer Mensch gewesen sein.«

Berger stellte die Getränke auf den Tisch. »Das war sie auch, und das wirklich Wunderbare an ihr war, dass sie es mit mir ausgehalten hat. Ich war ja eigentlich nie zu Hause, und außerdem …«

»… sind Sie ja bekanntermaßen ein lausiger Liebhaber.« Sie lachte.

Der Comisario sah erstaunt von seinem Notebook auf. »Das haben Sie Arme in nur vierundzwanzig Stunden bereits erfahren müssen?«

»M-mm-an p-p-ppprahlt m-mmit d-dddem, w-wwas man n-nnicht h-hh-hat.« Tomeu grinste Berger frech an.

Der beendete das Geplänkel: »Es wäre schön, wenn wir uns um unseren Fall kümmern könnten.«

Der Comisario nickte und fasste die momentane Situation zusammen. »Wir haben zumindest einen Mord, und wir können noch nicht sagen, wie viele noch dazukommen werden. Der erste Schritt wird sein, herauszubekommen, wie viele Residenten in den vergangenen zwei Jahren unter Druck verkauft haben.«

»Dabei gilt es vor allem die zu finden, die noch leben«, fügte Berger hinzu.

»Recherchieren Sie doch mal, bei wie vielen Verkäufen überhaupt ein Erbschein vorgelegen hat, das stand ja alles mit auf den Dateien des Finanzamtes, die Sie heruntergeladen haben.«

Alle schauten wie gebannt auf den Bildschirm. García Vidal, der auf einem Zettel Zahlen notierte, während er die Listen durchging, verzog das Gesicht, als sei ihm übel.

»Das darf doch nicht wahr sein!«, rief er schließlich. »In diesem Zeitraum gab es zweiundneunzig Verkäufe von Objekten über einer halben Million Euro, wobei der Wiederverkaufswert in zweiundzwanzig Fällen um das Doppelte stieg! In acht davon lag ein Erbschein vor.«

Berger lehnte sich zurück und rechnete.

»Dann müsste es nach unserer Theorie vierzehn ziemlich verstörte Exresidenten und acht Erben oder Erbengemeinschaften geben, die alle einigermaßen stinkig sein dürften«, sagte er bedächtig.

»Was ist mit den Maklern?«, warf die Gräfin ein. »Kann man irgendwo nachschauen, welche Makler diese Verkäufe abgewickelt haben?«

»Das muss bei der Stadt verzeichnet sein«, bestätigte der Comisario. »Nur, wie kommen wir da heran?«

Berger war anzusehen, dass ihm eine Lösung eingefallen war. Nur konnte es seinem Gesichtsausdruck nach zu urteilen keine legale sein. »Comisario, können Sie sich an den Sohn der Zahnärztin erinnern? Der hat doch im vergangenen Jahr auf den Internetseiten des Verteidigungsministeriums Geheiminformationen veröffentlicht, die er aus dem Intranet der Regierung gezogen hatte.«

»Sí.« García Vidal nickte nachdrücklich. »Und ihm wurde streng verboten, jemals wieder einen Computer auch nur schief anzusehen!«

»Aber er ist zugegebenermaßen ein begnadeter Hacker«, gab Berger zu bedenken.

»Stimmt.«

»Und was brauchen wir, um unbemerkt an die Dateien der Stadt zu kommen?«

García Vidal schluckte. »Einen begnadeten Hacker.«

Die Gräfin zückte begeistert ihr Handy. »Wie ist die Nummer? Ich rufe ihn an!«

Beide Männer schauten auf ihr Telefon und wechselten einen bedeutungsvollen Blick. Der Comisario schüttelte den Kopf und sagte bedauernd: »Es hat eigentlich keinen Sinn, Condesa, Sie aus der Öffentlichkeit herauszuhalten, wenn Sie jeder Depp mit elektronischer Halbbildung anhand Ihres Handys orten kann.«

Sie verzog ihr Gesicht. »Sie wollen mir jetzt doch nicht mein Handy wegnehmen?«

Berger griff nach dem Gerät, öffnete es und holte die SIM-Karte heraus. »Tomeu, bitte besorge beim Elektriker eine neue, spanische Prepaid-Karte und denke dir irgendeinen Namen als Besitzer aus. So bleibt unsere Gräfin wenigstens digital anonym. Wir gehen inzwischen auf Hackerjagd.«

***

Der junge Computerfreak schien nur auf Bergers Anruf gewartet zu haben. Als er hörte, dass er sich in die Datenbank der Stadtverwaltung einhacken sollte, nannte er diese Aktion großspurig eine »einfache Fingerübung« und erklärte sich sofort bereit, sich von Tomeu abholen zu lassen, um sich in Santanyí mit seinem Hightechcomputer in irgendein WLAN-Netz einzuklinken und Datenklau zu betreiben.

Zu ihrem Glück hatte der junge Mann nicht übertrieben, was seine Fertigkeit am Computer anging, und schon bald waren die digitalen Ermittlungen von Erfolg gekrönt.

Ihre Recherchen ergaben, dass die Verkäufe der geerbten Grundstücke ausnahmslos von der Immobilienagentur Frommelt

& Partner abgewickelt worden waren. Ebenso wie die Verkäufe von zehn weiteren Grundstücken ohne Erbschein. Bei allen Immobilien war der Verkaufswert innerhalb kürzester Zeit immens gestiegen, bis zu zweiundsechzig Prozent, wie sie aus den Unterlagen des Finanzamtes errechnen konnten.

García Vidal war fasziniert. »Da kann man mal sehen, dass Comisario Computer doch ein sehr effektiver Kollege sein kann.«

»Was machen wir nun aber mit dem Wissen, das wir rechtlich gesehen gar nicht haben dürfen?«, warf Berger ein.

»Genau das ist das Problem. Wenn ich diesen Frommelt verhören will, kann ich ihn noch nicht einmal vorladen, ohne dass mich sein Anwalt auslacht.«

Berger grinste frech. »Aber wenn er ganz von selber kommt, dann sind Sie doch aus dem Schneider, oder?«

»Miguel, woran denken Sie bitte?«, fragte der Comisario vorsichtig.

»Ich denke an einen Besuch in Felanitx, der diesen Señor Frommelt dazu veranlassen soll, sich in nicht unwesentliche Panik zu begeben.«

»Man begibt sich nicht in Panik, man bekommt sie!«, warf die Gräfin ungeduldig ein.

»Das würde uns in diesem Falle völlig reichen.«

»Aber wozu?«

»Angst macht Stress, und wer im Stress ist, macht Fehler. Ich kann mir nicht vorstellen, dass der Makler der alleinige Initiator dieser ganzen Aktion ist. Wenn er in die Ecke getrieben wird, führt er uns über kurz oder lang zu seinem Boss.«

***

Auf dem Weg nach Felanitx machte der Residente einen recht angespannten Eindruck.

Die Gräfin schaute ihn von der Seite an. »Warum ziehen Sie schon wieder einen Flunsch? Das war doch ein voller Erfolg.«

Berger saß stocksteif auf dem Beifahrersitz des 2CV und schaute sich pikiert um. »Ich bin mir nicht sicher, ob ich das mit meinem Auto gut finden soll.«

»Hätten Sie ihn denn zur Werkstatt gebracht?«

»Niemals! Ich gebe doch keiner Polizeischikane nach!«

»Sehen Sie. Auf diese Weise haben Sie Ihren Stolz bewahrt, und Ihr Auto bekommt eine neue TÜV-Plakette. Was meinen Sie, wie sich Hidalgo darüber ärgern wird!«

Sein Gesicht hellte sich auf. »Da haben Sie recht, Condesa, allein dafür lohnt sich der Aufwand.«

»In manchen Dingen sind Sie wie ein Kind, wissen Sie das?«, sagte sie lachend.

»Wie kommen Sie denn darauf?«

»Sie sollten sich jetzt mal sehen. Außerdem habe ich manchmal das Gefühl, als sei es Ihnen peinlich, mit mir gesehen zu werden.«

Er nickte. »Stimmt, aber das Peinliche sind nicht Sie, sondern die Tatsache, ständig von einem Schwein verfolgt zu werden. Und noch peinlicher ist es, in so einem offenen Geländewagen zu sitzen und ebendieses Schwein auch noch auf dem Schoß zu haben.«

»Wollen Sie lieber fahren? Dann nehme ich es auf meinen Schoß.«

»Es wäre schon völlig ausreichend, wenn es nicht ständig quieken würde, wenn uns jemand zuwinkt.«

Die Gräfin genoss den Weg nach Felanitx ganz offensichtlich in vollen Zügen. Um den Zauber dieser Insel auf sie einwirken zu lassen, führte Berger sie fast nur auf wenig befahrenen Nebenstraßen durch eine sehr eigentümliche, bewegende Natur. Auf diese Weise benötigten sie für die knapp zwanzig Kilometer mehr als eine Stunde, aber das waren über sechzig Minuten, in denen ihre Sinne wieder einmal tanken konnten. Zu dieser Tageszeit herrschte das schönste Licht auf dieser Insel, das man sich als Fotograf nur wünschen kann. Aber auch ohne Kamera verfehlte es nicht seine Wirkung. Es wärmte die Seele.

Als sie sich der Stadt näherten, entschied Berger, dass sich die Gräfin lieber nicht in der Agentur zeigen sollte, und bat sie, in der Stadt so lange Runden zu fahren, bis sie ihn wieder am Straßenrand aufgabeln konnte.

»Und wieso soll ich da nicht mit reinkommen?«

»Das, was sich da gleich abspielen wird, ist nichts für kleine Schweine.«

»Und warum nicht?«, fragte sie erstaunt.

»Weil ich da drin gleich die Sau rauslassen werde.«

Glücklich, das Tier los zu sein, kletterte er aus dem Entenjeep und ging die restlichen Meter zur Agentur zu Fuß.

Bei der angegebenen Adresse fand er ein kleines, aber feines Ladenlokal vor, das spärlich, aber edel eingerichtet war. Die Sekretärin selbst war noch edler, denn sie begrüßte ihn mit einem derart abschätzigen Blick, dass Bergers Blut von jetzt auf gleich vor Zorn nur so kochte.

»Schönen guten Tag, mein Herr«, flötete sie und kam ohne Umschweife zur Sache. »Bei unserer Agentur handelt es sich um einen Dienstleister der führenden Immobilienbranche nur für allerhöchste Ansprüche. Ich kann mir nicht vorstellen, in welcher Art wir für Sie tätig werden könnten.«

Berger setzte sein liebenswürdigstes Lächeln auf.

»Ein hoffnungsvoller Anfang wäre es, wenn Sie sich erschießen würden, Gnädigste. Und nun bringen Sie ganz schnell Leben in Ihren Kadaver und führen mich zu Ihrem Chef, *claro*, Señora?«

Schlagartig war die Dame mindestens genauso weiß wie die makellos gekalkte Wand hinter ihr. Wortlos stand sie auf und führte ihn unsicheren Schrittes zu einer Tür. Als sie nach der Klinke greifen wollte, hielt er sie zurück.

»Okay, den Rest mache ich schon.«

Sie zitterte am ganzen Leib.

»A-aaber ich muss Sie doch melden!«

»*Nada*, du schleichst dich jetzt ganz schnell auf deinen Platz zurück und sagst erst dann wieder etwas, wenn du gefragt wirst, *comprendes*?«

Mit Panik in den Augen gehorchte sie.

Ohne zu klopfen, öffnete Berger die Tür und betrat ein noch etwas edleres Büro. Hinter einem riesigen Glasschreibtisch saß ein dicker, unsympathischer Mann, der wohl nur deshalb nicht zerfloss, weil seine Klimaanlage den Raum zu einer Tiefkühltruhe machte.

Allein die Tatsache, dass jemand unangemeldet sein Büro betrat, ließ ihn ähnlich panikartig gucken wie seine Vorzimmerdame.

»Mein Herr, was kann ich für Sie tun? Ist meine Sekretärin nicht da?«

»Doch. Señor Frommelt, nehme ich an?«

Er nickte irritiert.

»Ich habe Ihre Tippse zurück in ihr Körbchen geschickt.«

»Moment mal, wie kommen Sie bitte dazu …?« Frommelt versuchte sich aufzurichten, was ihm sichtlich schwerfiel.

Berger stützte sich vor ihn auf die Glasplatte, die sich dabei bedenklich durchbog.

»Hör mal, Schwabbelbacke, du sitzt so was von in der Klemme, wie du es noch nie erlebt hast.«

Frommelt begann zu zittern. »Aber mein Herr, ich weiß nicht, was Sie meinen.«

»Nun versuch nicht, dich dümmer zu stellen, als du bist. An deinen Wurstfingern klebt Blut, das weißt du nur zu genau.«

Der Makler versuchte noch einmal aufzubegehren. »Mein Herr, ich bitte Sie, wer sind Sie eigentlich?«

»Wer ich bin?« Berger genoss es, diesen Menschen derartig in Panik versetzen zu können. »Ich bin dein schlimmster Alptraum. Die Bullen haben herausbekommen, dass du Residentes einschüchterst und auch hin und wieder ermorden lässt, wenn du nicht weit unter Wert an die betreffenden Grundstücke kommst. Morgen wird dich deswegen die *Guardia Civil* zu einem etwas längeren Gespräch nach Palma abholen.« Berger grinste hässlich. »Du kannst dir im SYP gleich schon mal ein Töpfchen Vaseline kaufen. Deine Kollegen in U-Haft stehen nämlich auf dralle Männer.«

Frommelt zitterte nun am ganzen Leib, wobei sein enormes Doppelkinn in einer etwas anderen Frequenz wackelte als sein massiger Körper.

Berger ließ nicht locker. »Entweder du machst jetzt hier bei mir reinen Tisch, oder die Bullen werden dir morgen den Arsch aufreißen.«

Der Makler sah aus, als ob das bereits jetzt schon jemand tun würde. »Machen Sie augenblicklich, dass Sie mein Büro verlassen, sonst hole ich – äh«, er zögerte nervös, »Verstärkung!«

Berger setzte seinen diabolischsten Blick auf. »Ist das dein letztes Wort, Schwabbelbacke?«

»Sí, Señor!«

»Na, dann bis morgen. Sortiere schon mal deinen Nachlass, Dickerchen, denn morgen machen sie dich bei der *Guardia Civil* nach allen Regeln der Kunst fertig.«

Berger nahm die Karaffe Wasser, die auf Frommelts Schreibtisch stand, und goss ihm den Inhalt genüsslich über seine vor Schweißperlen triefende Glatze. Dann wandte er sich wortlos um und verließ das Haus. Er ließ zwei vor Entsetzen völlig gelähmte Menschen zurück, denn es folgte ihm niemand, um zu sehen, wohin er ging.

Die Gräfin fuhr just in dem Augenblick um die Ecke, als Berger das Ladenlokal verließ. Er sprang schnell auf den Beifahrersitz, und sie gab Gas.

Zufrieden lächelnd griff er sein Handy und wählte die Nummer von García Vidals Apparat. »*Hola*, Comisario, Sie können loslegen. Der Typ ist überreif. Der wird noch heute Abend jeden aufscheuchen, der mit ihm jemals zusammengearbeitet hat, darauf können Sie sich verlassen. Hoffentlich lassen sich auch die Drahtzieher davon aus der Ruhe bringen.«

Er lachte noch kurz und legte dann auf.

Die Gräfin wartete gespannt auf seinen Bericht: »Na, was haben Sie dem Herrn gesagt?«

Er grinste sie von der Seite an. »Das erzähle ich Ihnen lieber erst dann, wenn Sie Ihrem Filou die Ohren zuhalten.«

***

Schokotoff hasste es, während des Abendessens gestört zu werden, und noch mehr verabscheute er es, während der Mahlzeiten schlechte Nachrichten serviert zu bekommen.

»Frommelt, was faseln Sie da? Wieso sind wir aufgeflogen?«

Er lauschte in den Hörer und versuchte, die Essenz aus dem Gejammer zu filtern.

»Na und? Dann war die Polizei eben bei Ihnen. Menschenskind, Frommelt, nun schalten Sie doch mal Ihr Gehirn ein. Hätten die auch nur den Hauch eines Beweises, hätte man Sie doch gleich verhaftet. Die wollen Sie nur kirre machen, und mir scheint, das haben sie geschafft!«

Er gab Kong ein Zeichen, dass dieser näher kommen und mithören solle. Dann stellte er auf Lautsprecher.

»Aber Zarewitsch«, jammerte Frommelt, »ich bin die Ruhe selbst, nur wird mir das Ganze mittlerweile zu heiß. Ich will aussteigen. Mein Anteil an der Firma hat inzwischen einen Wert von 1,2 Millionen Euro, richtig?«

»Inzwischen sind es eher 1,3 Millionen, mein Freund«, bestätigte Schokotoff.

»Großartig. Ich verkaufe Ihnen meinen Anteil für, sagen wir mal, eine Million«, kam es erleichtert vom anderen Ende der Leitung.

Schokotoff grinste. »Fünfhunderttausend.«

»Aber Zarewitsch, Sie versuchen, mich auszutricksen. Einigen wir uns auf siebenhundertfünfzigtausend, aber in bar und heute Abend.«

Schokotoff überlegte einen Moment. »Geht in Ordnung. Übergabe auf der Landzunge gegenüber der Pontas. Seien Sie um ein Uhr nachts pünktlich am Ort, dann werden Sie Ihr Geld cash bekommen.«

»Sí, Zarewitsch, ich werde pünktlich dort sein. Es ist ein Vergnügen, mit Ihnen Geschäfte zu machen.«

»Und ich kann absolut sicher sein, dass Sie in den nächsten fünf Jahren keinen europäischen Boden mehr betreten werden?«

»Das können Sie, Zarewitsch. Sie wissen doch, dass Sie sich auf mich verlassen können.«

Schokotoff legte auf und sagte verächtlich: »Wie sehr ich mich auf dich Drecksack verlassen kann, hat man eben gerade gesehen!«

Kong schaute den Junior fragend an. »Sie wollen ihm doch nicht etwa wirklich das Geld geben?«

»Wo denkst du hin, Kong? Du wirst ihn heute Nacht an einen Ort schicken, an dem er kein Geld mehr benötigt und wo er mich nie wieder Zarewitsch nennen kann.«

»Sollten wir das vorher nicht vielleicht doch mit Ihrem Vater absprechen?«

Schokotoff lehnte sich großkotzig in seinem Stuhl zurück. »Kong, es gibt Dinge im Leben, die muss ein Mann selbst entscheiden können.«

Kong wusste, dass es ihm nicht möglich sein würde, den Jungen umzustimmen, solange er in dieser machtbeseelten Verfassung war. »Soll ich ihm vorher noch Grüße bestellen?«, fragte er ergeben.

Schokotoff schüttelte den Kopf. »Mach es kurz und schmerzlos. Ich möchte dir die Jammerei ersparen. Aber mach es so, dass es für alle, die mit uns arbeiten, eine Warnung ist.«

Kong blickte alarmiert auf.

»Sergej, ich bitte Sie, lassen Sie uns das ganz im Stillen erledigen, so wie wir auch bisher gearbeitet haben.« Seine Stimme hatte etwas Flehendes. »Zu viel Aufmerksamkeit ist schlecht fürs Geschäft!«

»Nein, Kong, vor meinem Vater zittert das ganze russische Reich. Jetzt wird es langsam Zeit, dass Mallorca vor seinem Sohn zittert.«

***

Wie Berger es schaffte, immer dann pünktlich aufzuwachen, wenn er zum Fischen auf See wollte, wusste er nicht. Er brauchte gar nicht auf den Wecker zu schauen, er wusste, dass es drei Uhr dreißig war.

Auf dem Tisch standen noch die zwei Flaschen Rotwein, die er und die Gräfin gestern Abend geleert hatten, bevor jeder in sein Bett verschwunden war. Er lächelte still vor sich hin und schloss seine Augen, um sie sich vorzustellen, wie sie lachend vor ihm gesessen hatte. Sie hatten überhaupt viel gelacht, im Grunde den ganzen Abend über, eigentlich über jeden Quatsch. Sie lachte so gern, doch es schien ihm, als hätte sie sehr lange keinen Grund mehr dazu gehabt. So wie sie ihren Ehemann beschrieben hatte, schien er bei jeglicher Gefühlsäußerung und bei jedem Anflug eines Lächelns vorsorglich in den Keller gestiegen zu sein. Ihm war nicht klar, wie sie es so lange mit ihm hatte aushalten können.

Er ging in die klitzekleine Miniküche, die er sich in seinem Bootshaus eingerichtet hatte, und setzte Kaffee auf.

Ihm war ein wenig flau vor den kommenden Stunden. Fischen zu gehen, das war sein Ding. Jedoch war er – so empfand er es wenigstens – jedem, der mit ihm im Boot war, schutzlos ausgeliefert.

Er hatte noch nie jemanden mitgenommen, bis auf seine Frau, mit der er sich auf See dann immer stundenlang unterhalten und mit der er auf diesem Boot auch sehr intime Stunden erlebt hatte. Doch nun war da plötzlich eine andere – eine Frau, wie er sie noch nie erlebt hatte. Eine ganz eigenwillige Mischung aus wunderschöner Fee und duftem Kumpel.

Er fühlte, wie ihn etwas an seine Wade stupste, schaute hinunter und sah in zwei freundliche runde Augen. »Moin, Schweinehund, hast du Hunger? Komm, ich mach dir einen Grießbrei, der hält länger vor als dieses Geschlabber aus der Flasche.«

Während Cala Figuera noch fest schlief, war an der Fischhalle des Hafens schon eine Menge los. Alles, was mit Fischerei zu tun hatte, beeilte sich, aufs Meer zu kommen. Die Fischer waren so konzentriert bei der Arbeit, dass es niemandem groß auffiel, dass Berger heute eine Frau dabeihatte. Eine Frau mit Schwein.

***

Kong war mit seiner Arbeit zufrieden. Leise schaukelte Frommelt im Wind. Er hatte am Ende trotz seiner weit über drei Zentner Gewicht tatsächlich etwas Leichtes an sich.

Der Makler war, wie immer, absolut pünktlich gewesen. Eigentlich hätte er etwas ahnen müssen, als Kong ohne Geldkoffer vor ihm erschienen war. Er schöpfte aber auch dann noch keinerlei Verdacht, als Kong ihn bat, doch mal an seinem neuen Parfümfläschchen zu riechen, ob das ein Duft auch für ihn sein könnte. Sein Gesichtsausdruck wurde nur etwas seltsam, als er beim Riechen merkte, dass seine Beine nicht mehr so richtig wollten. Seine letzte kontrollierte Regung war ein dankbares Lächeln, als er merkte, dass Kongs Mitarbeiter ihn auffingen und behutsam in ein Zelt legten. Acht Mann waren nötig gewesen, um diesen fetten Menschen tragen zu können.

Während seine Mitarbeiter alle offenen Stellen des Zeltes abdichteten, kniete sich Kong neben ihn.

»Nun, Väterchen Frommelt, wirst du gleich vor deinen Gott treten.« Er wusste, dass der Mann ihn hören und auch genau verstehen konnte. Das geruchlose Gas hatte nur sein motorisches

Nervensystem gelähmt, sodass es für ihn unmöglich wurde, sich zu bewegen.

»Du hast großes Glück, dass sich der Zarewitsch noch für dich eingesetzt hat, sonst würdest du nicht so schmerzlos sterben.«

Mit Befriedigung nahm Kong zur Kenntnis, dass Schweißperlen von Frommelts Stirn flossen und Tropfen davon in seine vor Panik weit geöffneten Augen liefen.

Er lächelte ihn an. »Mich würde interessieren, ob du das merkst. Schweiß brennt eigentlich in den Augen. Wenn ich irgendwann auch einmal bei dir drüben bin, kannst du es mir ja erzählen.«

Als Kong das Zelt verließ, registrierte er befriedigt, dass sich Frommelt in die Hose pinkelte. Er hoffte, dass es aus Angst geschah und nicht durch eine durch das Gas herbeigeführte Entspannung des Körpers – dieser Gedanke wäre ihm viel zu langweilig.

Es dauerte nur Sekunden, bis auch der Haupteingang des Zeltes verschlossen war und aus großen Gasflaschen von seinen Leuten das CO_2 eingeleitet wurde. Von alldem merkte Frommelt nichts mehr, denn während der Partialdruck des Sauerstoffs im Zelt sank, sackte der dicke Mann in eine tiefe tödliche Bewusstlosigkeit.

Um Frommelt einen würdigen Abgang zu ermöglichen, hatte Kong den ganzen Abend lang Vorbereitungen getroffen. Es war keineswegs problemlos, diesen massigen Körper in den Torbogen der Pontas zu hängen. Aber seinem Chef war nun mal kein Aufwand zu groß, um aller Welt zu zeigen, dass er keinen Abtrünnigen in seinen Reihen duldete. Kong hoffte nur, dass dieser ermittelnde Bulle den Kraftakt zu würdigen wusste, denn hundertachtundsiebzig Kilo dort oben so kunstvoll zu platzieren war eine logistische Meisterleistung.

***

Der Morgen begann ganz allmählich zu grauen. Die Gräfin steuerte das tuckernde Boot exakt auf das Licht zu, das ihr Berger als Ziel genannt hatte. Obwohl er sich eingestehen musste, dass sie ihren Job wirklich hervorragend machte, schmollte er ein wenig.

Sie hingegen genoss den Moment in vollen Zügen.

»Was ist los, Michael? Das Glück, nun endlich wieder zum Fischen zu fahren, müsste Ihnen doch aus allen Knopflöchern quellen. Haben Sie irgendetwas an mir auszusetzen?«

»An Ihnen nicht, aber an unserer Begleitung. Ich war noch nie mit einem Schwein zusammen auf See.«

»Apropos Schwein. Vielen Dank, dass Sie Filou vorhin diesen leckeren Grießbrei gekocht haben. Der scheint ihm riesig geschmeckt zu haben. Woher wussten Sie, dass er so etwas gerne frisst?«

»Ihrer Theorie nach sind ja alle Männer Schweine, und Grießbrei esse ich hin und wieder auch mal ganz gerne.«

»Und was stört Sie an einem Ferkel auf See?«

Er suchte nach Worten. »Es ist da, und das ist nun mal ungewohnt.«

Sie lächelte ihn an. »Und wie steht es mit einer Frau auf See?«

»Zwischen Frauen und Schweinen mache ich keinen Unterschied.« Er bemerkte seinen Fauxpas erst, als es schon zu spät war.

Das war natürlich Wasser auf ihre Mühlen.

»Ach, ist ja interessant!« Sie ließ die Worte auf der Zunge zergehen. »Zwischen Frauen und Schweinen gibt es für Sie also keinen Unterschied!«

Da musste er jetzt durch. Seufzend entgegnete er: »Nein, beide veranstalten gleich bei der kleinsten Kleinigkeit ein riesiges Gequieke!«

Er erwartete ein Donnerwetter, aber es gelang ihr einfach nicht, ernst zu bleiben. Sie lachte lauthals los.

»Das war exzellent gekontert, Herr Detektiv.«

»Sie wissen doch, wie ich es meine«, erklärte er ihr verlegen. »Jedes Lebewesen an Bord ist für mich ungewohnt.«

Sie schaute ihn durchdringend an.

»Darf ich noch eine Frage stellen?«

Er nickte überrascht.

»Werde ich jetzt zur Beichte zitiert?«

»Wenn Sie es so auffassen, tut es mir leid. Ich wollte nur fragen, warum Sie nicht mehr für die deutsche Polizei arbeiten. Das Pensionsalter haben Sie ja noch lange nicht erreicht.«

Es war ihm klar, dass diese Frage einmal kommen musste. Er überlegte, ob er sie schon jetzt beantworten oder lieber eine ausweichende Antwort geben sollte. Nach kurzem Zögern entschloss er sich zur Wahrheit.

»Ich habe bereits erwähnt, dass ich meine Familie durch ein Unglück verloren habe.«

»Sie sind in einem Feuer umgekommen. Der Comisario hat mir bei unserer ersten Begegnung erzählt, dass Sie diesen schlimmen Verlust erleiden mussten.«

Berger schnaufte verärgert. »Warum hat er das gemacht?«

»Vielleicht wollte er vermeiden, dass ich Sie durch eine unbedarfte Äußerung verletze.«

»Na und, bin ich vielleicht aus Zucker?«

»In manchen Punkten ja.«

Er stierte, ohne zu antworten, auf die sich leicht kräuselnde See. Es war nicht einfach für ihn, die richtigen Worte zu finden.

»Ich bin aus Deutschland weg, weil ich dort nicht mehr atmen konnte. Ich musste einfach weg, selbst dann, wenn meine Pension nur sehr gering ausfallen würde.«

Sie nickte. »Das will man in so einem Augenblick. Geben Sie sich die Schuld an dem Unglück?«

Mit dieser Frage hatte er nicht gerechnet. »Wie kommen Sie darauf?«

»Weil ich mich öfter dabei erwische, wie ich mir die Schuld am Tode meines Mannes gebe.«

»Na, das ist ja nun völliger Schwachsinn.«

»Meine Vorwürfe sind nicht weniger schwachsinnig als die, die Sie sich machen. Wir Menschen scheinen mit Schicksalsschlägen nicht klarzukommen, wenn wir niemandem die Schuld dafür geben können, und wenn wir zur Not uns selbst dafür bezichtigen.«

»Wenn Sie es wissen, warum fragen Sie mich dann?«

»Weil es ein gutes Gefühl ist, zu wissen, dass es anderen auch so geht, darum.«

Berger hätte es niemals zugegeben, aber es war wirklich ein gutes Gefühl.

Sie waren gerade fertig damit, die Netze zu stellen, da hörten sie schon von Weitem die Sirene eines Schnellboots der Küstenwache. Kurze Zeit später kam es längsseits. Der Kapitän trat aus dem Ruderhaus und rief Berger zu: »*Hola*, Residente. Ich nehme an,

Ihr Handy hat hier keinen Empfang. Der Inspektor braucht Sie dringend.«

Berger runzelte die Stirn. »Reicht es nicht, wenn ich heute Nachmittag zu ihm aufs Revier komme?«

»No, Señor, er braucht Sie sofort. Gehen Sie mit Ihrem Boot vor Anker, wir bringen Sie später wieder her. Zur Sicherheit lasse ich einen meiner Männer hier. Der kann auf alles aufpassen.«

Kurze Zeit später waren Schwein, Weib und Residente an Bord des schnellen Kreuzers, und es ging mit Vollgas in Richtung Cala Santanyí.

»Was liegt denn an, Kapitän?«

»Genau weiß ich es auch nicht, aber sie scheinen wieder eine Leiche gefunden zu haben.«

Nach zwanzig Minuten Vollgas bei nur mäßigem Seegang waren sie da. Schon von Weitem war die Leiche zu erkennen, die im Bogen der Pontas vom Wind hin und her geschaukelt wurde.

Berger schüttelte sich von leisem Grauen gepackt.

»Als Frommelt noch lebte, machte er eine ähnlich traurige Figur«, sagte er leise.

Etwa zwanzig Meter von dem im Wasser liegenden Naturdenkmal entfernt gingen sie vor Anker. Der Comisario kam von einem Schlauchboot aus an Bord der schnittigen Jacht, während Berger mit einem Feldstecher zu entziffern versuchte, was auf dem Zettel stand, den man der Leiche mit einem Bindfaden um den Hals gehängt hatte.

»Ich hatte Angst vor der Polizei«, stand dort mit aus einer Zeitung ausgeschnittenen Buchstaben.

Die Gräfin staunte und konnte ihren Blick gar nicht abwenden. »Wie haben die ihn nur da heraufbekommen? Die ganze Pontas ist doch von Wasser umspült!«

Der Comisario nickte. »Sí, Señora, genau das fragen wir uns auch.«

»Von Land aus«, warf Berger wie beiläufig ein.

»Wie kommen Sie denn darauf?«, fragte García Vidal irritiert.

»Bevor Russland der Interpol beigetreten ist, gab es diverse Treffen und gegenseitige Einladungen von allen verschiedenen Polizeidelegationen. In diesem Rahmen war ich einmal in Moskau, als Mitglied so einer Abordnung. Dort konnte ich einer

Übung der OMON als Zuschauer beiwohnen. Das ist eine Spezialtruppe des russischen Innenministeriums, vergleichbar mit unseren Sondereinsatzkommandos. Die haben sich in Windeseile eine ausgesprochen stabile Seilbahn gebaut, mit der sie in null Komma nichts eine ganze Einheit mit Ausrüstung auf einer kleinen Insel mitten in der Moskwa absetzten. Da ist anfangs nur einer rübergeschwommen, der hatte an seinem Gürtel einen dünnen Bindfaden. An dem haben sie dann nach und nach alles rübergezogen.«

Nach einem schnellen Seitenblick auf den Comisario fuhr er fort: »Sie müssen mich gar nicht so zweifelnd ansehen. Schicken Sie Ihre Leute da drüben auf die Landzunge, und Sie werden auf der Festlandseite Spuren von recht massiven Erdankern finden.«

García Vidal gab über Funk Anweisung, sofort danach zu suchen.

Die Gräfin hatte sich inzwischen vom Anblick des Toten losgerissen und schaute mit Filou auf dem Arm aufs offene Meer hinaus.

»Na«, meinte Berger, »das sind ein bisschen viele Leichen im Augenblick, oder?«

Sie schüttelte den Kopf. »Die Menge ist es nicht. Die Schaukelei von dem Typen macht mich krank. Außerdem ist das kein Anblick für ein Ferkel.«

Berger lachte herzhaft. »Wenn dieses Tier nur annähernd wüsste, was es für ein Schwein gehabt hat, Sie als Muttersau zu bekommen.«

Sie drückte Filou ganz fest an sich und entgegnete lächelnd: »Daran erkennt man eben die wahren Glücksschweine. Die überlegen nicht lange, die spüren einfach, was für sie gut ist, und verlassen sich dabei ganz auf ihren Bauch. Von diesem Speck sollten Sie sich eine Scheibe abschneiden.«

Inzwischen waren die Pioniere der *Guardia Civil* angerückt und machten sich vorsichtig daran, Frommelts Leichnam abzuseilen. Der Comisario hatte einen Funkspruch erhalten und trat zu den beiden an die Reling.

»Treffer, Señor Residente. Ich wusste doch, dass es sich lohnt, Sie vom Fischen abzuhalten. Man hat die Spuren der Erdanker gefunden, Kompliment.«

»Blödsinn«, brummte Berger. »Ich hatte das Glück, so etwas schon einmal gesehen zu haben, das ist alles.«

García Vidal machte sich Notizen.

»Da es sich bei den Erdankern offensichtlich um russische Wertarbeit handelt, werde ich schon mal veranlassen, dass wir einen Dolmetscher bekommen. Ich denke, den werden wir in den kommenden Tagen benötigen.«

6

García Vidal hatte die beiden nur ungern ziehen lassen, aber er konnte Bergers Ungeduld verstehen. Es war höchste Zeit, die Netze zu bergen, damit der Fang nicht im für diese Jahreszeit viel zu warmen Wasser vergammelte.

Wieder auf dem Boot angekommen, fing Berger sofort mit der Arbeit an. Zu seiner Überraschung half ihm Rosa. Sie sagte kein Wort, sie griff einfach nur zu und war dabei so geschickt, dass auch keinerlei Erklärungen nötig waren. Auf diese Weise schwiegen sie bei der Arbeit eine ganze Weile miteinander, bis sie plötzlich eine kapitale Muräne ins Boot zogen, die sich im Netz verheddert hatte. Instinktiv brachte sich Filou laut quiekend vor diesem gut einen Meter fünfzig langen, wild mit dem Schwanz um sich schlagenden Tier in Sicherheit. Rosa machte ebenfalls einen Satz zur Seite, um dem sich windenden Hinterteil auszuweichen.

»Das andere Ende ist gefährlich!«, rief Berger und gab der Muräne mit seinen Gummistiefeln einen mächtigen Tritt gegen den Kiefer. Mit geübtem Griff zog er ein Messer aus seiner Hosentasche und tötete das Tier mit einem Stich ins Genick. Es zuckte noch ein paarmal und war dann tot.

Die Gräfin erholte sich schnell von dem Schrecken. »Und was ist daran so gefährlich?«

»Der Biss einer Muräne ist für Menschen giftig und kann unter Umständen sogar tödlich sein.«

»Mein Gott«, sie wurde etwas blass um die Nase, »da habe ich ja richtig Glück gehabt.«

»Nun mal langsam«, beruhigte er sie, »er kann tödlich sein, muss es aber nicht. Unangenehm wird's aber auf jeden Fall. Es ist auch kein richtiges Gift, was eine Muräne verspritzt. Bei den Tieren handelt es sich um Aasfresser. Die vergammelten Fischreste, die zwischen den Zähnen sitzen, werden bei einem Biss in das Fleisch des Opfers gedrückt. So entsteht dann meist eine massive Blutvergiftung.«

»Haben Sie öfter einen derart gefährlichen Fang im Netz?«

»Von Verbrechern einmal abgesehen selten, eigentlich nicht.

Ich muss Ihnen auch ganz ehrlich sagen, dass ich vorher noch nie eine Muräne gefangen habe. Höchstwahrscheinlich hätte bei dieser Frage auch die Muräne etwas verständnislos geguckt. Eigentlich jagt so ein Vieh nämlich nachts, und eigentlich verlässt es dabei noch nicht mal seinen Bau, es sein denn, es ist zu groß geworden und sucht sich eine neue Behausung. Aber jetzt ist noch Laichzeit, und selbst eine Muräne hat Hormone, die sie unzurechnungsfähig machen können, wenn der Laich verteidigt werden muss.«

»Dann ist das ein Männchen?«

»Im Prinzip sind sie alle Männchen und Weibchen, denn sie machen im Laufe ihres Lebens eine Geschlechtsumwandlung durch.«

Rosa war perplex. »Wie macht man so etwas?«

»Woher soll ich das wissen? Ich war noch keine Frau.«

»Stimmt, dann wären Sie mit Sicherheit auch kein schlechter Liebhaber.« Ein Lächeln schlich sich auf ihr Gesicht.

Berger tat beleidigt. »Schade, dass Fische nicht auf Vorurteile stehen, sonst wäre das Boot jetzt randvoll.«

Als sie Cala Figuera erreichten, war die Genossenschaftshalle schon längst geschlossen.

»Wohin nun mit dem Fang?«, fragte Rosa verwundert.

»Mit der Genossenschaft habe ich sowieso nichts zu tun. Ich bin mein eigener Zwischenhändler, sonst würde sich das alles für mich nicht lohnen. Also gehe ich bei den Restaurants Klinken putzen und hoffe, dass sie sich noch nicht auf dem Großmarkt in Palma mit Frischware eingedeckt haben.«

Nach zehn Minuten war der Fang im Jeep verstaut, und sie begannen mit ihrer Tour. Filou wollte vor Angst gar nicht vom Schoß der Gräfin.

»Was hat er nur?«, fragte Berger.

»Die Muräne scheint ihm noch immer Angst zu machen.«

Mit Erleichterung registrierte Rosa, dass die erste Station schon erreicht war. Leider konnte sie kein einziges Wort von dem Palaver verstehen, mit dem der aufgeregte Wirt den Residente zutextete, aber eines war auf Anhieb zu erkennen: Es musste sich um etwas Unangenehmes handeln, sonst würde Berger nicht so ernst dreinschauen. Kurze Zeit später setze er sich wütend auf den Fahrersitz und gab Gas.

»Okay, dass der keinen frischen Fisch haben wollte, das ist so ziemlich klar«, begann sie vorsichtig. »Aber das ist wohl kaum der Grund, warum Sie so aufgebracht sind.«

Berger biss sich vor Wut auf die Unterlippe. »Hidalgo, dieses Schwein, ist überall herumgerannt und hat den Wirten untersagt, von mir Fische zu kaufen, weil ich angeblich keine gültige Lizenz habe.«

»Und, haben Sie eine?«

»Natürlich habe ich keine. Hier hat niemand eine. Jeder, der ein Boot hat, verkauft im Spätsommer und im Herbst selbst gefangene Fische, sogar Hidalgo und sein Sohn.«

»Und haben die eine Lizenz?«

Berger schlug ärgerlich mit der Faust auf das Lenkrad. »Natürlich haben die keine. Aber diese Ratte droht damit, den Wirten die Gewerbeaufsicht auf den Hals zu hetzen, wenn sie Fisch von mir kaufen, und davor zucken sie natürlich alle zurück.«

Rosa seufzte. »Das werden ja tolle Zeiten. Zum Frühstück gibt's Muräne auf Toast, mittags wird sie als Wiener Muränenschnitzel serviert, und abends wartet ein leckerer Muränenbraten auf unsere ausgemergelten Mägen. Und nachdem wir das Muränensorbet genossen haben, gibt's vorm Fernseher noch ein paar Fischstäbchen. Der Rest muss ja auch weg.«

Berger lächelte schon wieder. »Sie tragen es wenigstens mit Humor.«

»Zur Not müssen wir den ganzen Quatsch vergraben. Mein Grundstück ist ja groß genug, und Muränenbäumchen gibt's hier noch nicht, oder?«

»Vorher fahren wir aber noch nach Sa Ràpita. Das gehört zu Campos und damit nicht mehr zu Hidalgos Königreich. Da gibt es mehrere exzellente Fischrestaurants, bei denen ich zumindest die Muräne loswerde. Die ist unter Kennern nämlich eine Delikatesse.«

Sie nickte eifrig. »So wie in Japan der giftige Kugelfisch. Nur einmal kurz falsch gegrillt, und schon fällt alles tot um, was davon gekostet hat.«

Berger grinste sie an und versprach: »Na, dann werde ich Sie mal zum Essen einladen.«

Sie war skeptisch.

»Sie meinen, das schmeckt?«

»Ob es schmeckt, weiß ich nicht, aber so eine Mahlzeit wird spannend.«

»Was soll daran spannend sein?«

»Wer überlebt, muss abwaschen.«

Nach gut zwanzig Minuten Fahrt erreichten sie Sa Ràpita, einen lang gezogenen Küstenort mit einem ziemlich großen Jachthafen. Direkt an der Promenade lagen die vielen Restaurants, von denen Berger gesprochen hatte. Er schnappte sich die Kiste mit der Muräne und verschwand im Nebeneingang des ersten Restaurants. Filou war sichtlich erleichtert, dass sein Todfeind verschwunden war.

Kurz darauf kam Berger zufrieden lächelnd wieder. »Na also, allein die Muräne und die paar Doraden haben neunzig Euro gebracht. Und wenn wir den Rest auch noch an den Mann gebracht haben, sind wir hier zum Essen eingeladen.«

»Hofieren die jeden Lieferanten mit einer Einladung?«

»Nein, aber ich habe den Sohn des Hauses einmal aus der Scheiße gezogen.«

»Ihr Hang zu Kleinkriminellen zahlt sich also auch hier aus.«

»Nein, Frau Gräfin, der Junge wurde damals beschuldigt, einen schweren Verkehrsunfall verursacht zu haben. Ich konnte mit ein wenig Glück nachweisen, dass er es nicht gewesen sein konnte.«

»Ich hoffe sehr, Sie haben bei allen Fällen, die Sie bearbeiten, so viel Glück.«

»Wieso hoffen Sie das?«

»Weil ich einer davon bin.«

Kaum eine halbe Stunde später saßen beide auf der Terrasse des Restaurants. Zunächst wurde ihnen einer der weniger begehrten Tische im Inneren des noblen Hauses angedient, was die Gräfin aber mit Hinweis auf ihr Schwein dankend ablehnte. Filou brauchte frische Luft, behauptete sie. Prompt bekamen sie doch noch einen Platz auf der Veranda.

»Was hat eigentlich der Wirt gesagt, als er Filou gesehen hat?«, fragte sie, während sie ihr Brot in die frisch servierte Aioli stippte.

»Er war etwas irritiert, dass wir unser Essen selbst mitbringen.«

Unter dem Tisch ertönte ein Protestquieken.

Die Köpfe der Gäste flogen zu ihnen herum, und Berger wurde offensichtlich als Verursacher dieser Geräusche ausgemacht. Verlegen tuschelte er: »Haben Sie dem Vieh auch noch schnell unsere Sprache beigebracht?«

»Nein, aber irgendwie scheint er zu spüren, wenn es um ihn als Nahrungsmittel geht.«

»Wo gibt's denn so was? Intelligente Schweine, das ist doch lächerlich. Wenn das wirklich stimmen würde, dann hätten in Deutschland sechzig Prozent der Schulbrote einen höheren IQ als die, die sie verspeisen.«

»Wenn man den Medienberichten über die Bildungsinstitutionen der Deutschen Glauben schenkt, liegt die Annahme nahe, dass dem so ist.«

»Also, ich hätte nicht wenig Lust, das zu testen.«

»Was?«

»Na, Ihre Schwein-als-Nahrungsmittel-These.«

»Nur zu.« Sie wartete gespannt, was er machen würde.

Nach kurzem Überlegen räusperte sich Berger und sagte: »Schweine sind klüger als Menschen.«

Keine Reaktion. Unter dem Tisch waren nur ruhige Atemzüge zu hören.

»Schweine sind nur Tiere«, fuhr Berger fort und achtete darauf, dass sich sein Tonfall dabei nicht änderte. Wieder horchte er, aber alles blieb still. Sein Gesichtsausdruck wurde gehässig. »Ich liebe Schweine, wenn sie sich am Spieß drehen!«

Sofort erntete er Protestgequieke und stand erneut im Mittelpunkt der bösen Blicke um ihn herum.

»Sie haben das arme Tier getreten, damit es quiekt«, behauptete Berger beleidigt.

Rosa war entrüstet. »Das würde ich nie machen, das wissen Sie auch.«

Der Wirt kam mit hochgezogenen Augenbrauen an ihren Tisch, und es gab einen kurzen Dialog auf Mallorquinisch.

»Na«, fragte sie neugierig, »was hat er gesagt?«

»Dass sich die Gäste beschweren würden.«

»Und was haben Sie geantwortet?«

»Dass ich das nächste Mal Schweinebraten bestellen würde, dafür aber einen Fisch an der Leine hätte.« Er horchte und schaute sie triumphierend an. »Sehen Sie, jetzt haben Sie vergessen, ihn zu treten, und schon ist er still, obwohl ich so ein hässliches Wort gesagt habe!«

»Sie haben es eben normal gesagt. Das Tier spürt nicht, was Sie sagen, sondern wie Sie es sagen.«

»Sagen Sie bloß, Sie haben Tierpsychologie studiert.«

»Nein, habe ich nicht. Ich wurde quasi von der Schulbank weggeheiratet.«

»Und wie kommt man dazu, als junger Mensch so etwas zu machen? Aus Liebe?«

»Heute würde ich sagen, ja, aber vielleicht liegt das daran, dass ich mir das lange genug eingeredet habe. Bei meiner Hochzeit selbst war ich kreuzunglücklich.«

»Und warum haben Sie dann geheiratet?«

»Ernst hatte eine Ehevermittlung für gehobene Verbindungen beauftragt, jemanden von Stand für ihn zu finden.«

»Verstehe ich das richtig, dass das so eine Art genetisches Headhunting ist?«

»So könnte man es ausdrücken. Mein Vater war zwar ein Edler und Ritter, aber total verschuldet. Meine Mutter war zu der Zeit schon vier Jahre tot, und ich hatte den gesamten Haushalt mit einem versoffenen Hausherrn an der Backe. Da habe ich zugegriffen. Und schwups war ich Gräfin, und mein Vater hatte keine Geldsorgen mehr und bekam eine First-Class-Entziehungskur.«

»Also war das mehr oder weniger ein Handel, wie er bei Adels üblich ist.«

»Anfangs war es das. Ernst war nie der stolze Ritter auf dem edlen Ross für mich, und irgendwann beichtete er mir dann auch noch seine Homosexualität.«

»Das war sicher ein Schock für Sie.« Berger zumindest war schockiert. Doch Rosa zuckte nur mit den Achseln.

»Zuerst schon, aber nach ein paar Jahren war von den Supermännern meiner Freundinnen auch nichts mehr übrig. Ich hatte wenigstens einen hochanständigen und seriösen Mann im Hause, der immer und in jeder Situation zu mir hielt. Für seine Familie war und bin ich noch immer eine dahergelaufene Zecke, die nur gierig auf das blaue Familienblut war. Ernst und ich hingegen wurden im Laufe der Jahre wirklich gute Freunde.«

»Und was war mit Liebe?«

Sie lächelte ihn an. »Liebe, hören Sie doch auf. Was soll ich mit vollgeheulten Kissen anfangen? Wir hatten ein gutes Leben zusammen.«

»Und wie fühlten Sie sich, als Sie von seinem Tod erfuhren?«

»Die erste Nacht war ich völlig hilflos und habe Rotz und Wasser geheult. Dann erinnerte ich mich daran, dass er für diesen Fall eine DVD hinterlassen hatte, die ich mir anschauen sollte.«

»Und dann ging die Heulerei erst richtig los?«

Sie schüttelte den Kopf. »Im Gegenteil. Er bedankte sich bei mir, dass ich ihm die ganzen Jahre so ein guter Kamerad gewesen war und so viel Verständnis für ihn und seine Situation gehabt hatte. Am Ende entschuldigte er sich sogar, dass er mich eigentlich immer nur verehren konnte, jedoch nie lieben. Das schaffte er noch nicht einmal bei seinen Liebschaften. Derartige Gefühlsregungen waren in seiner Familie absolut verpönt.«

»Es muss hart gewesen sein, all die Jahre auf so vieles zu verzichten. Und dann so ein Abschied. Das hat Sie doch sicher wütend gemacht?«

»Nein, ich wundere mich selbst, aber das war's.«

»Entschuldigen Sie bitte, wenn ich das so sage, aber so ein harter Hund sind Sie nicht, dass da nicht noch irgendetwas kommen würde. Da bin ich mir relativ sicher.«

»Die Erste Hilfe, die dann zu leisten wäre, würde aber deutlich über unsere bisherige Geschäftsbeziehung hinausgehen«, sagte sie und lächelte verlegen.

»Vielleicht gäbe es da einen Mittelweg.« Er hob sein Glas, um ihr zuzuprosten: »Also, woran erkenne ich, wann ich Ihnen helfen kann?«

Sie erhob ebenfalls ihr Glas. »Wenn ich mein Kopfkissen zum Trocknen aufhänge.«

***

Schokotoff nahm mit Befriedigung auf, wie gut die Entsorgung von Frommelt gelaufen war. »Hat er noch etwas gesagt?«

»Nein«, lächelte Kong. »Er sollte doch nicht mehr jammern können, oder?«

»Und er hing wirklich in der Pontas?«

»Er schaukelte im Wind wie ein Vögelchen.«

Schokotoff lächelte verklärt. Ihn durchströmte ein angenehmes Gefühl der absoluten Macht. Das Einzige, was ihn jetzt noch beunruhigte, war der Gedanke, dass ihn die Gräfin womöglich noch immer nicht richtig ernst nahm. Wären da nicht der Comisario und der Residente, hätte er sicher schon längst ihre Finca, und das war ein richtiges Filetstück. Dreihunderttausend Quadratmeter bestes Land, und er müsste noch nicht einmal eine Million an Schmiergeldern lockermachen, um es in Bauland zu verwandeln. Fast ein Drittel davon in der *primera línea*, also mit direktem Meerblick.

Kong schien seine Gedanken zu erahnen. »Was geht in Ihrem Kopf vor, Sergej? Ist es wieder die Gräfin?«, fragte er.

»Sí, ich befürchte, es wird nicht so einfach sein, sie zu beseitigen.«

»Bisher haben wir jeden wegbekommen, den Sie weghaben wollten, Sergej.«

»Das ist richtig, mein Guter, aber in diesem Fall würde ihr plötzlicher Herztod zu hohe Wellen schlagen. Sie ist zu vertraut mit diesem Comisario, mit einem Schlag hätten wir die gesamte spanische Polizei am Hals. Ich bin mir auch noch nicht im Klaren, ob sie für mich nicht eventuell lebend wertvoller ist. Wer weiß, mit wem wir es aus ihrer Familie zu tun bekommen, wenn sie tot ist? Die von Zastrows scheinen alle ziemlich harte Knochen zu sein, da kommen wir womöglich nur vom Regen in die Traufe.«

Er trommelte nervös mit seinen Fingern auf den Tisch. »Wir sollten uns darüber Gedanken machen, wie wir sie aus dem Verkehr ziehen und zur Unterschrift überreden können. Was danach mit ihr geschieht, werden wir dann sehen.«

»Und wie kommen wir an sie heran? Sie ist jetzt tagaus, tagein mit diesem Deutschen zusammen. Selbst nachts ist sie nicht zu Hause anzutreffen.«

»Sollte sich da etwas Zartes anbahnen?« Sergej grinste böse. »Wie, ist mir egal, aber wir werden sie ihm ausspannen.«

»Soll ich sie beschatten lassen?«

Schokotoff lachte.

»Mein Gott, Kong, wir leben im digitalen Zeitalter. Warum sollen wir jemanden aus Fleisch und Blut mit so einer dummen Aufgabe betrauen? Ich werde meine Verbindungen zur *Telefónica* nutzen und ihr Handy anpeilen lassen. Abgehört wird es ja schon.«

»Ich denke, sie hat ein neues?«

»Sí, Kong, aber auch das war einfach zu ermitteln. So viele Karten werden in Santanyí schließlich nicht aktiviert.«

»Und was ist mit unseren anderen Projekten?«

»Sieh zu, dass du heute noch diesen alten Lehrer zur Unterschrift bewegen kannst. Der nervt mich auch langsam.«

Kong nickte.

»Wie weit soll ich gehen?«

»So weit wie nötig. Mach ihm richtig Angst.«

»Und wenn er, wie bisher, so gar nicht einsichtig ist?«

»Dann mach ihm einen Termin bei Frommelt.«

Kong sah ihn ratlos an. »Frommelt ist tot.«

Schokotoff lächelte milde. »Eben.«

***

Die Nacht verlief geradezu harmonisch für das »Zwangstrio«. Das lag in erster Linie daran, dass die Temperaturen mit nur vierundzwanzig Grad ausgesprochen moderat waren und sie alle drei ausgezeichnet schlafen konnten. Das Frühstück war lange nicht so opulent wie gestern, was daran lag, dass sie der Comisario dringend sehen wollte. So standen sie schon um kurz nach acht Uhr morgens in seinem Büro und tranken ihren ersten Kaffee aus dem Automaten.

»Meine Freunde, ich danke Ihnen, dass Sie schon so zeitig hier sein konnten. Es haben sich einige Neuigkeiten ergeben, die wir miteinander besprechen sollten.«

Berger war gespannt. »Also los, wer ist der Drahtzieher?«

»Unsere V-Leute sind der Meinung, dass es sich um einen jungen Russen handelt, der sich seine ersten kriminellen Sporen verdienen will.«

Das hörte sich nicht gerade gefährlich an, und Berger machte ein dementsprechend verwundertes Gesicht. »Aber das wird doch für die spanischen Behörden ein beherrschbarer Gegner sein, oder?«

Der Comisario wirkte skeptisch. »Ich weiß nicht so richtig. Wenn wir einen Fehler machen, haben wir womöglich sofort die komplette russische Mafia am Hals.«

Er zeigte auf den Bildschirm seines Computers.

»Da hätten wir den jungen Mann. Sergej Schokotoff, kein Geringerer als der einzige Sohn von Dimitri Schokotoff, König der Moskauer Unterwelt.«

Berger zuckte mit den Achseln.

»Muss man den genauer kennen?«

»Jeder, der das tat, hat sein Wissen mit ins Grab genommen. Der Mann ist mächtiger als der russische Staatspräsident, heißt es in der Szene. Der muss nur einmal seinen Daumen senken, schon gibt es ein Massaker.«

»Und wie sind Sie auf diese freundliche Familiengeschichte gestoßen?«

»Der junge Schokotoff war Frommelts Partner. Das haben wir zwar nicht aus dessen Geschäftsunterlagen filtern können, aber seine Sekretärin hat alles gebeichtet, nachdem wir ihr ein Bild von Frommelt zeigten, wie er so malerisch in der Pontas hing. Des Weiteren haben Ihre deutschen Kollegen bereits die Angehörigen von zwei plötzlich verstorbenen Residenten ausfindig machen und verhören können. Die Herren, die sie bedroht haben, sollen dem Akzent nach Russen gewesen sein. Das haben die Herrschaften unabhängig voneinander berichtet. Außerdem konnte die deutsche Polizei diese Phantombilder hier anfertigen.«

Der Comisario tippte hier und da mit der Maus auf Icons, und die Bilder wurden sichtbar. »Wenn man die übereinanderlegt, dann kommt dieses Bild dabei heraus.« Er schob die Bilder durch einen weiteren Mausklick übereinander. »Und hier ist das Original dazu.« Auf dem Bildschirm erschien ein Foto eines grobschlächtigen Riesen mit einer Narbe über der linken Augenbraue.

»Der freundliche Mensch hört auf den Namen Oleg Druschkoij, in der Szene nur als Kings Kong, der Gorilla des King Schokotoff, bekannt. Druschkoij war früher – als hätten Sie es gewusst, Miguel – bei der OMON, er wurde 1991 unehrenhaft entlassen. Jetzt ist er hier auf der Insel und übt seinen Job als persönlicher Leibwächter von Schokotoff junior aus.«

Die Gräfin wirkte etwas blass und sagte mit belegter Stimme:

»Mit dem möchte ich nichts zu tun haben. Ist das der einzige Bodyguard, der mit dem Babysitting betraut ist?«

García Vidal schüttelte den Kopf. »Nein, die beschäftigen rund zwanzig Mann hier auf Mallorca, eine richtige kleine Privatarmee.«

»Was können wir Schokotoff nachweisen?«, fragte Berger und nahm einen Schluck von seinem Kaffee.

»Gar nichts, das ist es ja. Wir müssen Leute knacken, die auf seiner Gehaltsliste stehen.«

»Wer käme da in Frage? Vielleicht Hidalgo?«

Der Comisario winkte ab. »Das halte ich für ausgeschlossen. Er ist dumm, despotisch und eitel, aber korrupt ist er nicht.«

Berger dachte das Gleiche, aber er hätte zu gern gesehen, dass Hidalgo von der Nationalpolizei verhört wurde.

»Wer käme noch in Frage?«

Die Gesichtszüge der Gräfin hellten sich auf. »Der Kreisdirektor vielleicht?«

»Sí.« Der Comisario nickte.

»Das ist für mich ein fast sicherer Kandidat. Der war an dem Verkauf Ihrer Finca viel zu interessiert, als dass er sauber sein könnte.«

»Den guten Doktor dürfen wir nicht vergessen«, warf Berger ein. »Wenn der nicht bis über beide Ohren in die Sache verwickelt ist, dann fresse ich einen Besen.«

»Und genau den sollten wir uns krallen«, bestätigte García Vidal. »Ibanez können wir ohne Zeugenaussagen nichts nachweisen, die Abwicklung von Immobiliengeschäften gehört zu seinen Aufgaben, egal wie gut oder schlecht die Preise ausfallen. Der Doktor hingegen hat bei seinen falsch gestellten Diagnosen konkrete Beweise ignoriert, und damit können wir ihn überführen.«

»Aber wie?«, wollte die Gräfin wissen.

»Indem wir ihn davon abhalten, den nächsten Mordfall zu untersuchen.«

»Und wie soll das gehen?« Berger war neugierig.

Der Comisario trank einen Schluck Kaffee. »Die *Guardia Civil* wird, wenn die nächste Leiche gemeldet wird, eine allgemeine Verkehrskontrolle durchführen. Einziger Kandidat wird leider unser Doktor sein, und so eine gründliche Kontrolle, die kann hier in

Spanien sehr lange dauern. Da macht man sich als Deutscher so gar keine Vorstellungen.«

»Dann kommt er ein wenig später zu der Leiche«, sagte Rosa. »Was macht das schon, die rennt ihm nicht weg, oder?«

»Das nicht«, entgegnete Berger, »aber wenn der Doktor innerhalb einer bestimmten Zeit nicht am Tatort eintrifft, kann unser schlauer Freund hier den Gerichtsmediziner aus Palma anfordern, und dann wird es verdammt schwer, eine über den Köpfen der Touristen baumelnde Leiche als natürlichen Todesfall hinzustellen.«

Rosa schaute ihn entsetzt an.

»Sagen Sie bloß, der dicke Makler, der an der Pontas hing, wurde von dem Herrn zum Selbstmord gemacht?«

Der Comisario lachte.

»Das wäre in der Tat sein Meisterstück. Nein, die Pontas ist außerhalb der Cala. Somit gehört die Leiche in die Zuständigkeit der Küstenwache, also in die Gerichtsmedizin nach Palma.«

»Na, auf diese Selbstmordthese wäre ich auch äußerst gespannt gewesen.« Sie juckte sich etwas umständlich den Rücken, heute schon zum x-ten Mal.

»Was ist denn mit Ihnen los, Gräfin, haben Sie sich gestern auf See einen Floh geholt?«

»Mein Gott, ist denn so etwas möglich?«, fragte sie erschrocken.

»Seeflöhe gibt es eigentlich nicht. Lassen Sie mal sehen.« Er ging auf sie zu, drehte sie um die eigene Achse und hob, ohne ihr Einverständnis einzuholen, ihr T-Shirt hoch. Ihr Rücken war von knallroten Pusteln nur so übersät.

»Kein Wunder, dass Sie sich am liebsten die Seele aus dem Leib kratzen würden. Sie haben da eine deftige Sonnenallergie.«

»Tatsächlich? Die geht aber von allein weg, oder?«

Berger drehte ihren Rücken mehr ins Licht.

»Schon, aber bis dahin haben Sie sich Ihren aristokratischen Pelz vom Rücken gekratzt. Sie sollten sich eine Salbe verschreiben lassen, dann juckt es wenigstens nicht mehr so doll, und Sie haben Ihren Rücken in zwei Tagen wieder vergessen.«

»Wunsch oder Erfahrung?«, fragte sie skeptisch.

»Erfahrung, das hatte ich selbst auch schon. Kann ich mal Ihr Handy haben? Ich müsste meine Karte erst wieder aufladen.«

»Gern, aber wozu?«

»Ich werde einen Termin bei meiner Ärztin machen, die kennt sich damit aus.«

Während Berger telefonierte, sah sie zum Comisario.

Der lächelte sie an. »Sie scheinen sich an unseren Kollegen aus Alemania doch etwas gewöhnt zu haben.«

»Aneinander gewöhnt ist etwas übertrieben. Wir haben gelernt, uns gegenseitig zu respektieren.«

»Ich kenne ihn schon länger, Condesa, und ich kann Ihnen versichern, dass es wahrlich nicht einfach ist, sich des Respekts des Señor Berger zu vergewissern. Und wie sieht es mit der Schwein-Mensch-Beziehung aus?«

»Er würde es lieber grillen als füttern, aber im Großen und Ganzen geben sich beide redlich Mühe miteinander.«

***

Schokotoffs Handy klingelte schon wieder. Langsam wurde er ärgerlich. Er gab der Masseuse ein Zeichen, dass sie ihre hingebungsvolle Tätigkeit wegen des Telefonats nicht unterbrechen sollte.

»Sí, wer ist da?«, meldete er sich kurz angebunden.

Zufrieden nickend nahm er zur Kenntnis, was der Anrufer ihm zu berichten hatte. »Gute Arbeit«, lobte er ihn. »Die Adresse dieser Ärztin dann als SMS an Kong!« Er klappte sein Handy wieder zu.

Ein kurzes Schnippen mit den Fingern, und schon stand Kong neben ihm.

»Die *Telefónica* meldet mir soeben, dass sich die Grafenschlampe wohl ein Problemchen mit ihrer Haut eingehandelt hat. Im Sprechzimmer wird sie wohl kaum unter Polizeischutz sein, dort schnappst du sie dir.«

Kong nickte.

»Und wohin mit ihr?«

»Das Haus meiner Mutter hat einen größeren Keller, als man vermuten würde. Wer nach ihr sucht, hat keine Chance, sie dort zu finden, wenn er sich nicht ganz genau auskennt.«

»Wünschen Sie eine spezielle Behandlung?«

Schokotoff überlegte kurz.

»Sie soll ja ein ganz schnuckeliger Käfer sein. Aber dennoch, behandelt sie mit Respekt, solange ich nicht mit ihr fertig bin. Danach kannst du sie unter deinen Leuten aufteilen.«

***

Berger und der Comisario hatten es sich in der Bar sa Seu bequem gemacht. Die Arztpraxis war direkt an der Plaça gelegen, sodass für die Gräfin keine Gefahr bestand. Die beiden waren sich sicher, dass sie auf diesem belebten Platz unbehelligt bleiben würde.

Der Residente spielte gedankenverloren mit dem Handy der Gräfin.

García Vidal lächelte.

»Das ist typisch für unsere Gräfin. Ihr Handy lässt sie hier, das benötigt sie ja nicht beim Arzt, aber ihr Schwein nimmt sie mit.«

»Man muss eben Prioritäten setzen«, erwiderte Berger grinsend.

Sie schwiegen ein Weile, und García Vidals Gesicht verdunkelte sich etwas.

»Was ist, Señor? Sie schauen ausgesprochen nachdenklich.«

»Sí Compadre, vielleicht sind das vorauseilende Sorgenfalten, die Sie auf meiner Stirn sehen.«

»Die werden immer mir unterstellt.« Berger rührte Zucker in seinen Cortado. »Aber Sie haben recht, ich denke auch, dass sich etwas zusammenbraut. Wenn das wirklich die Russen sind, dann werden wir es noch schwer haben. Ich kenne deren Arbeitsweise. Bevor die wirklich tätig werden, haben sie sich schon ganz nach oben geschmiert. Da wird unser lieber Doktor nur ein ganz kleines Licht sein.«

»Nur ein kleines Licht? Ich denke, wir Südländer sind so korrupt!«, beschwerte sich García Vidal entrüstet.

»Gegen die Russen seid ihr Spanier in diesem Punkt Anfänger. Wer in Russland nicht geschmiert ist, hat entweder nichts zu sagen, oder er ist tot.«

Plötzlich hörten sie auf der Plaça ein lautes Gequieke, das immer näher kam, und mit einem Mal schoss Filou in einem Höllentempo in die Bar. Durch den Schwung hatte das Tier alle Mühe, vor dem Tisch der beiden Männer zum Stehen zu kommen. Berger hatte noch nie ein Schwein gesehen, das wirklich Panik in den Augen hatte. Das Ferkel gebärdete sich wie toll. Sein Quieken wurde immer durchdringender, und Filou rannte laufend zwischen Tür und Tisch hin und her.

Der Comisario sagte perplex: »Als Kind habe ich ein ähnliches Verhalten bei einem Hund im Fernsehen gesehen.«

Berger erhob sich ahnungsvoll. »Der Hund hieß Lassie, und wenn er sich so benahm, war immer irgendjemand in Gefahr. Los, folgen wir dem Tier, vielleicht ist was mit der Gräfin.«

Beide Männer stürzten dem Schwein hinterher, das sie auf direktem Weg zur Arztpraxis führte.

Auf den ersten Blick machte dort alles einen sehr ruhigen Eindruck, nur dass niemand am Empfang saß. Berger schaute über den hohen Tresen und sah, dass die Sprechstundenhilfe zwischen Stuhl und Schreibtisch zusammengesackt war. Er eilte zu ihr und fühlte am Hals ihren Puls.

»Sie scheint nur fest zu schlafen, aber sie duftet stark nach etwas, was an Krankenhaus erinnert. Ich habe das als Kind schon gerochen, aber ich weiß nicht, was es ist.«

Der Comisario öffnete die Tür zum Warteraum. Dort saßen zwei alte Damen und ein uralter Herr. All drei schauten ihn erstaunt an.

»Entschuldigen Sie bitte, saß hier gerade eine etwas jüngere Dame?«

Eine der beiden Frauen nickte. »Sí, Señor, die ist bei der Ärztin im Sprechzimmer.« Sie zeigte auf eine Tür.

»Behandlungsraum«, war darauf zu lesen.

Berger klopfte und öffnete sie vorsichtig. In der Mitte des Raumes stand ein leerer OP-Tisch, die Lampe darüber brannte. Daneben auf dem Boden lag die Ärztin, die sich etwas regte.

Der Comisario beugte sich zu ihr hinunter.

»Señora Médica, hallo, so sagen Sie doch etwas!« Er versuchte, sie durch heftiges Rütteln wieder wach zu bekommen, mit Erfolg.

Nur mühsam konnte die Frau ihre Augen offen halten. Sie bewegte vorsichtig ihren Mund. Nach kurzer Zeit gehorchte ihr auch wieder ihre Zunge.

»Comisario, da waren Männer, und dann war da ein Kissen mit Chloroform, und dann waren Sie da.«

»Wo ist die Gräfin?«, fragte Berger ungeduldig.

Die Ärztin schaute sich ratlos um.

»Sie liegt auf dem Tisch, oder nicht?«

Berger schüttelte den Kopf.

»So wie das hier stinkt, haben die Kerle eine Menge von diesem Zeug versprüht. Ich sehe mich mal um. Vielleicht konnte sich die Condesa hier irgendwo verstecken.«

Während der Comisario die Ambulanz und Verstärkung alarmierte, untersuchte Berger die restlichen Räume der Praxis. Im hinteren Flur entdeckte er eine feine Blutspur, die durch den Hinterausgang ins Freie führte. Auf der Straße rannte Filou dort, wo sie abrupt aufhörte, immer im Kreis herum. Er nahm das Ferkelchen tröstend auf seinen Arm. Durch die Haut fühlte er, wie das kleine Herz wild pochte, und er war richtig gerührt, als er dem Tier in die Augen schaute.

Mein Gott, dachte er, wenn du deinen Metzger so anschaust, dann wirst du hundert Jahre alt.

Er konnte es selbst kaum glauben, aber plötzlich drückte er das Schweinchen ganz fest, fast schon liebevoll an seine Brust.

»Sch, sch, keine Angst, mein Kleiner, wir finden das Frauchen, das verspreche ich dir.«

Der Comisario tauchte neben ihm auf.

»Hier ist eine Blutspur. Was meinen Sie, ist die Gräfin verletzt?«

»Ich hoffe, dass das Blut von einem der Entführer stammt, dann hätten wir etwas für unsere genetische Datenbank. Die Spurensicherung ist bereits alarmiert.«

»Dass sie zuschlagen, war klar, aber dass es so schnell gehen würde, das überrascht mich schon. Wir hätten die Gräfin nicht allein lassen dürfen.« Berger machte sich ernste Vorwürfe.

»Hätten wir das nicht getan«, erwiderte der Comisario, »lägen wir jetzt mit Sicherheit neben dem medizinischen Personal. Wir haben es hier mit absoluten Profis zu tun, und gegen Chloroform sind auch wir machtlos.«

***

Kong hatte über den Polizeifunk erfahren, dass die Entführung bereits entdeckt worden war. Sicherheitshalber fuhren sie über Felanitx zurück. Von dort aus kamen ihnen einige Wagen der *Guardia Civil* mit Blaulicht entgegen. Gelassen nahm er zur Kenntnis, dass kurz hinter Ca's Concos, einem Ort, den sie bereits passiert hatten, eine Straßensperre errichtet wurde. Über Funk kam die Durchsage, dass die Straße zwischen Campos und Santanyí ebenfalls zu war.

Er war zufrieden. »Über Porreres sind wir zwar über eine Stunde länger unterwegs, aber auf der sicheren Seite. Hier wird niemand auf die Idee kommen, den Lieferwagen einer Wäscherei zu überprüfen.«

Er schaute zu seinen Leuten nach hinten. »Was macht unser Passagier?«

Den Bewegungen nach zu urteilen war die Gräfin, deren Kopf und Oberkörper in einem Jutesack steckten, wieder bei Bewusstsein. Doch sie zog es vor, nicht gegen ihre Handfesseln anzukämpfen. Sicher war ihr unerträglich heiß unter dem festen Jutegewebe.

Kong schaute auf einen seiner Leute, der leichenblass vor sich hinstarrte und sein Bein hielt. Unter seinem Sitzplatz waren einige Blutstropfen zu sehen.

»Was ist passiert, Igor?«

»Ich glaube es selbst kaum, Boss, aber ich wurde von einem Schwein gebissen.«

Kong glaubte ihm nicht.

»Du bist wahnsinnig, Igor. Wo soll denn in einer Arztpraxis ein Schwein herkommen?«

Der große Kerl fing fast an zu heulen.

»Aber Boss, ich habe doch mit eigenen Augen gesehen, wie es mich gebissen hat. Ich konnte es selbst nicht glauben, aber es war mit Sicherheit ein kleines Spanferkel.«

»Igor, du bist neu bei uns. Und wenn du noch länger bei uns bleiben willst, dann erzähle nicht so einen Schwachsinn. Wo hat dich denn das Tier gebissen?«

Igor wurde ärgerlich.

»Na, ins Bein!«, maulte er.

»Das sehe ich, du Sohn einer Blöden. An welchem Ort hat es dich gebissen, noch in der Arztpraxis?«

»Im Raum mit der Frau.«

»Da waren nur Frauen, du Idiot.«

»Dort, wo die Schwester am Empfangstresen sitzt.«

Kong verzog ärgerlich das Gesicht. »Dann hat es auch schon dort so geblutet.«

»Aber Boss, was ist denn daran so schlimm?«

»Du hast Spuren hinterlassen, und das hätte nicht passieren dürfen.« Er tippte dem Fahrer auf die Schulter. »Da drüben ist eine Parkbucht. Halt mal an, ich will mir seine Wunde genauer ansehen.«

Im Handschuhfach kramte er nach dem Verbandkasten. Als der Wagen stand, stieg er aus und half seinem Kollegen aus dem Wagen. »Komm mal dahinten zur Mauer, da kann ich den Verbandkasten abstellen, und da haben wir auch Sonnenlicht.«

Gerührt von so viel Fürsorge humpelte Igor neben Kong her. Er merkte erst, was geschah, als Kong den Lauf der Pistole gegen seinen Nacken drückte und der Schuss über die mallorquinischen Felder tönte.

Als Kong wieder zum Auto zurückkehrte, sah er das Grauen in den Augen einer seiner Männer.

»Was ist, Junge? Er hat Spuren hinterlassen, das bringt uns alle in Gefahr.«

Der junge Mann war fassungslos. »Aber warum der Verbandkasten? Er dachte doch, Sie wollen ihn verbinden.«

Kong verstaute wieder alles an seinem Platz. Er war ein ordentlicher Mensch und wollte seinen Leuten diese Ordnung vorleben.

»Soll er vielleicht denken, dass ich ihn erschieße? So starb er wie ein echter Russe, mit einem Lächeln.«

Die Gräfin verstand selbst unter ihrem Jutesack genau, was um sie herum passiert war. Sie kam sich zwar kindisch und lächerlich vor, aber dennoch schaffte sie es nicht, gegen ihre Tränen anzukämpfen.

7

Vor der Praxis war die Hölle los. Sowohl die Ärztin als auch die Sprechstundenhilfe wurden mit Rettungswagen ins Krankenhaus nach Manacor gebracht. Die Spurensicherung hatte die Wohnung, den Hinterausgang und die kleine Gasse, durch die die Täter entkommen konnten, komplett gesperrt, und auf dem Marktplatz diskutierte halb Santanyí darüber, ob es so etwas auch schon früher gegeben habe.

Berger saß wie benebelt auf einer Bank und versuchte, das Erlebte für sich zu sortieren. Filou schien zu spüren, was mit ihm los war, und stupste ihn mit seiner kleinen Schweineschnauze an.

Er musste lächeln.

»Sag bloß, du bist jetzt auch noch ein Therapieschwein?« Er hob Filou auf seinen Schoß und streichelte das leicht zitternde Tier. »Du merkst ganz genau, was in einem vorgeht, was? Es tut mir leid, aber ich habe wirklich nicht geahnt, dass ihr hier etwas passieren könnte, sonst hätte ich sie doch nie allein gelassen. Das musst du mir glauben.«

Der Comisario setzte sich neben ihn.

»Sollten Sie von dem Schwein die Absolution erhalten, dann geben Sie mir bitte etwas davon ab.«

Berger schüttelte den Kopf.

»Wenn Filou verzeihen sollte, dann reicht das gerade mal für mich.« Er seufzte. »Ich habe es verbockt, Cristóbal. Die Gräfin hat mir vertraut, und ich habe sie komplett im Stich gelassen, wie ich auch meine Familie im Stich gelassen habe.«

Der Comisario legte seine Hand auf Bergers Schulter.

»Wollen Sie es beim Jammern belassen, oder nehmen wir den Fehdehandschuh auf?«, fragte er angriffslustig.

»Was bleibt uns anderes übrig? So ein Schwein braucht seine Muttersau.« Mit einem Ruck stand Berger auf. »Lassen Sie uns beginnen. Was haben wir?«

Der Comisario erhob sich ebenfalls, schlug seinen Notizblock auf und fasste zusammen: »Es waren mehrere Männer. Wie viele, konnte weder die Sprechstundenhilfe noch die Ärztin sagen. Wir gehen von mindestens dreien aus. Einer wird außerdem am Steuer des Fluchtwagens gesessen haben, also vier, nehme ich an. Die Sprechstundenhilfe beschrieb, dass sie urplötzlich von hinten wie eine Feder aus dem Sessel gehoben wurde und dann nur noch einen großen Wattebausch auf ihrem Gesicht spürte, der bestialisch gestunken haben soll.«

»Ich nehme an, etwas Ähnliches wird auch die Ärztin ausgesagt haben.«

»Sí, und sie wunderte sich darüber, dass sie vorher absolut nichts gehört hatte.«

Berger schnippte mit den Fingern. »Dann waren es mindestens vier in der Praxis. Zwei machen die Ärztin unschädlich, und zwei stürzen sich auf die Gräfin.«

»Es sind Frauen, reichen da nicht weniger Kidnapper?«

»Im Prinzip ja«, kam es von Berger, »aber die OMON-Leute gehen grundsätzlich zu zweit auf ein Zielobjekt los. Das steckt so in denen drin, dass sie sich von dieser Gewohnheit auch auf ihrem vergoldeten Altenteil kaum trennen werden.«

»Dann suchen wir also nach vier Kidnappern plus Fahrer.«

»Davon können wir ausgehen.«

García Vidals Handy klingelte. Während er es aufklappte, machte er Berger ein Zeichen, dass er ihm folgen sollte.

In diesem Augenblick traf auch Tomeu ein, den Berger herbestellt hatte, damit er sich um Filou kümmerte. Das Ferkel war seit dem Verschwinden der Gräfin völlig traumatisiert. Der frischgebackene gräfliche Gutsverwalter hatte einen Strick mitgebracht, aus dem er in kürzester Zeit ein Geschirr für Filou knotete. Hätte man dieses kleine Schweinchen schlachten wollen, so hätte es bestimmt nicht lauter protestieren können, aber Tomeu kannte keine Gnade. Das Schwein kam an die Leine, so hatte der Kleine keine Chance, Berger und dem Comisario zu folgen.

Sie gingen zu einem der Streifenwagen, und als die beiden Männer darin mit Blaulicht aus der Stadt rasten, klärte García Vidal Berger über den Inhalt des Telefonats auf.

»Zwischen Ca's Concos und Felanitx wurde hinter einer Feldmauer eine männliche Leiche gefunden. Die beiden Stadtpolizisten, die als Erste am Fundort waren, sprachen am Telefon von einer offensichtlichen Exekution.«

Berger nickte, um zu signalisieren, dass er verstanden hatte, worum es bei dem neuen Einsatz ging. Er konnte allerdings nicht verstehen, warum er unbedingt mitsollte.

»Wäre es nicht sinnvoller, wenn ich mich um die Entführung kümmern würde, statt hier bei Ihnen in die Luft zu gucken?«

»Ich will doch nur so lange hier bleiben, bis die Spurensicherung eingetroffen ist.« Der Comisario wirkte verärgert. »Ich weiß selbst, dass wir Besseres zu tun hätten, als hier in der Pampa herumzustochern.«

Kaum eine Viertelstunde später waren sie am neuen Einsatzort.

Es sah wirklich ganz nach einer Exekution aus. Die Leiche war nach einem Genickschuss offenbar einfach nach vorne gekippt. Im Gesicht des jungen Mannes zeigten die weit geöffneten Augen, dass er selbst völlig überrascht gewesen war, nun plötzlich seinem Schöpfer gegenübertreten zu müssen. Er hatte mit Sicherheit nicht damit gerechnet. Berger sah sich die Körperhaltung der Leiche genau an. Dabei fielen ihm Blutspuren am Bein des Mannes auf.

»Schauen Sie nur, Comisario. Man hat ihm auch in die Wade geschossen.« Er winkelte den Unterschenkel des Toten an, um die Hose besser von der Wade streifen zu können.

»Na, da brat mir doch einer einen Storch. Das ist gar keine Schusswunde, das sind, wenn ich mich nicht täusche, Bissspuren.« Er griff an die Haut, um das Gewebe etwas auseinanderzuziehen. »Kleine, spitze Zähne müssen das gewesen sein.«

Auch das andere Hosenbein war etwas hochgerutscht, und Berger schaute wie gebannt auf eine kleine Tätowierung an der Außenseite des rechten Unterschenkels, eine Art Wappen mit Schrift außen herum.

Der Comisario folgte seinem Blick.

»Was ist das für eine Tätowierung? Haben Sie so etwas schon gesehen?« Er verdrehte etwas den Kopf, um die Schrift lesen zu können. »Das ist Kyrillisch, wenn ich mich nicht irre, oder?«

»Sie irren sich nicht, das ist das Wappen der OMON. Das haben nur Aktive und Veteranen.«

García Vidal wirkte ratlos.

»Ich habe den Eindruck, dass wir es in letzter Zeit etwas häufig mit dieser Truppe von Spezialagenten des russischen Innenministeriums zu tun haben.«

»Sieht ganz so aus. Es passiert oft, dass Ex-OMON-Leute die Fronten wechseln und für ein fürstliches Gehalt bei der Mafia anheuern.«

García Vidal biss sich auf die Unterlippe.

»Das würde ja bedeuten, dass wir hier gar keinen neuen Fall haben, sondern dass es einen der Entführer unserer Gräfin erwischt hat.«

»Höchstwahrscheinlich ist das einer der Herren, die Papa als Aufpasser für den Filius nach Mallorca abkommandiert hat.«

Der Comisario wurde blass.

»Mein Gott, Miguel, vielleicht ging das hier von Anfang an gar nicht um Rosas Finca, sondern um sie selbst. Wenn ich richtig recherchiert habe, ist der Besitz, den die Gräfin hier auf Mallorca von ihrem Mann geerbt hat, eigentlich nur ein Butterbrot im Gegensatz zu dem Vermögen, das noch in Deutschland auf sie wartet. Die Arme könnte damit auch für Papa Schokotoff in Moskau interessant sein.«

Berger war es ebenfalls etwas mulmig.

»Sie haben recht, Comisario. Andererseits wäre das für sie aber auch eine Art Lebensversicherung. Sie sollten ganz schnell die Flug- und Fährhäfen mit Bildern von der Gräfin versorgen und vor allem die Privatflieger überprüfen, die rausgehen. Von diesen Mistkerlen fliegt sicher niemand Charter oder Linie. Das ist denen nicht vornehm genug.«

Der Comisario zückte sofort sein Handy, um alles in die Wege zu leiten. Währenddessen untersuchte Berger die Leiche etwas gründlicher. Daran, dass das ein ehemaliger OMON-Mann in Mafiadiensten war, bestand für ihn kein Zweifel mehr, denn sämtliche Etiketten aus seiner Kleidung waren entfernt, wie überhaupt alles fehlte, was eine Identifizierung dieses Menschen möglich machte. Er schaute sich die Bisswunde noch einmal gründlich an.

Als der Comisario wieder neben ihn trat, sagte er, ohne aufzublicken: »Ich bin mir inzwischen sicher, dass das Blut, das wir in und vor der Praxis gefunden haben, von diesem Mann hier stammt.«

»Meinen Sie? Sollte ihm die Gräfin vor lauter Verzweiflung ins Bein gebissen haben?«

Berger lachte gehässig. »Nein, das war keine Verzweiflung, sondern die blanke Wut.«

Der Comisario hockte sich neben ihn und betrachtete die Wunde genauer.

»So spitze Zähne hat kein Mensch.«

»Richtig«, entgegnete Berger. »Dieser Kerl wurde von einem Schwein gebissen, und wie man an der Größe des Abdrucks sehen kann, von einem sehr kleinen.«

»Sie meinen, Filou hat sein Frauchen verteidigt?«

»Mit Sicherheit, und es hat uns und damit hoffentlich auch der Gräfin einen enormen Dienst erwiesen.«

***

Unter dem Jutesack war die Temperatur mittlerweile unerträglich hoch, dennoch hielt die Gräfin in ihrer Lage durch.

Die wollen mich doch nur in Panik versetzen, diese Drecksäcke, dachte sie schweißüberströmt, doch die werden mich nicht weichkochen, und wenn ich dabei draufgehe.

Der Wagen stoppte. Sie hörte, wie die Türen aufgemacht wurden. Vier Hände fassten nach ihr und hoben sie mit brutalem Griff aus dem Auto.

»Aua!«, protestierte sie. Die Männer ließen sich davon jedoch nicht aus der Ruhe bringen.

Sie merkte, wie sie in eine Art Rollstuhl gesetzt wurde. Obwohl sie noch immer in diesem Sack steckte, wurde es schlagartig etwas kühler, als Frischluft durch das Gewebe strömte. Sie genoss es mit jeder Faser ihres Körpers.

Wenigstens werde ich nicht mehr gebacken, dachte sie.

Nun waren Aufzugtüren zu hören, und sie merkte, wie sie abwärtsfuhren. Die Türen öffneten sich, und es folgte ein schier endloser Flur, jedenfalls ging es eine ganze Weile geradeaus, bis der Rollstuhl abrupt zum Stehen kam. Endlich wurde ihr der Jutesack vom Kopf gezogen. Gleißendes Licht blendete ihre Augen, gefolgt von einem stechenden Kopfschmerz.

»Guten Tag, Gräfin«, sagte eine angenehme junge Stimme neben ihrem Ohr. »Herzlich willkommen auf dieser Seite der Insel, auf unserer Seite. Dank Ihres Einverständnisses werden wir auch bald im Osten heimisch.«

Es dauerte eine Weile, bis sie etwas erkennen konnte. Sie blinzelte den jungen Mann, der ihr auf einem Stuhl gegenübersaß, böse an. Als sich ihre Augen an das Licht gewöhnt hatten, erkannte sie Schokotoff. Er sah sogar noch ein wenig jünger aus als auf dem Foto, das der Comisario ihnen gezeigt hatte. Seine Worte wurden von einem anderen jungen Mann vom Spanischen ins Deutsche übersetzt.

Ihr Körper straffte sich bockig. »Ich weiß zwar nicht, was Sie von mir wollen, aber meine Antwort ist nein.«

»Aber Frau Gräfin.« Schokotoffs überhebliches Grinsen schien ihm jemand ins Gesicht gebügelt zu haben. »Sie sollen erst einmal etwas Zeit bekommen, um sich wieder etwas zu beruhigen, dann können wir vielleicht auch mit etwas überlegteren Antworten von Ihnen rechnen, *comprende*, Condesa?«

»Sie binden mir augenblicklich die Hände los«, zischte sie ihn böse an, »und lassen mich sofort frei, verstanden?«

Er schenkte ihr ein abschätziges Lächeln.

»Sie sind momentan nicht in der Situation, Anweisungen zu geben. Verhalten Sie sich bitte dementsprechend. Ich werde heute Nachmittag noch einmal zu Ihnen kommen und sehen, ob Sie zur Vernunft gekommen sind. Bis dahin bleiben Sie festgebunden.«

Sie hob energisch den Kopf.

»Ich werde nicht zur Vernunft kommen.«

»Oh doch, Condesa, das werden Sie.«

»Und was bitte soll ich machen, wenn ich mal aufs Klo muss?«

»Dann machen Sie sich einfach in Ihre hochwohlgeborenen Hosen.«

Beide Männer standen auf und verließen wortlos den Raum. Sie schaute ihnen verdutzt nach.

»Und was nun?«, flüsterte sie in die Leere des Raumes. Sie schaute sich um und erblickte einen weiteren Mann, der hinter ihr saß und noch immer den Jutesack in seinen Händen hielt, den er ihr offenbar vom Kopf gezogen hatte.

»Ich hoffe, Sie stülpen mir das Ding nicht wieder über, oder?«

Sie schaute in sein verständnisloses Gesicht. Der Mann antwortete etwas in russischer Sprache. Nun war sie es, die ihn fragend anblickte und den Kopf schüttelte.

»Nein, mein Junge, wenn du nicht Deutsch oder Englisch sprichst, dann wird nichts aus unserem Date.«

Sie lehnte sich wieder in ihrem Stuhl zurück und schloss die Augen. Sie versuchte sich stattdessen auf Bergers Gesicht zu konzentrieren. Vielleicht, dachte sie, kann ich zu dir eine telepathische Verbindung aufbauen. Also, ich konzentriere mich auf dich und du dich auf mich, dann klappt es. Sie spannte jede Faser ihres Körpers an und konzentrierte sich mit aller Macht auf das Bild von ihm in ihrem Kopf. Nun mach schon, du Esel, ich schaffe das nicht allein, ging ihr durchs Hirn; doch sosehr sie sich auch anstrengte, es kam keine Verbindung zustande.

»Mit Männern kann man so etwas eben nicht machen«, seufzte sie müde. »Also musst du mich auf herkömmliche Weise befreien.«

Sie versuchte, an ihren Mann zu denken, an das, was er in so einer Situation gemacht hätte. Es gelang ihr nicht. Sie war erschreckt, wie fern und fremd er ihr plötzlich war, nach fünfundzwanzig Jahren Ehe.

***

Dem Residente war seltsam zumute. Urplötzlich hatte er das Gefühl, als würde jemand hinter ihm stehen und ihm ganz vorsichtig die Hand auf seine Schulter legen. Irritiert schaute er sich um, aber da war niemand.

Der Comisario spürte seine Unruhe.

»Gibt's ein Problem, an das wir nicht gedacht haben?«

»Nicht dass ich wüsste. Was sagt Ihr Computer?«

García Vidal suchte in der Datenbank des Flughafens nach russischen Namen. Nach und nach erschienen die dazugehörigen Passbilder auf seinem Bildschirm. Eines davon erregte seine Aufmerksamkeit. Er stoppte das Programm, und das Gesicht des toten Russen von der Steinmauer war auf dem Bildschirm zu sehen.

»Na bitte, da haben wir ihn doch schon. Igor Jaschkin heißt er, und er war wirklich einmal Beamter des russischen Innenministeriums. Leider hat er nur zweiunddreißig Sommer miterleben dürfen. Schade drum, er sieht aus, als sei er ein fähiger Mann gewesen.«

»Es gibt keinen bei der OMON, der nicht etwas draufhat. Wenn die hier noch ein paar von diesen Figuren in petto haben, dann gnade uns Gott.« Berger kratzte sich am Kopf. »Aber so gut sie auch sind, sie haben ihre Schwächen.«

Der Comisario wurde hellhörig. »Welche bitte?«

»Na, zum Beispiel die, dass sie keine Spuren hinterlassen dürfen. Das ist so eine Mafiamacke. Ich nehme an, deswegen wurde der arme Kerl liquidiert.«

»Wegen dieser paar Blutspritzer?«

»Wegen dieser paar Spritzer.« Berger nickte ernst. »Das ist beweisfähige DNA. So etwas wird in diesen Kreisen nicht geduldet.« Er zuckte mit den Achseln. »So ist das Leben, wer zu dumm ist, der wird eben von Schweinen gebissen.«

Inzwischen hatte der Drucker eine dreiseitige Namensliste ausgespuckt. García Vidal drückte sie einem Kollegen in die Hand. Der schaute ihn entgeistert an und protestierte: »Ich habe jetzt Feierabend!«

»Sí, Kollege, aber den wirst du hier verbringen.«

Der Mann war bedient.

»Und was soll ich meiner Familie sagen?«

»Worauf du Appetit hast, zum Beispiel. Das können sie dir dann vorbeibringen.«

Der junge Mann wollte schon zum Protestgeschrei ausholen, da wurde er von García Vidal mit einer Geste gestoppt.

»Spar dir deine Kraft. Du wirst die nächsten zwei Tage nicht nach Hause kommen. Also vergiss bitte nicht, dir auch frische Wäsche und Duschzeug bringen zu lassen.«

»Und wann soll ich schlafen?«

»Im Urlaub!«

Geknickt nahm der junge Polizist die Listen und trollte sich.

»Und was machen wir nun?«, fragte Berger.

»Wir recherchieren weiter. Wir müssen unbedingt herausbekommen, aus was für Typen die Truppe um Schokotoff besteht. Wenn wir nicht genau wissen, mit wem wir es zu tun haben, bleibt uns keine Chance, die Gräfin da heil rauszubekommen.«

»Und wie soll das funktionieren?«

»Es wird doch sicher jemanden in der spanischen Botschaft in Moskau geben, der über Verbindungen zum russischen Innenministerium verfügt.«

»Garantiert!«, nickte Berger.

»Über den besorgen wir die ID-Cards aller OMON-Leute, die in den letzten fünf Jahren ihren Dienst quittiert haben. Und vergleichen sie mit den Bildern der Pässe, die wir am Flughafen und auf den Fähren abfotografiert haben.«

Berger schaute ihn skeptisch an. »Und was ist mit den Männern, die mit Privatfliegern kommen?«

»Auch die werden erkennungsdienstlich erfasst, wenn es da keine Schlupflöcher gibt.«

»Was ist, wenn wir niemanden finden?«

»Dann haben wir den Beweis, dass es Schlupflöcher gibt. Also los, Residente, keine Müdigkeit vortäuschen. Sie haben eine Verabredung mit Ihrer Gräfin!«

***

Die Stunden schienen ihr endlos. Gott sei Dank hatte der junge Mann, der zu ihrer Bewachung eingeteilt war, Verständnis. Er öffnete ihre Handfesseln und führte sie zur Toilette. Danach ersetzte er das Klebeband, mit dem ihre Hände zusammengebunden waren, durch zwei Paar Handschellen, mit denen er ihre Handgelenke an den Rollstuhl kettete. Insgesamt hatte sich ihre körperliche Lage damit erheblich verbessert, was sie auch wieder etwas mutiger in die Zukunft schauen ließ.

Sie begann, sich in dem weiß getünchten Raum umzusehen. Viel gab es da nicht. Er hatte den Charme eines modernen Kellerraumes. Keine Fenster, eine Stahltür und drei kahle Wände, die mit Regalen vollgestellt waren, auf denen fein säuberlich allerlei Kartons gestapelt waren. Sie war mit dem Fahrstuhl abwärtsgefahren, das hatte sie genau gespürt, also mussten sie sich hier irgendwo unter der Erde befinden.

Sie schloss die Augen. So konnte sie besser über ihre Situation nachdenken.

Als sie gerade etwas eingedöst war, wurde sie durch die Stimme des jungen Dolmetschers geweckt.

»Frau Gräfin verwechseln das hier wohl mit einem Wellnessurlaub. Hatten Sie Zeit, etwas über Ihre Lage nachzudenken?«

Das grelle Neonlicht schmerzte erneut in ihren Augen, als sie sie verschlafen öffnete.

»Wie bitte?« Sie versuchte, sich in ihrem Rollstuhl aufzurichten.

»Meinen Sie nicht, dass es an der Zeit wäre, jetzt mit uns zusammenzuarbeiten?« Der Dolmetscher war diesmal allein gekommen. Er legte ein Klemmbrett mit einem Schriftstück auf ihren Schoß und reichte ihr demonstrativ einen Kugelschreiber. Sie las. Es handelte sich um einen Kaufvertrag für ihre Finca.

»Und wenn Sie mich totschlagen«, gab sie bestimmt zurück. »Sie werden den Besitz meines Mannes nicht bekommen, jedenfalls nicht solange ich lebe.«

»So seien Sie doch vernünftig!«

»Nein!«

Diese sture Haltung entsetzte den jungen Mann.

»Warum machen Sie sich das Leben so schwer? Das kann ich nicht verstehen!«

»Ach, schau mal einer an, geben Sie jetzt den *good guy*?«

»Und wenn, wäre Ihnen das nicht recht?«

»Gegen den Strich geht mir vor allem, dass ich hier angekettet sitze und mit Ihnen diskutieren muss. Und wenn Sie es genau wissen wollen: Ich mache mir das Leben nicht schwer. Mich Ihnen zu widersetzen ist das, was es lebenswert macht, *comprende*?« Sie wandte sich ab. »Aber warum soll ich mit jemandem über Ethik und Moral diskutieren, der noch ein Kind ist?«

»Wollen Sie mich provozieren?«

Sie wurde immer aufgebrachter. »Sí, Señor, das will ich. Vielleicht töten sie mich ja gleich, dann sparen wir viel Zeit.«

»Warum reden Sie von Tod und Töten?«

»Weil Sie es wohl tun müssen, darauf läuft doch alles hinaus.«

»Was tun?«

»Na, mich töten, was denn sonst?«

»Warum ich?«

»Weil Ihr Chef sich mit derartigen Dingen nicht die Hände schmutzig machen wird. Und da kann er auch gleich sehen, wie loyal Sie ihm gegenüber sind.«

»Sie halten mich für einen Verbrecher, Condesa, das kränkt mich.«

Sie schüttelte ungläubig den Kopf. Der Mann war ernsthaft beleidigt!

»Junger Mann. Wenn Sie sehen, dass ein Mensch gegen seinen Willen festgehalten wird, dann dürfen Sie sich nicht danebensetzen und mitmachen, sonst *sind* Sie ein Verbrecher!«

»Aber bitte, verstehen Sie doch, ich habe hier nicht das Sagen. Wenn ich deren Befehle nicht befolge, dann bin ich es, der tot ist.«

»Mit diesen Argumenten haben auch die Nazis versucht, sich rauszureden!«, herrschte sie ihn böse an. »Sie haben auf jeden Fall schon verloren, Sie wissen es nur noch nicht. Entweder Sie landen Ihr Leben lang im Gefängnis, oder Sie werden getötet. Also, wenn Sie wirklich kein Verbrecher sein sollten, wie Sie behaupten, setzen Sie sich doch neben mich und lassen Sie sich gleich mit mir umbringen. Dann sterben Sie wenigstens mit einem reinen Gewissen und nicht allein.« Sie schaute ihn prüfend an. »So alt, dass Sie schon sehr viel angestellt haben, können Sie ja noch nicht sein. Es wäre vielleicht sogar schade um Sie.«

Der junge Mann erhob sich, als hätte ihm jemand vor den Kopf geschlagen, und verließ den Raum.

Die Gräfin hätte am liebsten geweint, wollte sich aber keine Blöße geben. Es gibt jetzt zwei Möglichkeiten, grübelte sie vor sich hin: Entweder ich habe diesen jungen Schnösel weichgekocht, oder der macht mich heute noch fertig.

***

Der Comisario und seine Leute hatten sich weit nach Mitternacht entschieden, für ein paar Stunden Pause zu machen, um zu schlafen. Berger war nach Hause gefahren. Ihm kamen unter der eigenen Dusche immer die besten Gedanken, und die brauchte er jetzt.

Also duschte er und duschte und duschte, aber die alles rettende, geniale Idee wollte sich nicht einstellen. So stellte er, bevor er völlig aufweichte, das Wasser ab, um sich abzutrocknen.

Sein Handy klingelte. Nackt und nass, wie er war, ging er ins Wohnzimmer und hob ab.

»Señor Residente?«

»Sí.«

»Mein Name ist Delgado Bunyol, Maria Delgado Bunyol.«

Er war völlig verdattert. »Die Politikerin?«

»Sí, Señor, ebendiese, und es darf niemand wissen, dass wir jemals miteinander telefoniert haben, *comprende*?«

»Sí, Señora, womit kann ich Ihnen dienen?«

Ihre Stimme wurde hektisch. »Wir müssen uns unbedingt sehen.«

»Wann? Gleich morgen früh?«, fragte er überrascht.

»Nein! Sofort!«, kam es zurück.

»Gern, aber wo?«

»Sie kennen das kleine Bergkloster kurz vor s'Alquería Blanca?«

»Sí.«

»Dort treffen wir uns in genau einer Stunde.«

»Aber Señora, es ist jetzt halb zwei Uhr nachts!«

»Wunderbar, dann ist es in einer Stunde halb drei, und wir werden unsere Ruhe haben.« Berger wollte noch etwas erwidern, aber sie hatte bereits aufgelegt.

Er beschloss, schnell etwas zu essen. Er hatte noch ein Baguette im Brotkasten, ein paar Tomaten und etwas Sobrasada, eine mallorquinische Wurst. Mit dieser Grundlage im Magen sollte er die Nacht überstehen.

Die Jeep-Ente war keine Bergziege. Das war sein Fazit, als er den Motor auf dem Klosterparkplatz abstellte. Er lauschte in die Nacht.

Von wegen Ruhe, dachte er. Die Zikaden machten in den Pinien und Sträuchern einen Höllenlärm, aber das war Natur, und deshalb störte es ihn nicht.

Er ging zur Südseite des Klosters. Von dort konnte er das schlafende Santanyí sehen und heute, bei Mondschein, sogar das Meer. Weit entfernt bellte ein Hund, und andere Hunde antworteten ihm. Als wenn man einen Stein in ein ruhendes Gewässer wirft, so breiteten sich die Schallwellen des Gebells über der Insel aus. Hier und da war auch noch die Glocke eines Schafes zu hören, das seinen Schlafplatz wechselte.

In diesem Augenblick sah er ein Auto näher kommen oder besser nur die Lichtfinger, die immer wieder versuchten, sich in den Berg hineinzubohren, um dann aber doch davon abzuprallen.

Er versuchte, sich an Maria Delgado Bunyol zu erinnern, wie er sie schon oft in den Nachrichten gesehen hatte. Auf den Bildern schüttelte sie meist irgendwelchen prominenten Menschen die Hand, oder sie saß zum offiziellen Fototermin in einem barocken Sessel. Dabei hatte sie immer ein Kostüm an, auf dem nicht das kleinste Fältchen zu sehen war.

Als Präsidentin des Inselrates war sie seiner Meinung nach eine Art Frühstücksdirektorin, denn die große Politik wurde doch nicht von ihr gemacht, oder? Er schämte sich, weil er das nicht genau wusste, und er wünschte sich in diesem Augenblick den Comisario herbei, denn der hätte ihm jetzt bestimmt einen druckreifen Vortrag über die politische Landschaft der Balearen halten können. Aber vielleicht war es auch gut, dass er nicht da war, so konnte er der Dame einigermaßen vorbehaltlos gegenübertreten.

Als sie wenige Minuten später vor ihm stand, hatte sie rein gar nichts mehr von einer Grande Dame. Das immer korrekte Kostüm war einer Jeans und einem Top gewichen, was sie zu einem normalen Menschen machte. Ihr Gesicht konnte er im Mondschein nur durch eine Art Weichzeichner wahrnehmen, dennoch war ihr die Verzweiflung deutlich anzusehen.

»Señor Residente, ich bin Ihnen dankbar, dass Sie gekommen sind. Der Comisario hat mir Ihre Handynummer im Vertrauen gegeben, und ich hoffe, ich kann mich auf Ihre Diskretion verlassen.«

»Sí, Señora, das können Sie.«

»Es geht um meinen Sohn Estéban«, sagte sie ohne Umschweife.

»Señora, es tut mir leid, aber ich habe im Augenblick keine Zeit, mich Ihres Falles anzunehmen, egal wie dringend er auch sein mag. Ich bin derzeit in Ermittlungen verstrickt, bei denen es um Leben und Tod geht.«

Sie nickte verständnisvoll. »Ich weiß, der Comisario sagte mir schon, dass es um einen Menschen geht, der Ihnen persönlich sehr nahesteht.«

»Sagte er das?«, fragte Berger erstaunt.

Plötzlich sah er die Gräfin vor sich, wie sie ihn anlächelte, und sein Magen krampfte sich zusammen. Verdammt, dachte er, der Hund hat recht damit.

»Ja, deswegen ist es ja so dringend, dass ich zu Ihnen komme.«

»Aber was hat denn Ihr Sohn damit zu tun?«, fragte er ungeduldig.

Sie senkte ihren Blick. »Ich denke, er steckt da mittendrin.«

»Er wurde auch entführt?«

»Nein, ich befürchte, Estéban ist einer der Kidnapper.«

Nun konnte Berger die Verzweiflung der Frau verstehen.

»Hat er sich Ihnen anvertraut?«

»Nicht direkt. Er kam heute Nachmittag völlig bleich nach Hause. Nachdem er sich mehrmals im Bad erbrochen hatte, wollte ich ihm helfen, aber er lehnte ab. Als ich ihn dann in seinem Zimmer habe weinen hören, bin ich rein.« Ihr kamen die Tränen. »Ich habe den Jungen seit seiner frühen Kindheit nicht mehr so weinen sehen.«

»Und dann hat er Ihnen alles gebeichtet?«

»Nein, er will mich nicht in die Sache mit hineinziehen. Er sprach davon, dass er mit ansehen musste, wie ein Mensch kaltblütig getötet wurde, nur weil er einen kleinen Fehler gemacht hatte, für den er noch nicht einmal etwas konnte.«

Das klang ganz nach der Hinrichtung des Mannes, der bei der Entführung von Filou gebissen worden war. Estéban war also dabei gewesen.

Berger sah der aufgewühlten Politikerin fest in die Augen. »Der Mann hieß Igor Jaschkin, ein hoch spezialisierter ehemaliger Polizist des russischen Innenministeriums.«

Sie nickte traurig.

»Darüber hat mich der Comisario informiert. Mein Gott, die russische Mafia ist auf Mallorca. Wo sind wir nur hineingeraten.«

»Sí, Señora, Jaschkin war einer von denen, und wenn wir dem bösen Spiel, das die treiben, nicht ganz schnell Einhalt gebieten, dann haben Sie und Ihre demokratischen Kollegen auf dieser Insel bald nichts mehr zu sagen.«

»So dramatisch ist es?«

»Ich befürchte es. Aber mich würde interessieren, wieso Sie gleich darauf schlossen, dass der Bericht Ihres Sohnes etwas mit der Entführung der Gräfin zu tun haben könnte?«

Sie wischte sich die Tränen aus den Augen.

»Der Comisario berichtet bei Gewaltverbrechen direkt an mich. Das habe ich angeordnet, nachdem ich einmal vor Pressevertretern wie ein Depp dastand, weil die viel eher etwas von einer spektakulären Geiselnahme wussten als ich. Es war also nicht schwer, eins und eins zusammenzuzählen.«

»Und was wollen Sie speziell von mir, dass Sie mich jetzt, hier, um diese Zeit zu einem Gespräch bitten?«

Sie sah ihn eindringlich an. »Ich bitte Sie herzlich darum, meinen Sohn zu retten. Ich weiß, dass er Mist gebaut hat, aber seine Reaktion zeigt mir, dass er noch eine Chance hat, sich wieder zu fangen. Er muss ungeschoren davonkommen.«

»Das hört sich grotesk an.«

»Stimmt, aber die Realität ist grotesk. Wenn der Junge wegen Mithilfe bei einer Entführung oder gar Mord verurteilt wird, dann bekommt er, egal wie gering seine Mittäterschaft auch sein mag, mit Sicherheit keine Bewährungsstrafe. Und die Tatsache, dass ich Präsidentin des Inselrates bin, spielt dabei eher eine strafverschärfende Rolle. Als Junge, der eine Dummheit gemacht hat, würde er ins Gefängnis gehen, und als brutalen Gewaltverbrecher werde ich ihn wieder zurückbekommen.«

»Wissen Sie, was Sie da von mir verlangen?«

»Ich verlange nicht, Señor, ich bitte Sie um etwas.«

»Ich dachte immer, Sie stehen für den Kampf gegen Korruption.«

»Soll ich meinen eigenen Sohn wegen meiner politischen Überzeugungen fallen lassen?« Sie sah ihn mit funkelnden Augen an, und Berger nickte langsam.

»Darf ich eine Gegenleistung erwarten? Ich habe Schwierigkeiten mit dem Finanzamt, und mich schikaniert der lokale Polizeichef von Santanyí.«

Sie wirkte plötzlich unendlich traurig.

»Ich verstehe, Señor, aber ich muss leider passen. Wenn ich Ihnen dabei helfen würde, wäre all die Arbeit, die ich mein Leben lang geleistet habe, auf einen Schlag kaputt. Ich kann mich nur auf legale Art und Weise erkenntlich zeigen, ohne jegliche Mauschelei. Und ich habe keine Ahnung, ob das klappen würde.« Niedergeschlagen wandte sie sich ab und öffnete den Verschlag ihres Wagens. »Ich danke Ihnen, Señor Berger, dass Sie mich angehört haben, und ich zähle auf Ihre Diskretion.«

»Nun warten Sie doch mal, Señora!« Berger versperrte ihr mit dem Arm den Einstieg. »Warum bitten Sie mich um Hilfe und nicht den Comisario?«

»Weil ich mir sicher bin, dass das, was meinem Sohn vielleicht noch helfen könnte, einfach nicht legal sein kann. Es wäre unfair von mir, den Comisario zu bitten, seine Karriere zu riskieren.«

»Ihre Haltung imponiert mir. Sie haben Rückgrat, und unbequeme Leute mit diesen Eigenschaften sollten zusammenhalten.«

Er versuchte, in ihren Augen zu lesen, was in ihr vorging.

»Der Comisario hat Ihnen doch bestimmt gesagt, dass ich unbequem bin, oder?«

Sie wischte sich mit einem Taschentuch die Tränen aus dem Gesicht.

»Nein, er sagte, Sie seien verrückt, aber ich denke, das ist in Ihrem Fall das Gleiche.«

8

Tomeu benötigte trotz des Höllentempos, das er mit dem Geländewagen des Grafen fuhr, eine ganze Weile, um mit Shakespeare zur Stelle zu sein.

»*Hola*, P-pp-at-ttrón, w-w-wwas solll i-i-ich m-mmachen?«

Berger antwortete eilig: »Die Klappe halten, sonst werden wir nie fertig.« Er zeigte auf die Señora. »Das ist Señora Delgado Bunyol.«

Tomeu nickte ihr freundlich, aber kommentarlos zu.

»Wir werden jetzt den neunzehnjährigen Sohn dieser Dame entführen und in deinem alten Schafstall so lange verhören, bis er auspackt.«

»S-s-sí.«

»Wie geht's Filou?«

»G-ggut, er h-h-hat einnen R-r-riesen-s-s-pektt-t-akel gemmmmacht, a-a-als Sch-schschshschsch, a-a-also als d-dder Hund u-u-und i-iich geg-gg-gangen s-s-ssind.«

Berger war erleichtert.

»Dann ist er nicht hier, und wir haben freie Hand, das ist sehr gut. Wenn er nämlich die Gräfin an der Kleidung dieses jungen Mannes riechen würde, dann hätten wir wieder ein Kampfschwein zu bändigen. Hast du Fesseln und einen Sack mitgebracht?«

Tomeu nickte.

Berger und Señora Delgado Bunyol fuhren in ihrem Wagen voraus, Tomeu kam mit dem Jeep hinterher.

Der Residente wunderte sich über den forschen Fahrstil der Señora, denn Tomeu, der nun weiß Gott kein langsamer Fahrer war, hatte Mühe, ihr zu folgen.

»Und Sie sind sich sicher, Residente, dass das klappen wird?«

»Es gibt nichts, wovor die russische Mafia so viel Respekt hat wie vor der italienischen. Wenn wir Ihren Jungen entführen und Sie dem Comisario gegenüber behaupten, die Entführer hätten italienisch gesprochen, dann wird sich ein unvorsichtiger García Vidal in einer kleinen, improvisierten Pressekonferenz ganz gewaltig verplappern. Schneller kriegen wir die Geschichte nun wirklich nicht breitgetreten.«

»Und wie wird Schokotoff senior davon in Kenntnis gesetzt?«

»Ich habe in Rom einen guten Bekannten bei den *carabinieri*. Der hat nun wiederum über die italienische Botschaft in Moskau Verbindung zu einigen etwas zwielichtigen Gestalten im engsten Umkreis des alten Schokotoff. Und die werden King Schokotoff so ganz nebenbei fragen, auf was der neue Krieg der russischen gegen die italienische Mafia abzielt. Das Mittelmeer gehört schließlich ganz und gar der italienischen Unterwelt, da haben die Russen rein gar nichts zu kamellen. Schokotoff wird sich hüten, hier unten einen Zwist anzufangen, den er nicht gewinnen kann, und den Sohnemann umgehend an die Kandare nehmen.«

»Und meine Aufgabe ist nichts weiter, als die verstörte Mutter zu spielen?«

»Wir sollten Ihnen vielleicht noch ein blaues Auge anschminken, damit wäre es für Sie einfacher.«

»No, Señor, das muss schon echt sein. Ich bin eine schlechte Schauspielerin. Wenn es nicht wirklich wehtut, dann fange ich noch an, in die Kamera zu grinsen.«

Sie machte eine Pause, um alles noch einmal zu überdenken. »Sie sind sich also sicher, dass Schokotoff seinen Sohnemann zurückpfeifen wird?«

»Ich bin mir nur sicher, dass ich nicht der Einzige hier im Wagen bin, der verrückt ist.«

Am Wohnort der Politikerin, einem etwas feineren Vorort von Palma, parkte sie ihren Wagen direkt in der breiten Garage. Sie kam öfter erst mitten in der Nacht nach Hause, und es sollte nichts anders aussehen als sonst. Tomeu parkte seinen Jeep kurz darauf vor dem Haupteingang des Hauses, besser gesagt, er ließ ihn dort nur ausrollen, um keinen großen Krach zu machen. Er griff sich ein mitgebrachtes Stemmeisen, glitt lautlos aus dem Wagen und bedeutete Shakespeare, dass er beim Auto wachen sollte. Vor der Garage traf er auf Berger und zog wie dieser einen Einmalanzug mit Kapuze und Füßlingen an, um keinerlei Spuren am Tatort zu hinterlassen. Dann überlegten sie, an welcher Stelle Tomeu den Schließmechanismus des Garagentors von außen aufbrechen sollte, damit es wie ein professioneller Einbruch aussah. Dort, so wusste die Hausbesitzerin von der Polizei, war der einzige Schwachpunkt in der Alarmsicherung des Hauses. Fenster und Türen waren überall mit Einbruchmeldern gesichert.

Die Stahltür von der Garage zum Keller des Hauses aufzubrechen war ebenfalls kein Problem.

Señora Delgado Bunyol hatte offenbar sogar Spaß an dem fingierten Einbruch in ihrem Haus. »Wann bekommt man schon mal live mit, wenn im eigenen Haus eingebrochen wird?« Sie lächelte Berger dankbar an.

Weitere Türen, die sie durchquerten, um in das Zimmer ihres Sohnes zu kommen, mussten nicht aufgebrochen werden. Vorsichtig schlichen sie in das Jugendzimmer, das perfekter als alles eingerichtet war, was Berger jemals in seinem Leben bewohnt hatte. Er fühlte fast so etwas wie Neid auf den Jungen. Vorsichtig nahm er die Chloroformflasche, die Tomeu aus der Finca mitgebracht hatte. Dort benutzte man dieses Betäubungsmittel, um ausgedienten Zuchtböcken einen kleinen Rausch zu verpassen, bevor man sie kastrierte. Berger zog ein frisches, flauschiges Staubtuch aus der Tasche und tränkte es mit der Flüssigkeit. Danach ging alles blitzschnell. Tomeu griff sich Estéban und hielt ihn eisern fest. Berger wartete, bis der Junge zu protestieren begann, dann drückte er ihm das Chloroformtuch auf Mund und Nase. Dies musste im wachen Zustand passieren, denn wenn er wach war, atmete er tiefer ein, und die Betäubung war effektiver.

In diesem Augenblick erschien die Dame des Hauses wie verabredet im Negligé, sie sollte ja von dem Lärm wach geworden sein. Bevor sie nur einen Ton sagen konnte, hatte auch sie das getränkte Tuch vor Mund und Nase und sank mit irritiertem Gesichtsausdruck in Tomeus Arme.

Erst als sie schon tief bewusstlos war, holte Berger zu einem Schlag aus, der so dosiert war, dass nur ihre Lippe aufriss.

»Daran wird sie genug zu knabbern haben«, flüsterte er Tomeu zu, der dabei war, Estéban mit Klebeband versandfertig zu machen.

Der Inselratspräsidentin wurden ebenfalls die Hände auf den Rücken gebunden. Danach riss Berger noch ein wenig an ihrem fein gewirkten Nachthemd herum, um es etwas mehr nach Kampf aussehen zu lassen, und zog sie dann auf den weichen Flurteppich, damit sie sich auf den kalten Fliesen keine Erkältung holen würde.

Beide achteten peinlich genau darauf, dass sie keinerlei verwertbare Spuren hinterließen. Das war gar nicht so einfach, denn in diesen Anzügen schwitzte man enorm, und der Mundschutz und die Gummihandschuhe taten ihr Übriges.

Wie einen Mehlsack setzte Tomeu den bewusstlosen Estéban auf, und während Berger ihn von hinten hielt, stülpte er den mitgebrachten Jutesack über das Opfer. Danach schulterte er ihn und verließ mit Berger den Tatort durch die Garage.

Während Berger überprüfte, ob sie auch alles wieder mitgenommen hatten, was sie zu ihrem Einbruch benötigt hatten, verstaute Tomeu die Fracht auf dem Rücksitz des Wagens. Ein leiser Fingerschnipp, und Shakespeare sprang auf den Beifahrersitz, sodass Tomeu Platz hatte, den Jungen festzuhalten. Berger ließ den Motor an, und ohne Hast begannen sie ihre Rückfahrt.

Ein paar Straßenzüge weiter hielten sie kurz, um sich ihrer Anzüge zu entledigen. Damit wären sie im Verkehr sicher aufgefallen.

Kaum waren sie aus Palma heraus, klingelte Bergers Handy. Es war etwas mühevoll, das Telefon während der Fahrt aus seiner engen Jeans zu fischen, aber beim dritten Klingeln hatte er es aufgeklappt.

»Sí«, brüllte er gegen den Fahrtwind. Seine Gesichtszüge hellten sich auf. »*Hola*, Comisario, wir haben unseren Patienten an Bord, und Sie können in Rom Bescheid geben. Die Nummer haben Sie ja.«

Er horchte angestrengt.

»Okay, dann kommen Sie zu Tomeus Haus, das werden wir als Zwischenlager nehmen.«

Erleichtert klappte er das Handy wieder zu. Der Tag war noch jung, es wurde noch nicht einmal hell, aber es war schon ein guter Tag, denn jetzt würde es vorangehen. Das hoffte er nicht nur, das wusste er. Er nahm sich fest vor, die Gräfin in den Arm zu nehmen, wenn er sie erst wieder in Sicherheit wusste. Ungeküsst wirst du mir nicht noch mal entführt, egal wie frisch du Witwe bist, basta!

***

Kong hatte mit seiner Truppe vergeblich am vereinbarten Treffpunkt auf Estéban gewartet. Er kam nicht. Anrufe auf seinem Handy blieben unbeantwortet, es meldete sich nur die Mailbox. Der Hüne schnaubte vor Wut.

»Ich habe Sergej immer wieder gesagt, dass ich mit Ausländern nichts anfangen kann, aber er wusste es natürlich besser!« Verärgert gab er Gas.

Während der Fahrt nach Ses Covetes schwieg Kong verkniffen. Er wurde schon seit Tagen von bösen Ahnungen geplagt, doch er schaffte es einfach nicht, seinen Schutzbefohlenen davon zu überzeugen, kürzerzutreten. Er war mit seinem Latein am Ende. Einerseits sollte er den jungen Schokotoff beschützen, ihm dabei auch dienen, andererseits sollte er ihm aber auch ein Lehrer sein. Er hatte das Gefühl, in seiner letzten Funktion völlig versagt zu haben, denn Sergej ließ sich von ihm nichts mehr sagen, eigentlich von niemandem außer seinem Vater, aber der schwieg zu allem, was Kong ihm meldete.

Nach einer knappen Stunde Fahrt waren sie da. Von Osten her dämmerte ganz leicht der neue Morgen, und sie ließen ihren Wagen etwas abseits stehen, um nicht durch Motorengeräusche auf sich aufmerksam zu machen.

Von den vier schwarz gekleideten Menschen war absolut nichts zu hören, als sie sich von Deckung zu Deckung in die Nähe ihres Zieles vorarbeiteten.

Als das finstere Quartett am Haus angekommen war, hebelte Kong mit geübten Griffen eines der Fenster auf. Langsam stiegen er und einer seiner Männer in das Arbeitszimmer des pensionierten Lehrers ein, der schon seit über zehn Jahren in diesem wunderbaren Haus mit Pool und Meerblick wohnte. Seit einem halben Jahr wollte Sergej dieses Grundstück haben, aber der Alte weigerte sich starrköpfig. Heute würden sie ihm ein Geschenk vorbeibringen, das ihn endgültig davon überzeugen sollte, dem Verkauf zuzustimmen.

Zu Kongs Überraschung ging plötzlich das Licht im Zimmer an, und ein Spitz begann hysterisch zu bellen. Als er sich umdrehte, sah er den Alten in der Tür stehen. In der einen Hand hielt er einen Baseballschläger, in der anderen die Hundeleine dieses Kläffers.

»Was machen Sie hier? Ich hatte Ihnen schon vor zwei Wochen Hausverbot erteilt. Nehmen Sie sofort die Hände hoch, die Polizei habe ich bereits gerufen!«

Kong überlegte nicht. Er machte einen Schritt auf den Alten zu, breitete seine riesigen Arme aus und schlug mit seiner enormen Kraft beide Fäuste zusammen. Das Knirschen der Schädelknochen des alten Mannes war bis auf die Terrasse zu hören.

Kongs Kompagnon, ebenfalls über zwei Meter groß, griff blitzschnell die Leine des Hundes, hielt das wild kläffende und zappelnde Tier mit ausgestrecktem Arm weit von sich und hängte den Spitz kurzerhand an einen Haken, der aus einem der eingezogenen Deckenbalken ragte. In wilder Panik versuchte die arme Kreatur, ihren Henker zu beißen, was ihr aber nicht gelang.

Stattdessen nahm dieser die Baseballkeule, die der Hausbesitzer hatte fallen lassen, und wollte dem Hund gerade einen tödlichen Schlag verpassen, als sie in der Ferne die Polizeisirene hörten.

»Scheiße!«, rief Kong ärgerlich. »Der alte Sack hat die Wahrheit gesagt. Nichts wie weg.«

Ebenso lautlos, wie sie gekommen waren, verschwanden sie wieder vom Tatort.

Den Polizisten bot sich ein entsetzliches Bild. Der Alte lag mit dem Kopf in einer großen Blutlache, und es quoll immer mehr davon auf die Fliesen. Der an der Decke hängende Hund zuckte mit den Beinen, aber das waren nur noch Reflexe. Das Tier war bereits tot. Einer der Beamten nahm den Spitz ab und legte ihn neben die Leiche seines Herrchens.

»Willst du das Vieh vielleicht auch noch beatmen?«, kommentierte sein Kollege diesen Akt der Menschlichkeit.

Der Beamte schüttelte entsetzt den Kopf. »Bist du bekloppt? Nachher bekomme ich noch Staupe.«

Sein Streifenführer grinste und zuckte mit den Achseln. »Dann häng den Köter besser wieder dahin, wo er war, sonst kriegen wir bloß Ärger mit der Spurensicherung. Wenn die sich schon für was Besseres halten, dann sollen sie auch die Arbeit machen.«

***

Estébans ungelenker Versuch, sich zu bewegen, verwandelte sich innerhalb von Sekunden in blanke Panik, als er das volle Bewusstsein wiedererlangt hatte und merkte, dass er gefesselt und geknebelt war.

Tomeu gab Berger ein Zeichen, dass Leben in den Jungen kam.

Der Residente grinste ihn breit an und sagte so laut, dass ihr Opfer es verstehen musste: »Ruf in Palermo an und sag dem Paten, dass er wach ist.«

Die Worte zeigten Wirkung. Der Junge verharrte zitternd und schwer atmend auf seinem Stuhl. Wahrscheinlich wurde ihm gerade klar, in welcher Situation er sich befand. Als Tomeu ihm den Sack vom Kopf zog, riss er, gierig nach Licht, die Augen auf, doch der stechende Schmerz zwang ihn, sie sofort wieder fest zu schließen. Er heulte auf, als ihm gleich darauf der Klebestreifen brutal vom Mund gezogen wurde, dennoch sog er gierig die frische Luft in seine Lungen.

»Gracias«, murmelte er mit geschlossenen Augen, *»muchas gracias.«*

Berger beendete den höflichen Teil des Verhörs und trat dem jungen Mann wortlos in den Rücken, gerade so stark, dass es nur wehtat und er nicht ernsthaft verletzt wurde.

Estéban heulte wieder auf und fing sich von Tomeu eine Ohrfeige ein. Vor Angst wimmernd, pinkelte er sich voll.

Berger begann mit der Show.

»Großer Gott, was haben wir denn da für einen Vorzeigegangster? Der pisst sich ja schon in die Hose, wenn man nur einmal buh macht.«

Er beugte sich vor, hielt sein Gesicht direkt neben das Ohr von Estéban und zeigte auf Tomeu. »Darf ich vorstellen, das ist Ravello. Ravello Montessori. Freunde nennen ihn auch *maestro de tortura.*« Berger beobachtete jeden Wimpernschlag des Jungen. »Aber als Spanier weißt du, was das heißt. Meister der Folter.«

Der nächste Schwung Urin tropfte auf den Boden. Berger fuhr ungerührt fort. »Wie ist dein Name, mein Kleiner?«

»Estéban. Estéban Delgado«, kam es krächzend aus Estébans Mund.

»Delgado? Heißt so nicht eine ziemlich hohe Politikerin hier auf Mallorca?«, fragte Berger mit gespielter Aufmerksamkeit.

Estéban zuckte mit den Achseln und murmelte: »Weiß nicht, kann sein.«

Dass der Junge nicht auch noch seine Mutter mit hineinziehen wollte, brachte ihm beim Residente Pluspunkte ein.

»Bueno, und jetzt raus damit: Warum habt ihr Schweine die Gräfin entführt?«

Estéban versuchte, so unschuldig wie möglich zu gucken.

»Was für eine Gräfin?«

Tomeu holte zur zweiten Ohrfeige aus, und die saß. Die Oberlippe des Jungen platzte auf, aber er ließ es klaglos über sich ergehen.

»Ich weiß nicht, was Sie meinen.«

Wieder klatschte es kräftig. Nun blutete auch die Nase.

Vor dem nächsten Schlag kündigte der Junge seine Mitarbeit an. »Der Chef hat es befohlen.«

Berger nickte zufrieden.

»Wer ist der Chef?«

»Ich weiß nicht, wie er heißt.«

Tomeu holte nur aus.

»Sergej Schokotoff. Der Sohn des berühmten King Schokotoff aus Moskau.«

Berger lachte und rieb sich vor Begeisterung in die Hände. »Ravello, hast du das gehört? Der berühmte King Schokotoff aus Moskau. Da hat uns der kleine Pinkelprinz hier aber mächtig Angst gemacht. Soll ich dir mal die Namen unserer Chefs sagen?« Er winkte ab. »Das hat ja gar keinen Zweck, die kennst du ja gar nicht. Aber dein King Schokodingsbums würde auf der Stelle Panikpickel bekommen, wenn er wüsste, wem er da in die Quere gekommen ist.«

»Aber das war doch gar nicht der Vater in Moskau, der hat damit gar nichts zu tun. Das war alles sein Sohn hier auf Mallorca«, versuchte Estéban seine Peiniger zu besänftigen.

Berger freute sich, dass es nun auch inhaltlich etwas voranging. »Wer war alles bei der Entführung der Gräfin dabei?«

Estéban überlegte nicht lang. »Kong war unser Boss, dann waren da noch Igor, Pawel und ich. Und Bolschoi.«

»Wer ist Bolschoi?«, entfuhr es Berger.

»Ich weiß nicht, wie er richtig heißt, aber er liebt Tanzen und sieht sich im Fernsehen immer nur Ballett an, deswegen nennen sie ihn so.«

»Weiter!«, befahl Berger.

»Kong hat auf der Rückfahrt Igor erschossen, weil er angeblich von einem Schwein gebissen wurde.«

»Und deswegen wurde der Mann erschossen?«

»Sí, Señor, ich war auch ganz entsetzt.«

»Ich kann nur für dich und deine russischen Freunde hoffen, dass es der Gräfin besser ergangen ist?«

»Als ich sie das letzte Mal gesehen habe, ging es ihr gut. Viel zu gut. Sie schimpfte mich aus, als sei ich der letzte Verbrecher.«

Es setzte die vierte Ohrfeige.

»Das bist du auch. Nichts weiter als ein kleiner, dummer Verbrecher, und vor allem die Kleinen und die Dummen erwischt es zuerst. Pech, kleiner Estéban.«

Berger wunderte sich, wie viel Urin aus einem Menschen herausfließen konnte.

»Mache ich dir Angst, kleiner Estéban? Dann hast du jetzt vielleicht eine Vorstellung, wie es der Gräfin mit euch ergeht?«

»Ha!«, brach es aus Estéban heraus. »Die und Angst, dass ich nicht lache! Ich weiß ja nicht, was das hier alles bedeuten soll, aber wenn Sie diese Dame auch noch entführen wollen, wünsche ich Ihnen jetzt schon viel Vergnügen.«

Berger frohlockte innerlich, dass sich Rosa offenbar wacker geschlagen hatte. Dann wurde er konkret.

»Wir wollen sie haben. Und du wirst uns dabei helfen. Wenn du nicht an einem Blutbad schuld sein willst, schreibst du besser gleich auf den Block da vorne, wo sich Rosa von Zastrow im Augenblick aufhält. Die Adresse und einen Grundriss des Hauses, in dem sie gefangen gehalten wird. Mit allen Räumen, verstanden?«

Estéban schaute flehend auf Berger.

»Und lassen Sie mich dann gehen?«

Der Residente flüsterte ihm ins Ohr: »Eventuell, wenn ich Spaß daran habe, bekommst du dein kleines, jämmerliches Leben zurück.« Er wurde lauter. »Und wenn du heute tatsächlich noch einmal davonkommen solltest, dann hüte dich. Wenn du mir noch einmal in die Quere kommst, werde ich dich töten, selbst wenn du auf dem Wochenmarkt nur ein Ei geklaut hast, *comprendes*?«

Estéban nickte so heftig und erleichtert, dass er sich fast das Genick dabei brach.

»*Gracias, Señor, muchas gracias!*«

Sowie ihm Tomeu die Fesseln gelöst hatte, machte er sich mit einer Inbrunst ans Malen des Grundrisses, als hätte man einem Erstklässler zum ersten Mal in seinem Leben Ölkreide in die Hand gedrückt.

Der Comisario, der sich im Hintergrund aufgehalten hatte, wo Estéban ihn nicht sehen konnte, gab Berger ein Zeichen. Sie gingen vor die Tür.

»Das war aber ganz hart an der Grenze, Residente«, sagte García Vidal tadelnd. »Man könnte uns, und das nicht zu Unrecht, Foltermethoden der Franquistas unterstellen.«

»Der wird gar nichts unterstellen. Der wird nur zusehen, dass er nie wieder in seinem Leben falsch parkt. Übrigens, hat sich mein *carabiniere* schon gemeldet?«

»Sí, er hat mir eine SMS geschickt. Ein Mittelsmann von King Schokotoff hat signalisiert, dass er seinen ganzen Einfluss geltend machen wird, dass die Gräfin, falls Schokotoff junior sie wirklich haben sollte, bis heute Vormittag um elf Uhr freigelassen wird.«

»Warum erst so spät?«, fragte Berger verärgert.

Der Comisario legte seine Hand beruhigend auf Bergers Schulter. »Lieber etwas später, dafür aber gesund und munter.«

Dennoch war Berger unzufrieden.

»Dann müssen wir ja noch stundenlang warten, bis wir die Bande ausheben können.«

»Sí, da wird uns nichts anderes übrig bleiben.«

In diesem Augenblick klingelte García Vidals Handy. Er horchte konzentriert, bestätigte kurz und knapp, verstanden zu haben, und klappte es dann wieder zu.

»Das war die Leitstelle, Schokotoff scheint zu seinem hoffentlich letzten Schlag ausgeholt zu haben. Man hat in Ses Covetes einen toten Residenten in seinem Haus gefunden, *primera línea*.« Er schaute zum Himmel. »*Dios mío*, wann können wir diesem Schwein endlich das Handwerk legen?«

»Soll ich mitkommen?«, fragte Berger.

»Natürlich, Señor, nachher schöpft man noch Verdacht, wenn

Pat ohne Patachon zum Einsatz kommt.« Er griff erneut zum Handy.

»Und wen alarmieren Sie jetzt?«

»Wir müssen doch die Straßensperre für unseren Doktor aufbauen, sonst macht wieder der Falsche die forensische Auswertung.«

Berger ging schnell zur Tür des kleinen Hauses, winkte Tomeu heraus und flüsterte ihm zu: »Hör mal, der Junge hat jetzt genug auf die Fresse bekommen. Gib ihm zu essen und zu trinken und sei ab sofort nett und freundlich zu ihm. Ich fahre mit dem Comisario zu einem anderen Einsatzort. Aber rede kein Wort mit ihm, der soll noch ein bisschen im eigenen Saft schmoren.«

***

Sergej Schokotoff war in einer ähnlich bedenklichen Situation wie der junge Estéban, nur hatte er keine physischen Prügel einzustecken. Er musste seinen tobenden Vater am anderen Ende der Telefonleitung ertragen.

Kong schaute ihn mitleidig an, während Sergej immer blasser wurde und nun auch Angstschweiß von seiner Stirn perlte.

»Ja, Papa«, murmelte er immer wieder ins Telefon. Selbst Kong, der nicht direkt neben dem Jungen stand, hörte auf die Entfernung, wie sehr der Sohnemann von seinem Vater angebrüllt wurde.

Betroffen legte Sergej auf und sackte auf seinem Stuhl zusammen. Der vor Kraft und Selbstbewusstsein nur so strotzende Jüngling war verschwunden. Da saß plötzlich nur noch ein greinendes Häuflein Elend. Kong legte ihm tröstend die Hand auf die Schulter.

»War's schlimm?«

Sergej sah verzweifelt zu ihm hoch.

»Noch schlimmer. Papa will selbst herkommen, und er bringt neue Leute mit. Du und die anderen, ihr werdet ausgetauscht.«

Kong nickte gefasst. »Und was ist mit dir?«

»Papa sagt, dass er über sämtliche Aktivitäten unterrichtet werden will, und wenn er hier nur ein einziges krummes Ding findet, lässt er mich in die russische Armee einziehen.«

»Kopf hoch, auch das lässt sich überleben, wenn man genug Kraft hat oder genug Geld. Und du hast beides. Aber weswegen war er überhaupt so sauer?«

»Weil wir die Gräfin entführt haben.«

»Wie hat er denn davon erfahren?«

»Wir sind damit wohl der italienischen Mafia in die Quere gekommen, und die haben Papa natürlich gleich gefragt, ob er unbedingt Krieg wolle.«

Kong verstand. Unter diesen Umständen war die Einmischung des Alten unvermeidbar.

»Und was sollen wir nun machen?«, fragte er.

»Wir sollen sie irgendwohin schaffen, wo sie niemand auch nur annähernd mit uns in Verbindung bringen kann, und alles, was mit ihrer Person zusammenhängt, dementieren. Papa hat Palermo gegenüber versichert, dass wir nichts mit der Frau zu tun haben.«

Nun musste sich auch Kong setzen.

»Aber was genau machen wir mit ihr? Hat er dazu was gesagt?«

Schokotoff verneinte und sah Kong nachdenklich an. Eben noch waren Tränen über die Wangen des jungen Russen gerollt. Jetzt, wo er sich erneut eine tödliche Gemeinheit ausdenken konnte, huschte über sein Gesicht bereits wieder so etwas wie ein Lächeln.

***

Berger schüttelte bloß den Kopf, als er das Arbeitszimmer des alten Mannes betrat.

»Ihr Mallorquiner habt ja eine Macke. Warum müssen bei euren Tatorten immer irgendwelche Leichen herumhängen?«

Das wollte der Comisario nicht auf sich sitzen lassen.

»Wie kommen Sie denn darauf? Okay, Frommelt hat gehangen, aber sonst?«

»Bei der Gräfin hingen tote Schweine herum, und Hunde werden nach dem Gassigehen im Allgemeinen auch nicht weggehängt.«

García Vidal seufzte, ging aber nicht weiter darauf ein.

»Was denken Sie, wenn Sie sich den Tatort anschauen?«

Berger tat, wie ihm geheißen. Er ging ein paarmal durch den Raum und ließ die Szenerie auf sich wirken.

»Ich denke, der Alte wurde vom Spitz vor den Russen gewarnt. Er hat sich diese Baseballkeule geschnappt und die Einbrecher gestellt. Dabei hat er sich wohl sehr stark gefühlt. Allem Anschein nach zu stark.«

García Vidal nickte. »Bis dahin bin ich d'accord, aber was ist mit seinem Kopf passiert?«

Berger zuckte mit den Achseln. »Der muss irgendwie zwischen zwei Dampfhämmer geraten sein. Daraufhin kam der Hund ins Schwitzen und wurde von den Mördern zum Trocknen aufgehängt.«

Der Comisario war über diese Bemerkung verärgert. »Auch wenn Sie mit Ihren Vermutungen so ziemlich im Zentrum liegen dürften, scheinen Sie mir äußerst ungeduldig und missmutig. Hier liegt ein toter Mensch, Señor, der unseren Respekt verdient. Sie mögen vielleicht keine Spitze mögen, ich mag sie, im Vertrauen gesagt, auch nicht, aber dieser Hund scheint bis zu seinem letzten Atemzug seinen Herrn verteidigt zu haben, wofür er es ebenfalls nicht verdient hat, von Ihnen verhöhnt zu werden. Im Augenblick vermisse ich den von mir so geschätzten Kollegen. Wo ist Ihre penible Seite, die jedes Für und Wider ständig abwägt?«

Berger nickte betreten.

»Sie haben recht. Entschuldigen Sie bitte. Doch solange die Gräfin nicht wieder auf freiem Fuß ist, wird mir, so fürchte ich, dazu die nötige Sensibilität fehlen.«

»Moment mal.« García Vidal sah ihn prüfend an. »Kann es sein, dass Sie verliebt sind?«

Berger lachte laut auf.

»Ich? Das ist ja lächerlich!« Er machte eine längere Pause. »Oder wollen wir mal so sagen: Ich setze alles daran, dass diese Vermutung auch lächerlich bleibt.«

»Schade.« Der Comisario sah ihn bedauernd an. »Ich dachte, es hätte Sie erwischt.«

»Manchmal denke ich es auch, aber dann will ich es gar nicht.«

»Warum wehren Sie sich dagegen? Sie sind ein gesunder Mann, wie ich denke, und seit Jahren verwitwet.«

»Es wäre sicher vieles einfacher, wenn wir von einem Familienrichter und nicht vom Tod geschieden worden wären. Ich gebe zu, die Gräfin ist eine sehr attraktive Frau, aber so eine braucht auch einen attraktiven Mann, und ich bin weder schön noch alleinstehend. Der Platz an meiner Seite ist einfach noch nicht frei.«

»Und wann wird er es sein?«

»Wenn ich sie nicht mehr mit meiner Frau vergleiche.« Berger versuchte ein Lächeln. »Nun sind wir aber ganz weit weg vom Geschehen. Worauf warten wir jetzt eigentlich?«

García Vidal schaute auf seine Uhr.

»Wenn der Doktor in zehn Minuten noch nicht hier ist – und alles andere würde mich wundern –, dann rufe ich den diensthabenden Gerichtsmediziner aus Palma.«

»Sie wissen, dass unser Doktor nicht kommt, wozu also Zeit verlieren?«

»Weil wir uns an die Spielregeln halten müssen. Sehen Sie«, er zeigte auf die ankommenden Kollegen, »da kommt schon die Spurensicherung. Wenn die durch sind, können wir mit der Ermittlung starten.«

***

Der Gräfin war zum Heulen zumute. Seit Stunden hatte sie keinen Menschen mehr gesehen, weder den jungen Spanier noch den russischen Aufpasser. Sie hatte inzwischen einen bohrenden Hunger und musste auch wieder aufs Klo. Hinzu kam dieses unangenehme Gefühl der Zeitlosigkeit. Sie hatte durch ihre Bewusstlosigkeit jedes Gefühl dafür verloren, ob es draußen Tag oder Nacht war.

»Hallo, ist hier jemand, der mich hören kann?«

Sie horchte eine Weile in die Stille hinein.

»Hallo, ist hier jemand?«

Den Gang hallten Schritte entlang, die immer näher kamen.

Den Riesen, der durch die Tür trat, kannte sie schon aus der Arztpraxis. Er hatte ihr den Wattebausch auf Mund und Nase gedrückt. Es war der grobschlächtige Russe, den ihr der Comisario auf seinem Notebook gezeigt hatte. Sie glaubte, sich daran zu erinnern, dass er King Kong hieß.

»Kommen Sie mich wiederholen?«

Der Kerl reagierte gar nicht auf ihre Ansprache.

»Hallo, wollen Sie nicht mit mir reden oder können Sie nicht?«

Er sagte etwas Russisches.

Sie schüttelte den Kopf.

»Nee, guter Mann, so wird das nichts mit uns beiden. Wäre ich in der DDR aufgewachsen, könnte ich jetzt wenigstens mit Schulrussisch prahlen, aber so?« Sie war ratlos. *»Do you speak English?«*

Der Riese schüttelte den Kopf.

»Français?«

Wieder ein Kopfschütteln als Antwort. Er zeigte auf sie.

»Español?«

Nun war es an ihr, zu verneinen.

Der Riese zuckte mit den Achseln und öffnete ihre Handschellen. Er gab ihr ein Zeichen, dass sie aufstehen sollte.

Sie erhob sich langsam, doch noch bevor sie aufrecht stand, versagte ihr angeschlagener Kreislauf den Dienst, und sie sackte zur Seite weg. Der Russe hielt sie mit muskelbepackten Armen, die aussahen, als ob sie einen Elefanten erwürgen konnten.

Als sie wieder sicheren Stand hatte, versuchte sie, dem Mann mit Gebärdensprache ihre Bedürfnisse mitzuteilen.

»Ich Toilette«, rief sie dabei zu Unterstützung.

Der Riese lächelte sie an. Offenbar fand er ihre sprachlichen Verrenkungen amüsant. Er griff sie am Oberarm und zog sie neben sich her. Zuerst hatte sie etwas Schwierigkeiten mit ihren Beinen, das wurde aber bei jedem Schritt besser, und als sie das kleine Badezimmer am Ende des mit Neonlampen beschienenen Ganges erreichten, hatte sie ihren Körper wieder voll im Griff.

Nachdem sie sich etwas frisch gemacht hatte, sah die ganze Welt schon sehr viel freundlicher aus, wobei sie sich sehnlichst wünschte, auch wieder etwas mehr von ihr zu sehen als nur Neonlampen und Betonwände.

»So, mein Herr, was passiert nun mit mir? Werde ich erschossen oder ersäuft, wenn ich mich weiterhin weigere, diesen Kaufvertrag zu unterzeichnen? Werde ich gefoltert oder vielleicht sogar aus diesem Kuraufenthalt entlassen?« Sie lächelte ihn an, doch so sehr, wie sich ihre Laune gebessert hatte, so sehr hatte sich seine verschlechtert. Missmutig griff er wieder ihren Oberarm und zog sie weiter neben sich her.

Kong war nicht auf sie sauer, im Gegenteil. Er empfand für diese kleine, tapfere Frau sogar Sympathie. Er hätte ihr so gern ein paar aufmunternde Worte gesagt, aber es wäre nicht gut, wenn sie wüsste, dass er jedes Wort von ihr verstand. Vielleicht gab sie so ein paar Dinge von sich preis, die ihm nutzen würden. Er war sauer auf die ganze Situation, auf seinen Chef und auch auf sich. Hätte Sergej auf ihn gehört, dann wären sie gar nicht in diese dumme Lage gekommen. Aber wie hätte er sich dem Junior gegenüber durchsetzen sollen? Was hatte sich der King nur vorgestellt? Man kann doch eine Kindergärtnerin nicht den Kindern unterstellen.

Kong bemerkte gar nicht, wie fest seine Pranke Rosas Oberarm umschloss.

»Aua, Sie Grobian, wohin zerren Sie mich eigentlich?«

Kong lockerte sofort seinen Griff.

»Und hören sie bitte auf, mich hinter sich herzuschleifen.« Sie wand sich aus seinem Griff. »Zeigen Sie mir, wo ich hingehen soll, und ich werde es tun, aber behandeln Sie mich nicht wie ein Stück Vieh.«

Der Riese sah sie erstaunt an und zeigte den Gang entlang. Sie nahm Haltung an und ging in die angezeigte Richtung.

War das jetzt Zufall, oder versteht mich dieser Bigfoot?, fragte sie sich. Ich werde in Zukunft etwas vorsichtiger mit meinen Äußerungen sein, sonst verplappere ich mich noch.

Nachdem sie ein paar Türen hinter sich gelassen hatten, kamen sie in eine Art Tiefgarage.

Die Gräfin konnte sich absolut keinen Reim darauf machen, warum sie wie ein Paket zusammengeschnürt hierhergebracht worden war, und nun einfach so, sehenden Auges, herumspazieren durfte. Verschnürt sein ist logisch, man sollte keinerlei Orientierung mehr haben und sich später an nichts mehr erinnern können. Aber warum galt das jetzt nicht mehr? Sie beschloss, die ungefesselten Schritte zu genießen. Es könnten schließlich ihre letzten sein.

Schokotoff junior trat plötzlich zwischen zwei Autos hervor. Er blieb vor ihr stehen und machte eine leichte, spöttische Verbeugung.

Rosa gab sich so aristokratisch wie möglich.

»Werde ich jetzt woandershin gebracht? Darf ich Ihr Kommen als Abschiedsgruß werten?«

»Entschuldigen, Condesa, nichts verstehen Deutsch. Du kommen jetzt hin, wo sind ganz viele *turistas*, *comprendes*?« Er öffnete die Tür zur Ladefläche eines Wäschereilieferwagens und bedeutete ihr mit einer Handbewegung, einzusteigen.

Sie folgte dieser Anweisung, ohne ihn eines weiteren Blickes zu würdigen. Da sie im Innenraum keine Sitzbänke entdecken konnte, ließ sie sich so elegant wie möglich auf den Boden gleiten.

Schokotoff musste lachen.

»Soll sich das Wasser an dieser Gräfin die Zähne ausbeißen«, sagte er zu Kong.

Der nickte zwar zustimmend, war sich aber gar nicht so sicher, ob das auch klappen würde.

Die Gräfin hingegen genoss diesen Augenblick als einen kleinen Sieg für sich. Immerhin verzichteten ihre Peiniger darauf, sie erneut zu fesseln. Sie war auch deshalb stolz auf sich, weil sie ihre eigene Angst so weit im Griff zu haben schien, dass sie alles hocherhobenen Hauptes ertragen konnte. Sie war einer Gräfin würdig.

9

In Vertretung des städtischen Leichenbeschauers war soeben der Gerichtsmediziner aus Palma eingetroffen. Die Kollegen von der *Guardia Civil* schienen bei ihrer Verkehrskontrolle gute Arbeit geleistet zu haben. Vorsichtig näherte sich der Doktor der Leiche und begann mit der Untersuchung.

Berger stand etwas abseits und beobachtete den Kollegen bei seiner Arbeit.

»Was ist?«, fragte der Comisario, als er sein ernstes Gesicht bemerkte.

»Dieses Gemetzel ist nicht normal. Die OMON-Leute exekutieren normalerweise mit Stil und Professionalität. Da wird keinem alten Mann der Schädel zertrümmert. Hier muss für die Mörder irgendetwas fürchterlich schiefgelaufen sein.«

»Haben Sherlock Holmes auf diese Frage womöglich bereits eine Antwort?«

»Sí, das Herrchen stand in der Diele und dachte so lange über das Gassigehen nach, bis ihm der Kopf platzte. Der Hund wurde Zeuge dieses Dramas, fühlte sich schuldig und erhängte sich.«

»Vielen Dank, Herr Meisterdetektiv, Sie können sich Ihr Geld an der Kasse abholen. Und nun mal im Ernst. Was ist hier passiert? Wie erklären Sie sich die schlampige Handschrift unserer Freunde?«

»Auch wenn die Herren bei ihrer Arbeit durch das Herannahen der Polizei in Zeitnot waren, kann man von ihnen mehr Professionalität erwarten«, grübelte Berger laut.

»Und was sagt uns das?«, kam es vom Comisario.

»Dass die Herrschaften unter Druck sind.«

»Durch wen?«

»Durch unsere Ermittlungen, durch Moskau.«

Berger dachte weiter nach. »Wer hat eigentlich die Polizei gerufen? Waren es Nachbarn, die sich durch den Lärm gestört fühlten?«

»Nein, der alte Mann hat sie selbst gerufen. Er meldete, dass Unbekannte in seinem Garten seien und dass er sich bedroht fühle.«

»Das macht keinen Sinn.«

García Vidal wurde hellhörig. »Inwiefern?«

»Wenn sich SEK-Profis nähern, bekommt davon niemand etwas mit, schon gar kein alter Mensch.«

García Vidal war nicht damit einverstanden. »Herr Büchter wurde sicher schon seit Längerem bedroht, aus diesem Grunde hat er sich womöglich auch die Baseballkeule besorgt. Nehmen wir einmal an, gestern Abend ist irgendein Ultimatum abgelaufen, dann war er sowieso wachsam. Der Hund brauchte nur einmal kurz anzuschlagen, und schon war er alarmiert. Er sah aus dem Fenster und entdeckte die Schatten, die lautlos durch seinen Garten huschten. Er rief die Polizei. Dann öffnete er die Tür, ihm konnte ja nichts passieren, er hatte eine Waffe und seinen Hund.«

»Das Fenster wurde aufgebrochen«, unterbrach ihn Berger.

»Okay, er wartet also im Dunkeln, bis seine Mörder durch das Fenster eingestiegen sind. Dann macht er Licht, um den Überraschungseffekt für sich ausnutzen zu können. Er sagt, dass er niemals verkaufen würde und dass er die Polizei gerufen habe. Wahrscheinlich hat er auch noch versucht, die Kerle mit seiner Keule zu vertreiben. Jedenfalls ist er einem dabei wohl zu nahe gekommen, und der hat sich dann gewehrt. Vermutlich hat der arme Mann noch ein Knirschen gehört, aber wundern konnte er sich darüber schon nicht mehr.«

»Das passt zusammen«, bestätigte Berger. »Aber warum dann der Hund? Den hätte man doch leben lassen können, oder?«

»Denken Sie an die Entführung der Gräfin. Da wurde einer von einem kleinen Schweinchen gebissen und musste deswegen sterben. Da geht man kein Risiko ein und hängt das Tier einfach an seiner eigenen Leine auf.«

»Sí, das ist alles schlüssig. Nur müssen Sie es jetzt noch beweisen.«

»Dafür habe ich Sie doch engagiert.«

»Wieso mich? Ich bin nichts weiter als ein Dauertourist auf Ihrer Insel!«, wehrte Berger ab.

García Vidal grinste ihn an.

»Dann betreiben Sie eben Investigativtourismus, nur tun Sie was für Ihr Beraterhonorar und stehen Sie hier nicht herum.«

Berger nickte und machte sich an die Arbeit. Gemeinsam schritten sie alle Zimmer des Hauses ab. Dieser seltsame Mischmasch aus Eiche rustikal und mediterraner Wohnkultur war Berger schon öfter in Häusern von älteren Residenten begegnet. Meistens waren es pensionierte Beamte, die ihren gesamten, viel zu großen Hausstand in ein oder zwei Containern auf die Insel schafften, um hier sorgenfrei von einer dicken Pension zu leben.

Sie betraten das Arbeitszimmer des alten Mannes. Berger staunte über die Größe des Raumes, in dem jedes freie Stück Wand mit Bücherregalen verstellt war, bis unter die Decke. Sogar über den Fenstern und Türen waren welche an die Wände gedübelt.

»Der muss wirklich Geld gehabt haben.«

»Woran sehen Sie das?«, fragte García Vidal.

»Wer sich so viele Bücher leisten kann, der muss reich sein. Außerdem ein Haus in erster Reihe am Meer, was meinen Sie, was das kostet! Allein gegen die Feuchtigkeit anzuheizen. Das Brennholz für die vielen Kaminöfen in diesem Riesenkasten, die er neben der Fußbodenheizung noch betrieben hat, wäre für unsereins unerschwinglich.«

»Und alte Leute frieren leicht«, fügte der Comisario hinzu.

Berger wurde auf einen aufgeschlagenen Terminkalender im DIN-A5-Format aufmerksam, der auf dem Schreibtisch lag. Der Alte hatte darin wohl eine Art Tagebuch geführt. Er blätterte ein paar Seiten durch und pfiff durch die Zähne, als er etwas Interessantes entdeckte.

»Da schau mal einer an! ›Siebenundzwanzigster August. Die Russen geben einfach keine Ruhe. Ich habe nur noch vierzehn Tage Zeit. Was hätte Elvira gemacht? Wahrscheinlich vor Angst gekniffen. Gut, dass sie das nicht mehr erleben muss. Mich kriegen die hier jedenfalls nicht weg. Nur als Leiche!‹«

»Der Wunsch wurde ihm erfüllt«, kam es trocken von García Vidal.

»Dieser Kalender ist das erste Indiz für unsere These, denn wenn die Russen wirklich Zeit gehabt hätten, dann würden sie so einen Hinweis nicht hier liegen lassen.« Berger ließ den Terminkalender in einen großen Plastikbeutel der Spurensicherung fallen.

Sein Blick fiel auf ein hochmodernes Digitaltelefon. »Ist das nicht ungewöhnlich, dass ein alter Mensch ein derartiges Hightechtelefon benutzt?«, fragte er verwundert.

Der Comisario drückte ein paar Knöpfe.

»Schauen wir doch mal, ob wir aus diesem Wunderwerk der Technik nicht eventuell etwas herausbekommen. Diese blinkende rote Lampe zeigt nämlich an, dass da eine Nachricht im Speicher ist.«

Gespannt horchten sie auf die Männerstimme, die aus dem Lautsprecher kam: »Hallo, Papa, ich hoffe, es geht dir gut. Schade, dass du nicht da bist, ich habe nämlich gute Nachrichten. Melde dich doch bitte, wenn du wieder da bist, ich rufe sofort zurück.«

Berger schaute etwas enttäuscht.

»Hatte der Mann Kinder?«

Der Comisario nickte.

»Den Bildern auf der Anrichte nach müssen es zwei sein. Ein Sohn und eine Tochter.«

»Na wunderbar, wenn sie gemeinsam erben, dann verkaufen sie sicher.« Er schaute auf das Telefon. »Und was bedeutet die gelbe Lampe?«

García Vidal wirkte plötzlich aufgeregt.

»Bei meinem Dienstapparat bedeutet das, dass da mitgeschnittene Gespräche im Speicher sind.« Er drückte erneut ein paar Knöpfe. »Sie müssen bei diesen modernen Dingern nämlich nur eine Taste drücken, dann wird jedes Gespräch aufgezeichnet.«

Der Comisario startete die Wiedergabe.

»Señor Büchter?«

»Ja?«

»Wir müssen leider feststellen, dass Sie sich noch nicht im Immobilienbüro gemeldet haben.«

Der Comisario stoppte die Aufzeichnung. »Kennen wir diese Stimme nicht?«

Berger nickte. »Sí, das ist Estébans Stimme. Sollte er doch tiefer drinstecken, als er zugegeben hat? Horchen wir doch mal weiter.«

Büchters verzerrte und vor allem ärgerliche Stimme fuhr fort: »Ich werde nichts unterschreiben, und wenn Sie sich auf den Kopf stellen.«

Der Anrufer ging gar nicht auf die Äußerung ein. »Dann werden wir Ihnen einen Anlass geben, sich gütlich mit uns zu einigen. Wir haben ein Geschenk für Sie, das Sie vom Verkauf überzeugen wird. Es wird Ihnen demnächst zugestellt. Guten Tag.«

Es klickte in der Leitung.

»Wann war das?«, fragte Berger

García Vidal sah auf das Display des Telefons.

»Gestern, die genaue Zeit ist hier gespeichert.« Der Comisario nestelte die kleine Chipkarte aus dem Telefon und schob sie in ein Extratütchen.

»Hat Estéban gewusst, was er da mit dieser gütlichen Einigung angedeutet hat?«, überlegte Berger.

»Das glaube ich nicht«, antwortete García Vidal. »Wüsste er es, hätte er nicht so geschockt auf die Erschießung seines Kollegen reagiert. Das Geschenk, von dem die Rede war, könnte ja ebenso als letzte Warnung interpretiert werden.«

»Wenn sie vorgehabt hatten, ihn zu töten, dann aber ganz sicher nicht so, wie sie es letztendlich getan haben.«

Sie fanden in der nächsten Stunde eine ganze Reihe von Beweisen im Arbeitszimmer des Lehrers, die belegten, dass er systematisch zum Zwangsverkauf getrieben werden sollte. Er hatte alles bis ins kleinste Detail säuberlich notiert und mit Fotos dokumentiert. Es hatten tote Tiere in seinem Garten gelegen, sein Auto war demoliert worden, Pflanzen waren beschädigt, Fensterscheiben eingeschlagen, und sogar das Grab seiner Frau war geschändet worden.

García Vidal kratzte sich am Kopf. »Wenn ich das hier alles so sehe, dann sollten wir uns vielleicht auch einmal den Schreibtisch der Amerikanerin genauer ansehen. Immerhin war sie Schriftstellerin. Womöglich liegen ähnliche Aufzeichnungen unentdeckt in einer ihrer Schubladen.«

***

Sie waren schon mehr als eine Stunde in diesem Wäschereilieferwagen unterwegs. Kong hatte der Gräfin vor Beginn der Fahrt einen Rucksack nach hinten gereicht, in dem etwas warme Damenkleidung und sogar Lebensmittel waren. Seine Gebärden dazu waren unmissverständlich gewesen, also zog sie sich um, obwohl es ihr unangenehm war, fremde Kleidung an ihrem Körper zu tragen. Durch die beiden mit Reklame verklebten Heckscheiben fiel etwas Licht ins Innere des Wagens, und sie sah sich nach der restlichen Fracht um, die sie mit sich führten. Da waren ein paar Bergsteigerseile, diverse Haken und Ösen sowie zwei Teile Steckleitern, wie sie Feuerwehren und Fensterputzer benutzten, nur nicht so lang. Ansonsten war nichts zu sehen, was nicht in einen Wäschewagen gehören würde.

Sie versuchte, sich in Erinnerung zu bringen, was der junge Russe zu ihr gesagt hatte: »Du kommen jetzt dahin, wo sind ganz viele *turistas*, *comprendes*?« – oder so ähnlich. Was hatte das aber zu bedeuten? Wozu brauchte man am Strand oder im Hotel Seile und Leitern?

Endlich hielt der Wagen. Kong und ein anderer Mann stiegen aus, ein dritter blieb am Steuer sitzen. Die seitliche Schiebetür wurde geöffnet, und die Gräfin blinzelte ins Tageslicht.

Sie befanden sich auf einem riesigen Parkplatz, auf dem zu ihrem Erstaunen nicht ein weiteres Auto stand.

Rosa schaute sich um. Sie waren hier auf keinen Fall in Strandnähe, so viel war sicher. Obwohl der Himmel völlig bedeckt war, hätten hier sonst viel mehr Autos stehen müssen.

Im Vorbeigehen konnte sie auf Kongs dicker Breitling-Armbanduhr sehen, dass es halb acht war. Der Außentemperatur nach zu urteilen musste es Morgen sein. Sie versuchte, sich mit Hilfe des Sonnenstandes zu orientieren, aber der Himmel war ja bedeckt. Die hohen Berge waren ziemlich weit links. Sie rief sich eine Landkarte der Insel in Erinnerung und verglich sie mit dem, was sie sah. Sie mussten sich irgendwo im Norden befinden. Was zum Teufel war das für ein Touristenziel im Norden der Insel, für das man wärmere Kleidung und Leitern benötigte?

Kong kam mit einem Seil auf sie zu. Ergeben hielt sie ihm ihre Hände hin, in der Erwartung, dass sie nun schon wieder gefesselt werden würde. »Da, bitte, wenn es denn unbedingt sein muss.« Sie war ja schon froh, wieder an der frischen Luft zu sein.

Der Russe winkte lächelnd ab und bedeutete ihr, dass sie eine Seilrolle tragen sollte. Verwundert schlüpfte sie mit einem Arm und dem Kopf durch die Mitte und trug sie so über der Schulter. Kong schaute dabei immer wieder besorgt zum Himmel.

Nachdem er und sein Kollege sich auch so ausgerüstet und die Leitern geschultert hatten, ging es los.

Es schien ihr, als ob sie endlos durch ein ausgetrocknetes Flussbett wanderten. Je weiter sie wanderten, desto schmaler wurde es.

Nach einer Weile wurde das Geröll, auf dem das Laufen mittlerweile ziemlich anstrengend geworden war, zu felsigem Untergrund, wie man ihn auf Mallorca oft fand. Hier im Norden der Insel erinnerte die Landschaft auch mehr an Südfrankreich. Sie war einen Tick herber als im Süden.

Weiter vorne versperrte ihnen ein riesiger Stein den Weg. Da links und rechts Felswände waren, schien ihre Wanderung hier zu Ende zu sein.

»Und was nun, wenn ich fragen darf?«

Kong lehnte eine der Leitern an den Stein und zeigte auf die Stufen.

»Ach, nun beginnt also die Kletterei?« Sie schüttelte den Kopf. »Da bekommen mich keine zehn Pferde rüber, verstanden?«

Sie bekam postwendend einen derartig heftigen Stoß in den Rücken, dass ihr fast die Luft wegblieb.

»Aber ein Riesenaffe schafft das spielend«, fügte sie kleinlaut hinzu und begann, die Leitersprossen zu erklimmen. Oben angekommen, beobachtete sie erstaunt, mit welcher Geschmeidigkeit die beiden großen Kerle die Leiter hochkletterten. Das Plateau auf dem Stein war nur winzig. Mit fast fünfundvierzig Grad Schräge ging es auf der anderen Seite wieder bergab, und sie wanderten weiter, bis der nächste Fels auftauchte, den sie ebenfalls erklimmen mussten.

Nach dem dritten Brocken dieser Art machten sie eine kleine Pause. Kong reichte ihr eine Wasserflasche, die sie liebend gern annahm.

***

Berger war mit García Vidal zum Eingangsbereich des Hauses zurückgekehrt. Inzwischen hatte der Gerichtsmediziner seine Arbeit an der Leiche beendet.

»Na, Doc, wonach sieht es hier aus? Sagen Sie bloß, das war ein natürlicher Tod.«

»Sí, Comisario, genau das war es«, gab der kleine kugelrunde Mann grinsend zurück. »So sieht nun mal ein Kopf aus, der in einen Schraubstock geraten ist. Unnatürlich ist hingegen, dass der Schraubstock geflüchtet ist.«

Berger und der Comisario waren erleichtert.

»Die Todeszeit kennen wir ungefähr. Ist Ihnen sonst noch etwas Außergewöhnliches aufgefallen?«

»Soweit ich es ertasten kann, hat es das Schicksal mit diesem Mann auf eine sonderbare Weise gut gemeint. Sein ganzer Bauchraum ist voller Geschwüre. Ich tippe auf Krebs. Wenn er nicht schon furchtbare Schmerzen hatte, dann hätte er sie mit Sicherheit bald bekommen.«

Der Comisario schaute betroffen. »Also war er bereits ein Todeskandidat?«

»Aller Wahrscheinlichkeit nach ja. Der Mörder hätte nur ein, höchstens zwei Monate warten müssen, dann hätte er sich die Hände nicht mehr schmutzig gemacht.«

In diesem Augenblick fuhr der amtliche Leichenbeschauer mit quietschenden Reifen und mehr als zwei Stunden Verspätung vor. Wütend griff er sich seinen Arztkoffer und knallte die Fahrertür zu. Als er den Gerichtsmediziner neben García Vidal erkannte, blieb er fassungslos stehen.

»Was machen Sie denn hier? Das ist eindeutig mein Gebiet.«

»Sí!«, kam es gelangweilt vom Comisario zurück. »Aber Sie kommen nicht, wenn Sie gerufen werden, also musste ich eben einen meiner Kollegen um Hilfe bitten. So steht es in den Statuten.«

»Wie soll ich pünktlich kommen, wenn mich Ihre Leute daran hindern?«

»Wieso meine Leute?«

»Die *Guardia Civil* hat auf dem Weg hierher eine Verkehrskontrolle gemacht, und seltsamerweise war ich der Einzige, der kontrolliert wurde.«

Berger setzte ein mitleidiges Gesicht auf und sagte mit übertriebenem Bedauern: »Da müssen die aber ganz besonders gründlich kontrolliert haben.«

Der Mann war außer sich.

»Das kann ich Ihnen sagen. Der TÜV ist der reinste Schlampladen dagegen. Aber ich sage Ihnen, das wird Konsequenzen haben! Ich werde mich an höchster Stelle beschweren!« Er atmete durch. »So, wo ist nun die Leiche?«

Der Comisario lächelte ihn an.

»Bemühen Sie sich bitte nicht, der Fall ist schon in den besten Händen.«

»Aber das war ein Patient von mir.«

»Dann, Herr Kollege«, mischte sich jetzt der Gerichtsmediziner ein, »können Sie mir ja bestimmt sagen, was er für Schmerzmittel zu sich genommen hat.«

»Wieso Schmerzmittel?«

»Wenn er Ihr Patient war, müssen Sie doch den Krebs im Endstadium diagnostiziert haben.«

»Was für ein Krebs?«

»Aber ich bitte Sie, Herr Kollege, darüber muss der Mann doch mit Ihnen gesprochen haben, oder nicht?«

»Nein, hat er nicht!« Der Doktor drehte sich auf dem Absatz um und stapfte, einem Herzinfarkt bedenklich nahe, zu seinem Auto.

»Moment bitte, Herr Doktor«, rief ihm der Comisario nach. »Der Fairness halber wollte ich Ihnen noch mitteilen, dass wir auf Ergebnisse aus Barcelona warten, die den Grafen von Zastrow betreffen.«

Der Mann stoppte abrupt und drehte sich lauernd wieder um. »Egal auf was Sie da warten, es kann nichts Medizinisches sein, denn ich habe keinerlei Blut- oder Gewebeproben eingereicht«, sagte er giftig.

Der Comisario nickte.

»Das stimmt. Deshalb bin ich der Gräfin so dankbar, dass sie das gemacht hat. Stellen Sie sich vor, der gute Graf hatte gar keinen Herzinfarkt, soweit man das sagen kann. Können Sie sich das erklären?«

Der Arzt schnappte nach Luft und wollte gerade mit seiner Rede beginnen, da fiel ihm der Residente ins Wort: »Aber Comisario, denken Sie doch einmal nach. Höchstwahrscheinlich spürte der Graf einen leichten Druck ums Herz, hielt rechts an und ertrank daraufhin in Selbstmitleid.«

»In Selbstmitleid ertrinken, ja sagen Sie mal, haben Sie sie nicht mehr alle beisammen?«, platzte es aus dem Doktor heraus.

Der Comisario setzte ein liebenswürdiges Gesicht auf.

»Das wäre zumindest der Versuch einer Erklärung, Herr Doktor. Beruhigen Sie sich bitte.« Er nickte ihm wohlwollend zu. »Ich würde Sie bitten, heute um siebzehn Uhr zu mir ins Büro zu kommen. Bis dahin liegt auch das Obduktionsergebnis der Amerikanerin vor, und dann können wir gemeinsam nach Gründen suchen, wie es kommen konnte, dass auch Mrs McDowel keines natürlichen Todes starb.«

Der Doktor blähte sich erneut auf.

»Ach, was reden Sie denn da? Ich habe die Leiche dieser Dame schon lange freigegeben. Sie dürfte bereits eingeäschert sein.«

»Ach, das können Sie ja auch noch nicht wissen.« Der Comisario schaute unschuldig. »Ich habe die Leiche gerade noch rechtzeitig beschlagnahmen lassen, weil es zu viele Parallelen zu dem jetzigen Fall gibt.«

Der Arzt wurde blass.

»Ich, äh, denke, also ich habe, äh, ja, das wird dann schon seine Richtigkeit haben.« Wie ein geprügelter Hund drehte er sich um und schlich zu seinem Auto.

»Ach – Herr Doktor?«

»Sí, Señor?« Er drehte sich nicht einmal mehr um.

»Bringen Sie doch bitte zu unserem Plauderstündchen all Ihre Kontoauszüge der vergangenen zwei Jahre mit.«

Erst machte es den Anschein, als ob er sich noch einmal aufbäumen wollte, doch dann ließ er die Schultern sinken, stieg in seinen Wagen und trollte sich.

Berger schaute ihm nach. »Ich denke, der Mann ist so klug und bringt auch gleich einen Anwalt mit.«

»Worauf Sie wetten können.«

»Aber Comisario, das mit der Amerikanerin, das wusste ich noch gar nicht.«

»Gut, dass Sie mich erinnern.« García Vidal suchte fahrig nach seinem Handy. »Hoffentlich ist es noch nicht zu spät für eine Beschlagnahmung.«

Er wählte und gab seine Anweisungen durch.

Berger schaute auf die Uhr. »Gibt es noch immer keine Nachricht aus Palma, dass die Gräfin freigelassen wurde?«, fragte er ungeduldig.

»No, Señor, leider nicht.«

»Verdammte Hacke. Langsam mache ich mir Sorgen. Würde es Ihnen etwas ausmachen, wenn wir da mal hinfahren? Ich würde mir selbst gern einen Überblick verschaffen, was das für ein Haus ist, in dem sie gefangen gehalten wird.«

Der Comisario war einverstanden. »Das kommt mir entgegen. Ich werde selbst langsam etwas unruhig. Aber keine waghalsigen Alleingänge, versprochen?«

Der Residente nickte. Sie setzten sich in García Vidals Dienstwagen und fuhren los. Ungeduldig klappte Berger das Handschuhfach auf, entnahm das Magnetblaulicht und pappte es auf das Autodach.

»So geht es doch etwas schneller.«

***

Wider Erwarten hielt die Gräfin noch immer gut mit dem Tempo der beiden Männer mit. Der Himmel verdunkelte sich mehr und mehr, und Kong schaute sich immer sorgenvoller um. Das fiel seinem russischen Kollegen auf, und er fragte: »Warum guckst du immer in den Himmel? Fürchtest du dich vor Tieffliegern?«

»Blödsinn, Bolschoi, es könnte regnen.«

Zum Ärger der Gräfin verstand sie von dem russischen Kauderwelsch keine Silbe.

»Dann regnet es eben. Wo ist das Problem?«

»Weil wir kläglich ersaufen werden, wenn wir dann immer noch hier sind.«

Bolschoi lachte dumpf. »Seit wann ersaufen erwachsene Kerls in einer Pfütze?«

Kong verdrehte die Augen. »Du hast keine Ahnung! Das Ding hier heißt Torrent de Pareis. Das ist ein ausgetrockneter Flussarm, der vom Landesinneren bis an die Küste reicht. Wenn es hier regnet, dann sammelt sich all das Regenwasser der Region in diesem schmalen Kanal. Wo es jetzt noch staubt, ist innerhalb von Minuten ein reißender Fluss. Hier sind schon diverse ahnungslose Touristen jämmerlich ersoffen.«

»Ach, und weil es ein bisschen nach Regen aussieht, schaust du immer wieder nach oben, stimmt's?«

»Das, was da einfach nur nach ein bisschen Regen aussieht, nennen die Mallorquiner *gota fría*, das heißt ›kalter Tropfen‹.«

Bolschoi lachte. »Du hast vor einem Tropfen Angst?«

Kong konnte so viel Ignoranz gar nicht fassen.

»Wenn im frühen Herbst die ersten kalten Luftmassen anrücken, ist das Mittelmeer teilweise noch über dreißig Grad warm. Dann steigt Luftfeuchtigkeit mit einer rasenden Geschwindigkeit auf und türmt sich zu riesigen Gewitterwolken. Das Ergebnis siehst du bereits über uns. Und wenn die da oben ihre Schleusen aufmachen, dann ist hier unten Land unter. Wir sollten also zusehen, dass wir unsere Ärsche hier herausbekommen.«

Das Gesicht seines Kollegen verfinsterte sich.

»Aber wenn es so gefährlich ist, was haben wir dann hier zu suchen?«

»Wir wollen der Gräfin die Naturwunder dieser Insel näherbringen, und zwar hautnah.«

»Und wenn sie dabei umkommt?«

»Dann trauern wir aufrichtig um sie.« Er schaute wieder nach oben. »Und nun beeil dich.«

Ein tiefer Graben quer durch das Flussbett versperrte ihnen wenige Minuten später den Weg. Diese Stelle kannte Kong bereits. Hier hatten sie sich schon einmal eines störrischen Residenten entledigt, damit hatte damals alles angefangen.

Die Gräfin schaute skeptisch in die Tiefe.

»Wie sollen wir da runterkommen?«

Kong zeigte auf die beiden Leiterteile, und Rosa wunderte sich erneut darüber, dass Kong sie verstanden zu haben schien.

Die beiden Männer steckten die Leiter zusammen und ließen sie hinunter. Sie war gerade lang genug, dass man darauf hinunterklettern konnte. Rosa bestieg die Leiter zuerst. Es ging mindestens dreieinhalb Meter an glatten Felswänden abwärts. Unten angekommen, hatte sie zwar etwas weiche Knie, doch davon war nichts mehr zu spüren, als sie wieder festen Boden unter den Füßen hatte. Als sie den beiden Russen winken wollte, dass sie jetzt ebenfalls hinabsteigen konnten, zogen die beiden die Leiter wieder hoch. Schlagartig begriff sie, dass sie in einer Falle saß und keine Chance hatte, sich selbst daraus zu befreien.

»Was soll das, ihr Schweine?«, brüllte sie zornig nach oben. »Wollt ihr mich hier unten verrecken lassen?« Sie trommelte mit ihren Fäusten an die Felswand. »Hört ihr mich, ihr miesen Kerle?«

Kong schaute lächelnd zu ihr herunter. »Einen schönen Tag noch, Frau Gräfin, und nehmen Sie es sportlich.«

Dann verschwand sein Gesicht.

»Ich habe es geahnt!«, brüllte sie aufgebracht. »Du Saukerl kannst Deutsch!«

Wenn sie Russisch gekonnt hätte, dann hätte sie gewusst, was auf sie zukommen würde, wenn es erst einmal anfing zu regnen. Aber so machte sie sich nach einem Blick auf die drohenden Regenwolken lediglich Sorgen, dass sie sich in ihren dünnen Klamotten erkälten könnte.

***

Ein paar Querstraßen vor ihrem Ziel griff Berger erneut aufs Dach, um das Blaulicht wieder einzuholen. Die Sirene hatte der Comisario schon auf der Schnellstraße ausgeschaltet.

Berger schaute besorgt auf die rabenschwarze Regenfront, die sich vor ihnen am Himmel auftat.

»Der *gota fría*, befürchte ich.« Er hatte Angst um sein Hausdach. »Hoffentlich gibt es diesmal nicht wieder Hagelschlag, Sturm oder sogar beides, wie vor zwei Jahren.«

Als er damals den Dachdecker bezahlt hatte, waren alle seine Ersparnisse futsch gewesen. Davon hatten sich seine Finanzen bis heute noch nicht erholt.

Der Comisario stellte den Wagen gut einhundert Meter vom Zielobjekt entfernt ab. Um zum Kamera-Überwachungswagen der Polizei zu gelangen, mussten sie nur über die Straße gehen.

Der Comisario klopfte dreimal kurz, und sie wurden eingelassen. Auf ungefähr fünfzehn Bildschirmen, die unablässig von zwei Beamten überwacht wurden, war die Villa aus allen möglichen Perspektiven zu sehen. Die Elektronik war so programmiert, dass an jedem Fernseher eine Warnlampe blinkte, wenn Bewegung auf dem Bildschirm registriert wurde.

Berger sah auf den ersten Blick, dass das nicht ausreichte. Auf einem der Bildschirme war die Nachbarvilla zu sehen.

»Habt ihr für das Gebäude hier«, er tippte mit dem Zeigefinger auf das Haus, »einen zweiten Ü-Wagen?«

Der leitende Beamte schaute ihn irritiert an.

»Warum das denn?«

García Vidal schlug wütend mit der Hand auf den Tisch.

»Weil auf der Zeichnung, die ich Ihnen gefaxt habe, ganz deutlich *was* zu sehen ist?«

»Ein Fußweg, Comisario, und da sehen wir ihn.« Der Beamte zeigte triumphierend auf den betreffenden Bildschirm.

García Vidal war kurz vorm Platzen.

»Und was steht da für eine Bezeichnung neben diesem Fußweg?«

Der Beamte sah nach und bekam einen knallroten Kopf.

»*Túnel*«, las er laut. »Entschuldigen Sie, Comisario, das war mein Fehler.«

Berger wollte keine große Sache daraus machen. Immerhin hatte der Kollege seinen Fehler eingestanden. Blieb nur zu hoffen, dass er folgenlos bleiben würde. Er hakte nach: »Dann müsste dahinten aber wenigstens ein Streifenwagen stehen, oder?«

»Sí«, nickte der Mann eifrig und erleichtert, doch etwas richtig gemacht zu haben.

»Hat der etwas gemeldet?«

»Sí, da fuhr der Lieferwagen einer Wäscherei vom Hof. Sonst war nichts.«

»Moment.« Der Comisario klappte alarmiert sein Handy auf, drückte ein paar Tasten und wartete kurz.

»Martinez, schau doch mal bitte im Entführungsfall der Gräfin in den Bericht. Wurde da nicht irgendwo ein Wäschereifahrzeug in den Zeugenaussagen erwähnt?« Er wartete und rieb sich nervös die Stirn. »Scheiße! Der ist uns hier vor der Nase herumgefahren, und wir haben zu spät geschaltet. Vielen Dank, Kollege, das war alles.«

Er klappte sein Handy wieder zusammen.

Der Beamte versuchte, seinen Schnitzer wiedergutzumachen. »Der Wagen ist genau vor zweieinhalb Stunden abgefahren. Die Kollegen müssten davon ein digitales Foto gemacht haben, und wir haben sicherheitshalber das Kennzeichen notiert.«

»Wenigstens etwas.« Berger klopfte dem erleichterten Polizisten anerkennend auf die Schulter.

García Vidal machte ein entschlossenes Gesicht.

»Es ist jetzt elf Uhr, es hat sich weiter nichts getan, also sollten wir in die Offensive gehen.«

Der Beamte notierte auf ein Zeichen von García Vidal dessen Anweisungen.

»Zuerst wird die Videoüberwachung auf das Nachbarhaus und die nähere Umgebung ausgedehnt. Außerdem wird nach diesem Fahrzeug – was ist das für einer?«

»Ein weißer Ebro, das 2004er Modell«, kam es von einem anderen Beamten.

»Okay, dann wird nach diesem weißen Ebro eine Großfahndung eingeleitet. Inklusive Helikopter, sodass auch die Autobahnen abgesucht werden können. Dann trommeln Sie bitte das Sondereinsatzkommando zusammen, in genau einer Stunde will ich die Bude hier stürmen.«

Der Beamte schaute ihn entsetzt an.

»Aber Comisario, da sitzen OMON-Leute drin.«

»Na und? Wir sind schließlich keine Pappnasen.« Er drehte sich zu Berger und sah ihn aufmunternd an. »Was ist, Residente, Sie kennen die Typen, sind Sie mit von der Partie?«

Berger nickte.

García Vidal wandte sich wieder an den notierenden Beamten: »Dann sollten Sie für unseren Freund hier eine vernünftige Waffe mitbringen, verstanden?«

Der Polizist nickte und machte sich sofort daran, alles Notierte in die Tat umzusetzen.

Berger kratzte sich am Kopf. »Ich habe nur eine Lizenz für Privatdetektive. Ich darf keine Waffen tragen.«

Der Comisario schnippte mit den Fingern, der Beamte schaute sofort hoch.

»Und rufen Sie bitte die Präsidentin an.«

»Die Präsidentin des Inselrates?«

»Sí, sagen Sie ihr bitte, dass für den Residente eine unbegrenzte Sondergenehmigung zum Tragen und Benutzen von Waffen benötigt wird. Die möchte ich in einer halben Stunde hierhaben, *comprende*?«

»Wenn das klappen sollte, dann gebe ich Coca für die ganze Insel aus«, sagte der Beamte kopfschüttelnd.

Der Comisario grinste ihn an.

»Ihre Frau wird sich herzlich bei Ihnen bedanken, wenn sie in den nächsten Jahren nicht mehr aus der Backstube herauskommt.«

10

Die Gräfin hatte versucht, durch Rufen auf sich aufmerksam zu machen, aber ihr war recht schnell klar geworden, dass das keinen Sinn hatte. Auf dem ganzen langen Weg hatte sie außer den Russen, die sie hier ausgesetzt hatten, nicht eine einzige Menschenseele gesehen.

»Diese Mistkerle!«, rief sie voller Zorn, bevor sie sich erschöpft auf den Boden setzte.

Sie zwang sie sich zur Ruhe. Du darfst jetzt nicht in Panik geraten, sonst gehst du hier in diesem Loch kaputt. Du musst logisch denken, also reiß dich am Riemen. Sie atmete dreimal tief durch, dann sah sie sich ausgiebig um. Sie versuchte, wirklich das kleinste Detail zu registrieren, aber sie war erschreckend schnell fertig damit.

»Es gibt hier in dieser beschissenen Felsspalte einfach nichts, was einem weiterhelfen könnte!«, fluchte sie.

Sie überlegte, was ihr Mann wohl in ihrer Situation getan hätte. Er hätte sicher erst mal nachgesehen, was alles in diesem Rucksack war, den sie die ganze Zeit mit sich herumschleppte. Um keine Zeit zu verlieren, schüttete sie den Inhalt einfach vor sich auf den felsigen Untergrund.

Da waren zunächst drei kleine Flaschen Apfelschorle und drei Barras. Sie war nicht begeistert davon, denn diese ungesalzenen mallorquinischen Weißbrote schmeckten ihr nicht sonderlich.

Außerdem waren da noch drei Packungen Kekse, ein paar Kaugummis, zwei Dosen Thunfisch und eine Plastiktüte mit einer in Papier eingewickelten Wurst. Sie lüftete das Geheimnis. Es war Sobrasada darin.

»Na wunderbar, das hätte auch ein gewisser Herr Berger zusammenpacken können«, murmelte sie vor sich hin. »Was soll das alles? Ich steige da einfach nicht mehr durch. Okay, die Kerle wollen mich entsorgen, und zwar so, dass mich keiner findet. Aber warum bekomme ich Proviant mit, wenn ich in diesem Loch verhungern soll? Das macht alles keinen Sinn!«

Sie wunderte sich über sich selbst, wie sie dasaß und Selbstgespräche führte. Mit einem lauten Grummeln kehrte das bohrende

Hungergefühl zurück, das sie während ihrer Wanderung seltsamerweise gar nicht mehr wahrgenommen hatte.

Sie schaute auf ihre Habseligkeiten und nickte.

»Ernst hätte jetzt etwas gegessen.« Sie biss in die Sobrasada und verzog das Gesicht. Man musste diese Insel schon sehr lieben, um diese Wurst zu mögen, so viel war sicher.

Als sie sich etwas an den Geschmack gewöhnt hatte, war sie leider schon satt.

In ihrem Kopf jagten die Gedanken hin und her. Vielleicht war das alles nur ein Irrtum, und die beiden hatten ihren Proviant aus Versehen bei ihr gelassen? Womöglich verhungerten sie gerade gar nicht weit von hier. Vielleicht kann ich dann sogar ihre Schreie hören, dachte sie hoffnungsvoll.

»Verhungernde schreien nicht, du dumme Gans. Außerdem dauert es Wochen, bis man verhungert ist«, verbesserte sie sich selbst. Sie schaute sich wieder um.

Erst jetzt wurde ihr klar, dass hier alles so aussah, als wäre die Landschaft, in der sie sich befand, in Jahrmillionen von Wasser ausgewaschen worden. Von sehr viel Wasser.

Ihre Blicke wanderten zum Himmel.

»Moment mal«, murmelte sie, »warum hat dieses Arschloch immer nach oben gesehen?«

Die Antwort lag auf der Hand: Weil es nicht mehr lange dauern konnte, bis es regnen würde, und wie die Wolken da oben aussahen, würde das kein kurzer Schauer werden. Sie erinnerte sich an Berger, der etwas von einem sintflutartigen Regen erzählt hatte, der sogar den kleinen Booten gefährlich werden konnte, weil sie durch die Wassermassen volllaufen und dadurch sinken könnten. Deshalb war er immer so darauf bedacht, die Persenning über sein Boot zu ziehen.

Ich soll nicht verhungern, ich soll ersaufen, schoss es ihr durch den Kopf. Ich soll sang- und klanglos ersaufen.

Zornig sprang sie auf und schrie: »Das denkt ihr Mistkerle euch so! Ich habe aber keine Lust dazu. Ich werde nicht ertrinken!« Die letzten Worte versanken in einem Schwall von Verzweiflungstränen.

***

Innerhalb einer Dreiviertelstunde war alles in Position, was die *Guardia Civil* an Sondereinsatztruppen auf der Insel zur Verfügung hatte. Berger war von García Vidal mit einer SP 2022 ausgerüstet worden, einer hochmodernen 9-mm-Pistole. Früher, als er noch ein junger Spund war, hatte er sich mit so einem Ding im Holster unbesiegbar gefühlt. Doch nachdem er einige Kollegen hatte beerdigen müssen, denen es ebenso ergangen war, schwand dieses Gefühl. Jetzt zitterten seine Finger so sehr, dass er Probleme hatte, die Patronen ins Magazin zu drücken.

»Scheiße«, murmelte er vor sich hin, »Django hat sich so sehr an seine Monatskarte gewöhnt, dass er gar keine Nerven mehr für das Schwarzfahren hat.«

García Vidal klopfte dem völlig niedergeschmetterten Beamten, der wegen des Waffenscheins bei der Präsidentin des Inselrates angerufen hatte, im Vorbeigehen aufmunternd auf die Schulter.

»Ich freue mich schon auf die Coca.«

Der Mann schaute ihn verzweifelt an.

»Das konnte doch wirklich keiner ahnen, dass die Präsidentin so eine Sondergenehmigung auch noch persönlich vorbeibringt. Mein Gott, meine Frau wird sich von mir scheiden lassen.«

Der Comisario schmunzelte und ging zu Berger, der sich gerade das Schulterhalfter umlegte.

»Sie bleiben bitte bei mir«, ordnete er an. »Wenn es da drin ernst wird, können Sie mir wertvolle Tipps geben.«

Berger lachte auf.

»Ich soll Ihnen Tipps geben? Wie soll ich bitte schön einem Huhn das Eierlegen beibringen?« Er schüttelte den Kopf. »*Einen* Tipp hätte ich aber wirklich.«

»Und der wäre?«

»Lassen Sie sich einfach nicht treffen, mein Freund. Dann wäre schon alles in Ordnung.«

»Ich versuche, daran zu denken, Compañero«, gab García Vidal lächelnd zurück.

Innerhalb von Minuten war das Haus von Beamten umstellt. Berger und der Comisario drückten sich eng an eine Gartenmauer. Der Residente stieß seinen spanischen Kollegen an und zeigte auf Überwachungskameras, die überall am Haus angebracht waren. Ein paar von ihnen bewegten sich suchend hin und her.

»Wir werden erwartet.«

Der Comisario nickte.

»Es wäre auch zu schön gewesen, wenn nicht.«

Über Funk gab er den Befehl zum Zugriff. Kaum war die erste Tür aufgesprengt, setzte ein infernalisches Feuergefecht ein. Gleich darauf gellten lang gezogene Rufe nach Sanitätern über den Hof. Berger und García Vidal stürmten auf die Veranda. Der Comisario griff sich einen Gartenstuhl und warf ihn mit Schwung durch eines der riesigen Verandafenster. Es gab einen mächtigen Knall, als das Möbel die große Thermopanescheibe durchschlug, und die Glassplitter flogen ihnen nur so um die Ohren.

»So ein Mist«, murmelte Berger, als er durch das Fenster stieg. »Im Kino sieht das immer so einfach aus.«

Kaum waren sie eingestiegen, stürmten zwei Russen in das Zimmer und eröffneten das Feuer auf sie. Der Comisario warf sich nach links hinter einen großen Schreibtisch, während Berger sich nach rechts hinter ein Sofa fallen ließ. Er merkte, dass der Comisario das Feuer auf sich zog. Die Pistole im Anschlag, rollte er hinter dem Sofa hervor, nahm einen der Ganoven ins Visier und drückte ab.

Damit zog er das Feuer des zweiten Russen auf sich. Blitzschnell kugelte Berger wieder in seine Deckung, dafür konnte nun aber García Vidal frei zielen und den Mann ausschalten.

»Na also«, hörte Berger ihn rufen, »das ist ja doch wie im Kino.«

Vorsichtig tauchten beide, ihre Pistolen im Anschlag, hinter ihren Deckungen auf. Im Raum blieb es ruhig, also bewegten sie sich langsam vorwärts, den jeweils anderen deckend, beide aufs Äußerste gespannt.

Berger fühlte sich dank Estébans Zeichnung fast wie zu Hause. Er hatte wirklich das Gefühl, schon einmal hier gewesen zu sein.

»Wir sollten den jungen Delgado auf eine Schule für Architekten schicken. Der scheint für Häuser das absolute Auge zu haben.«

Langsam tasteten sie sich vor, bis sie auf Polizeieinheiten trafen, die das Gebäude von der anderen Seite her sicherten.

Gleichzeitig kam über Funk auch die Meldung von den oberen Etagen.

»Trupp Pedro an Einsatzleitung!«

»Einsatzleitung hört.«

»Erstes OG ist frei. Ein Kollege mit Schultersteckschuss, ein Zielobjekt mit Bauchschuss gesichert und zwei Ziele ausgeschaltet. Wir benötigen zwei Notarztteams.«

»Trupp García Vidal: Erdgeschoss, Westseite, null Verletzte, zwei eliminierte Ziele.«

»Trupp Mañolo: Erdgeschoss, Ostseite, eine Kollegin mit Oberschenkelschuss, ein Zielobjekt mit Brustschuss gesichert, zwei eliminierte Ziele im Gartenbereich und eines in der Küche. Wir benötigen zwei Notarztteams.«

So ging es mehrfach weiter.

Berger wurde ungeduldig und nahm dem Comisario das Funkgerät aus der Hand. »Hier Berger: Hat jemand die Gräfin oder Schokotoff unter den Opfern oder Verletzten?«

Alle Trupps bestätigten mit »Negativ«.

Der Comisario lud seine Pistole nach. »Wo können die noch sein? Wir haben alle Räumlichkeiten gesichert.« Er fluchte. »Sie müssen im Wäschereiwagen gewesen sein.«

»Was ist mit den beiden Trupps aus dem anderen Haus?«, wollte Berger wissen. »Die müssten sich doch auch schon lange gemeldet haben.«

Bevor der Comisario nachfragen konnte, wurde das Gebäude durch eine Art Explosion erschüttert. Alles schaute sich ratlos an.

»Das kam aus dem Keller, war das eine Handgranate?«, fragte García Vidal. »Ich habe noch nie eine Detonation von so einem Ding live in einem Gebäude erlebt.«

In diesem Augenblick kam die ersehnte Durchsage aus dem Nachbarhaus: »Hier Trupp Bagado. Keller gesichert. Zwei verletzte Kollegen. Notarzt dringend erforderlich. Ein verletztes Zielobjekt gesichert, ein Ziel eliminiert, drei Zielpersonen flüchtig.«

»So ein Mist!«, bellte García Vidal verärgert ins Mikrofon. »Wie konnte das passieren?«

»Die haben sich in die Garage zurückgezogen und sind mit einem riesigen Geländewagen einfach durch das Rolltor gefahren«, antwortete der Truppführer. »Die haben das ganze Tor mit einem Jeep komplett aus der Wand geschoben.«

»Das war also eben keine Granate, sondern der Wagen, der durchs Tor fuhr«, meinte Berger und setzte sich in Bewegung.

Die Einsatzzentrale meldete: »Flüchtiger Van aus der Camí del Bastión gesichtet. Es ist ein gelber Hummer H2. Scheint auf der Calle del Bosque zur Autobahn zu wollen. Er wird von zwei Streifenwagen und einem Helikopter verfolgt.«

»So eine Scheiße!«, fluchte Berger laut. »Jetzt haben sie uns Rosa schon wieder vor der Nase weggeschnappt.«

Während sie im Stechschritt durch den Tunnel zum anderen Gebäude liefen, steckte der Comisario seine Pistole ins Halfter und funkte: »Ich brauche hier sofort einen zweiten Helikopter, mit so einer Wärmebildkamera, und fragt bei der Zulassungsstelle, ob Schokotoffs Wagen gepanzert ist.«

In der Garage im Keller angekommen, machte García Vidal ein betroffenes Gesicht.

»Mein Gott, sieben tote Russen und nur drei verletzte. Ich werde in Palmas Unterwelt als *carnicero* in die Geschichte eingehen.«

»Es ist immer noch besser, von Verbrechern Schlächter, als von Kollegen Totengräber genannt zu werden. Ich hoffe, es bleibt bei nur vier Verletzten auf unserer Seite.«

Der Schaden am Gebäude, den der riesige Jeep angerichtet hatte, war beträchtlich. Teilweise war der Querträger, an dem die Rolltorkonstruktion hing, herausgerissen. Dadurch war sogar der Ringanker des Tors gebrochen, es bestand somit akute Einsturzgefahr.

»Sperrt sofort alles ab!«, wies der Comisario seine Leute an. »Bevor die Spurensicherung hier unten tätig werden kann, muss das Tor abgestützt werden. Es soll sofort jemand von der Bauaufsicht kommen.«

Mit anschwellendem Lärm kündigte sich kurz darauf der bestellte Helikopter an, der im Garten zur Landung ansetzte.

»Kommen Sie mit?«

»Na klar«, nickte Berger. »Jetzt will ich auch noch den Rest mitbekommen. Ich bin sofort wieder da.«

Er wandte sich ab und rannte zu Señora Delgado Bunyol. Die Präsidentin hatte den Einsatz aus sicherer Entfernung beobachtet. Er wechselte ein paar Worte mit ihr und hetzte dann zum wartenden Hubschrauber.

»War das denn so wichtig?«, fragte der Comisario ungeduldig.

»Das war es. Ich habe ihr gesagt, dass sie unseren V-Mann jetzt abholen kann.«

»Wen bitte?«, fragte García Vidal erstaunt.

»Na, Estéban.«

»Der ist jetzt plötzlich V-Mann?«

»Natürlich ist er das. Man wird im gestürmten Gebäude doch DNA von ihm finden, und das müssen wir begründen können.«

»Ich hoffe nur, dass unser V-Mann nicht auch noch nachträglich eine Lizenz zum Töten braucht. Dann streike ich nämlich.«

Sie setzten ihre Mikrofonhelme auf, und dann gab der Comisario dem Piloten das Zeichen zum Abheben.

In diesem Augenblick setzte der Regen ein.

***

Ihr Durst war gestillt, sie war satt, nur das Glücksgefühl, das einen Menschen nach so einer Mahlzeit überkommt, wollte sich einfach nicht einstellen. Erschöpft lehnte sie sich mit dem Rücken an einen großen Felsblock, als sie einen Tropfen auf die Nase bekam.

»Na, klasse«, seufzte sie. »Gevatter Tod schleicht sich wohl auf Gummistiefeln an.«

Sie musste an den verunglückten Abenteuerurlaub mit ihrem Mann denken. Der war stimmungsmäßig völlig in die Hose gegangen. Erst wurde sie bei dieser verdammten Raftingtour so sehr durchgeschüttelt, dass sie sich drei Tage nicht mehr rühren konnte, und in der darauffolgenden Woche machten sie dieses seltsame »Power-Wandern« mitten durch reißende Flüsse. So viel Eisbrühe hatte sie in ihrem ganzen Leben noch nicht geschluckt.

Sie richtete sich auf. Was hatte dieser Trainer damals gesagt? »Du musst sicher angeseilt sein, Rosa, dann kann dir nichts passieren, wenn du nicht in Panik gerätst.« Sie schaute sich um. Ich kann mich anseilen, dachte sie, aber wen stelle ich zum Festhalten ans andere Ende des Seiles?

Sie suchte die Wände der Felsspalte systematisch nach irgendetwas ab, woran sie das Seil festbinden konnte. Ihr Blick fiel auf den Stein, an dem sie eben noch gelehnt hatte. Das würde gehen.

Das Seil, das sie die ganze Zeit getragen hatte, war gut dreißig Meter lang und würde auch dann noch reichen, wenn sie vom Wasser aus dem Graben gespült werden würde.

Zuerst schlang sie das eine Ende als Gurtersatz um sich selbst, so wie sie es damals beim Kurs gelernt hatte. Dann wickelte sie das andere Seilende fest um den Findling. Damit es sich wirklich nicht lösen konnte, knotete sie es um einen dicken Wurzelknüppel, den sie daneben fand. Zufrieden betrachtete sie ihr Werk. Jetzt rechnete sie wieder fest mit ihrem Überleben und schaute dementsprechend motiviert in die Zukunft.

Gespannt wartete sie auf das, was nun kommen würde, aber es tat sich nichts. Der Regen wurde stärker, aber das war es auch schon. Bis auf die Tatsache, dass sie fror, ereignete sich gar nichts.

Sie hörte kein Rauschen, kein Plätschern, doch plötzlich hatte sie einen nassen Hintern. Erschrocken sprang sie auf. Jetzt hörte sie auch ein leises Rauschen, und als sie wieder auf den Boden sah, stand sie bereits bis zu den Waden im Wasser. Dann ging alles blitzartig schnell. Mit einem Mal stürzten die Wassermassen in die Felsspalte hinein, sie hatte Glück, nicht von Holzstücken oder ganzen Stämmen getroffen zu werden. Das Wasser stieg immer höher, und plötzlich war sie gezwungen, in diesem brodelnden Tiegel voller Wasser und Müll zu schwimmen. Die Fluten rissen sie erst mit sich, dann aber hielt sie das Seil mit einem Ruck, und sie hatte Probleme, sich über Wasser zu halten. Mit einem unvorstellbaren Donner krachte auf der anderen Seite ein entwurzelter Baum in die Spalte, genau dorthin wäre sie von der Strömung gespült worden, wäre sie nicht angeleint gewesen.

Das Wasser war lange nicht so kalt, wie sie es sich vorgestellt hatte. Sie fühlte sich trotz ihrer Angst noch recht sicher, da brach über sie das Inferno herein. Eine riesige Welle füllte mit einem Schlag den Felsspalt, und ihr Körper wurde mit unglaublicher Gewalt unter Wasser gerissen. Sie war sich sicher, dass das Seil nicht halten würde, denn sie hatte das Gefühl, mehrere hundert Meter von einer Riesenfaust getragen und durchgeschüttelt zu werden. Sie tauchte prustend wieder auf. Ein Unterwasserstrudel schien sie gegen die Laufrichtung des Wassers hochgespült zu haben, denn an der Wasseroberfläche wurde ihr Körper erneut von der Strömung mitgerissen, und wieder spürte sie einen fürchterlichen

Ruck, als sich das Seil zum zweiten Mal spannte. Sie befürchtete, sich jeden Knochen im Leib gebrochen zu haben. Die Strömung drückte sie wieder unter Wasser. Nur ein Gedanke hämmerte in ihrem Kopf: Irgendwie musst du Luft holen, du musst nach oben kommen und atmen.

Sie fühlte sich wie ein kleiner, zappelnder Fisch an einer riesigen Angel. Durch das Rauschen des tosenden Flusses, der um sie herumwirbelte, war ihr, als höre sie die Stimme ihres verstorbenen Mannes.

»Breite deine Arme aus und lass dich an die Wasseroberfläche tragen, das Seil ist lang genug!«

Mit aller Kraft versuchte sie zu tun, was die Stimme ihr auftrug. Ihre Schultern schmerzten, aber sie schaffte es, und mit einem Mal war kein Wasser mehr über ihrem Gesicht, sondern nur noch Schaum und dann Luft. Sie konnte atmen. Gierig sog sie den Sauerstoff in ihre Lungen. Sie versuchte, sich mit ihren Händen das Wasser aus dem Gesicht zu wischen, aber sofort drückte sie die Strömung wieder unter Wasser. Sie breitete erneut ihre Arme aus und kam hustend und spuckend wieder an die Oberfläche.

Nach einer Weile merkte sie, dass das Ausbalancieren leichter wurde. Aus dem reißenden Wirbelsog war ein gleichmäßig fließendes Gewässer geworden. Sie spürte plötzlich Grund unter ihren Füßen und konnte wieder stehen. Wäre sie nicht angeleint gewesen, so hätte sie keine Chance gehabt, den Naturkräften zu trotzen, aber so stand sie, konnte atmen und auch wieder etwas sehen. Und das keinen Augenblick zu spät. Nur durch einen Hechtsprung zur Seite schaffte sie es, einem treibenden Baumstamm auszuweichen.

Der eben noch reißende Fluß war jetzt nur noch ein ganz gewöhnlicher Gebirgsbach, und die Gräfin war sich sicher, es geschafft zu haben. Mit vorsichtigen Schritten tastete sie sich mit ihren Füßen, so weit es ihr der Radius des Seiles gestattete, in Richtung Felsrand. Dort entdeckte sie eine waagerecht verlaufende Felsspalte. Sie war ungefähr zwei Meter lang und vielleicht einen halben Meter hoch. Sie zog sich mit einiger Kraftanstrengung hoch und krabbelte auf den Vorsprung. Solange das Wasser nicht höher stieg, war sie dort in Sicherheit. Sollte der Regen wieder stärker werden, bekäme sie jedoch erneut ein Problem, denn um sich hinzustellen, war nach oben hin nicht genug Platz. Aber sie lag fürs Erste sicher und konnte zunächst einmal ausruhen, nass bis auf die Knochen, am ganzen Leibe zerschlagen, aber unsagbar stolz auf sich selbst.

»Danke, Ernst«, schnaufte sie, »dein Tipp mit den Armen, das war der Bringer, sonst wäre ich glatt ersoffen. Ich hoffe, ich kann mich irgendwie revanchieren.«

***

Berger schaute immer wieder besorgt in die Wolken. »Es wird schlimmer, glaube ich.«

Der Pilot beruhigte ihn. »Solange das Wasser nicht kübelweise vom Himmel kommt, haben wir keine Probleme. In maximal zwei Stunden sollten wir aber wieder im Hangar sein, dann kommt es laut Wetterbericht nämlich ganz dicke.«

Die Streifenwagen, die zunächst die Verfolgung des Hummer aufgenommen hatten, waren gegen mehrere Geländewagen der *Guardia Civil* ausgetauscht worden, damit die Polizisten auch querfeldein eine Chance hätten. Doch der Hummer raste noch immer unbeeindruckt von seinen Verfolgern die Autobahn entlang. Der Comisario wurde ungeduldig und stieß den Kameraoperator an. »Wie sieht's aus?«

»Für ein Bild mit der Wärmekamera sind wir noch zu weit weg.«

Der Pilot, der über die Ringanlage mithören konnte, schaltete sich ein. »Ich kann noch näher ran, aber dann laufen wir Gefahr, dass sie uns entdecken.«

»Die wissen längst, dass wir ihnen auf den Fersen sind, und nicht nur auf der Straße.«

Der Pilot lenkte den Hubschrauber über den Hummer und ging schrittweise runter.

»Das reicht!«, kam es vom Operator.

Auf dem Bildschirm der Wärmebildkamera war nun ganz deutlich der Hummer zu sehen. Da das das Blech ziemlich dick war, konnte man die Insassen nicht ganz so deutlich erkennen. Es waren aber auf jeden Fall drei. Zwei saßen vorne, einer im Fond.

Berger stierte verzweifelt auf die bunten Kleckse. »Woran kann man denn sicher erkennen, ob das Männchen oder Weibchen sind?«

»Aus der Entfernung gar nicht«, kam es trocken vom Operator. »Jedenfalls nicht sicher. Aber wenn Sie mich nach einem Tipp fragen, dann würde ich von drei Männern ausgehen. Diese drei dort sind nämlich alle etwa gleich groß, und da die Gräfin laut Beschreibung recht klein und zierlich sein soll, die Russen aber ziemliche Hirten, bin ich mir fast sicher, dass die Gräfin nicht mit an Bord ist.«

Das klang vielversprechend.

»Können wir irgendetwas machen, oder haben wir hier einfach nur den großen Inselrundflug gebucht?«, rief García Vidal dem Piloten zu.

»Wenn der Fahrer des Hummer nicht die Nerven verliert, können wir ihnen nur folgen und zuschauen.«

»Und ihn so ein kleines bisschen mit den Kufen anstoßen?«

»Das ist ein Hummer. Der wiegt leer zweimal so viel wie wir voll besetzt. Genauso gut könnten Sie versuchen, das Ding in voller Fahrt mit einem Mountainbike zu rammen.«

»Bringen Sie mir den Comisario bitte nicht auf dumme Gedanken«, warf Berger trocken ein.

»So verrückt bin ich auch nicht«, wehrte García Vidal ab.

Die Russen fuhren nun schon eine ganze Weile dicht hinter einem großen Truck.

»Es sieht aus, als hätten die sich richtiggehend hinter diesem Lkw verschanzt«, meinte Berger verwundert.

García Vidal nickte.

»Sicher absichtlich. Hinter diesem Monstrum können sie sicher sein, dass keine Nagelgurte ausgelegt werden, um sie zu stoppen. Aber der Laster müsste eigentlich gleich auf den Parkplatz fahren. Wir haben ihm das durch seinen Disponenten über Funk ausrichten lassen.«

In diesem Augenblick wurde der Truck auch schon sichtlich langsamer und fuhr raus. Der Hummer bremste zuerst, zog dann aber auf die linke Spur und gab Vollgas.

Der Kopilot pfiff anerkennend durch die Zähne.

»Das Ding wiegt mit seiner Panzerung so um die vier Tonnen, und die haben jetzt mindestens hundertachtzig drauf.«

Berger war davon wenig beeindruckt.

»Mit dem Diesel, den die da unten im Augenblick verfahren, könnten Sie Ihr Haus ein Jahr lang beheizen.«

»Der Wagen ist gepanzert«, überlegte García Vidal laut. »Wer so viel Geld in seinen Schutz investiert, hat auch dementsprechende Reifen, also werden wir mit Nagelgurten womöglich gar nichts ausrichten können. Den Tank leer fahren lassen ist auch keine Option, denn das Wetter wird derartig schlecht, dass er uns dadurch entwischen könnte.« Er schaute sich in der Runde um. »Ich brauche Ideen, Berger. Tun Sie was für Ihr Geld und denken Sie.«

»Ich würde es zumindest mal mit Nagelgurten versuchen. Entweder es klappt, oder die merken gar nichts davon.«

Der Comisario nickte und gab über Funk entsprechende Anweisungen.

»Was würden Sie an Schokotoffs Stelle tun, Miguel?«, fragte er dann.

»Ich denke, ich würde in die Berge fahren. Die Helikopter können wegen schlechten Wetters bald nicht mehr fliegen, und gegen einen Hummer haben die japanischen Reisschüsseln von der *Guardia Civil* im Gebirge keine Chance. Lassen Sie auf den vier Pässen, die wir da oben haben, Straßensperren aufbauen. Ihre Spezialkräfte sollen dort Posten beziehen, die sind an panzerbrechenden Waffen ausgebildet.«

García Vidal war entsetzt. »Sie können doch hier nicht einfach mit Bazookas rumballern!«

»Und wie wollen Sie den Kerlen an die Wäsche? Sollen wir Sie vielleicht mit einem Büchsenöffner bewaffnet auf das Auto abseilen?«

Der Comisario wurde unsicher und wandte sich an die Piloten. »Was würden Sie tun, meine Herren?«

Die beiden tauschten einen Blick und waren sich sofort einig.

»Das, was der Residente vorgeschlagen hat, ist der sicherste Weg, sie zu stoppen. Es gibt nirgendwo einen Platz auf der Insel, wo weniger Schaden angerichtet werden würde als hier oben. Und bei dem Wetter hätten wir noch nicht einmal mit Waldbränden zu rechnen.«

»Und was ist, wenn die Gräfin doch mit an Bord dieses Hummers ist?«

Berger war sich inzwischen sicher, dass dem nicht so war.

»Dann hätten wir zumindest Umrisse von ihr auf dem Bildschirm erkennen müssen. Außerdem hätte sich Schokotoff junior in diesem Fall nicht an die Anweisung seines Vaters gehalten, und das halte ich für unwahrscheinlich. Ich bin der festen Überzeugung, dass die Gräfin im Ebro sitzt beziehungsweise darin irgendwo anders hingebracht wurde.«

Der Comisario nickte ergeben.

»Dann soll es so sein. Ich werde alles Nötige veranlassen. Wir bleiben so lange über ihnen, wie das Wetter es zulässt; der andere Hubschrauber soll die Spezialkräfte auf die Pässe fliegen.«

Es wurde der größte Polizeieinsatz, den es je auf dieser Insel gegeben hatte, denn alle vier Bergpässe wurden mit hohem Personaleinsatz zu Straßensperren umfunktioniert, und an jeder überhaupt in Frage kommenden Autobahnausfahrt wurde der Hummer von einem Riesenaufgebot an Einsatzkräften erwartet.

***

Die Gräfin fror erbärmlich in ihren nassen Sachen. Hinzu kam, dass ihr jeder Knochen im Leibe wehtat. Der selbst gebastelte Fanggurt hatte an ihrem Oberkörper hässliche Striemen hinterlassen.

Herrje, dachte sie, wenn mich jetzt jemand sehen würde, hätte ich ganz schnell den Ruf eines Modells für Sadomaso-Messen weg. Bei dem Gedanken, dass es Leute gab, die sich so etwas selbst zufügten, schauderte ihr.

Sie beschloss, ein paar Kekse zu knabbern. Die müssten in der zugeschweißten Packung eigentlich überlebt haben. Außerdem verbrauchte man beim Zittern Kalorien, und die sollten dem Körper wieder zugeführt werden, das wusste sie. Nur konnte sie im Augenblick gar nicht so viel futtern, wie sie zitterte.

Sie versuchte, an etwas Warmes zu denken, an Filou, wie er sich an sie kuschelte, wenn er Angst hatte. Sie hätte niemals gedacht, wie warm so ein Schwein sein konnte, vor allem bei fünfunddreißig Grad im Schatten. Sie dachte auch wieder an ihren Mann, schüttelte aber gleich darauf den Kopf.

»Nein, Ernst, sorry, aber wärmen konnte ich mich an dir nicht.

Du warst ein toller Geschäftsmann, ein guter Freund, aber warmherzig, nein, das warst du nicht.«

Sie konnte sich nicht dagegen wehren, dass sich Berger immer mehr in ihre Gedanken schlich. Sie stellte sich vor, wie sie sich an ihn lehnte, und bei diesem Gedanken wurde ihr wirklich warm. Ihr wurde sogar richtig heiß, und sie fühlte sich plötzlich wie ein Teenager, der vom Lehrer dabei erwischt worden war, wie er auf einem kleinen Zettelchen einen Liebesbrief verfasst hatte.

Sie schämte sich ihrer Gedanken, beschloss aber, die gefühlte Wärme zu genießen und sich darauf zu konzentrieren, sie in sich zu speichern.

»Siehst du, Ernst«, murmelte sie lächelnd, »ich habe es dir gesagt, aber du wolltest es ja nicht glauben. Wir hatten etwas gemeinsam. Wir brauchen beide einen Kerl, wenn auch nur zum Wärmen.«

Der Regen wurde wieder stärker, und da er diesmal von schräg hinten kam, saß sie auf ihrem Felsvorsprung relativ trocken. Wenn sie nur nicht so durchnässt wäre!

***

Berger war im Hubschrauber mulmig zumute. Noch konnte der Scheibenwischer den Regen bewältigen, der auf die Frontscheibe prasselte, doch wenn man zur Seite rausschaute, erkannte man gar nichts mehr.

»Können wir uns bei dem Regen überhaupt noch in der Luft halten?«

Der Pilot grinste.

»Glauben Sie mir, Residente, wenn wir es nicht mehr könnten, würden Sie es merken.«

»Und was machen Sie, wenn der Regen stärker wird?«

»Dann suchen wir uns ein freies Plätzchen, gehen dort runter und warten ab. Hier drin sitzen wir doch trocken.«

»Ich habe aber keinen Bock auf ein lauschiges Teestündchen im Hubschrauber«, murmelte García Vidal. »Ich will die Kerle da unten schnappen, und dann nichts wie ab nach Hause.«

In diesem Augenblick zeigte der Kopilot nach unten: »Da, der Hummer fährt von der Autobahn runter!«

Gebannt schauten sie, wie sich der gelbe Hummer mit einem Höllentempo durch die Stadt Inca schob. Die Einsatzleitung war vorbereitet und hatte alles so weit abriegeln lassen, dass der schwere Wagen sowohl in Richtung Alcúdia als auch nach Norden hin freie Bahn hatte.

»Da schauen Sie, er biegt auf die 213 ein. Sie hatten recht, Residente, er will in die Berge.«

Plötzlich wurden alle hellhörig, weil über Funk ein weißer Ebro-Lieferwagen einer Wäscherei gemeldet wurde. Der Comisario schaltete sein Helmmikrofon ein.

»Könnt Ihr mir sagen, ob da drei Männer drinsitzen? Einer davon ein blonder Gorilla mit langen Haaren?«

»Positiv«, kam die Antwort von einem Streifenwagen.

»Achtung«, warnte sie der Comisario. »Die Kerle sind brandgefährlich. Habt ihr genug Leute, um sie eventuell festzunehmen?«

»Sí«, war die Antwort.

»Moment mal«, kam es von Berger, »wo fährt denn der Ebro genau?«

»Auf der Landstraße zwischen Escorca und Lluc, Richtung Lluc.«

»Wenn ich mich recht erinnere, dann geht die 213 doch bis Lluc. Die wollen sich treffen!«

García Vidal übernahm wieder: »Habt ihr die Möglichkeit, den Ebro im Rahmen einer allgemeinen Verkehrskontrolle auf irgendeinen nicht direkt an der Straße liegenden Parkplatz zu lotsen?«

»Sí, am Hypermercado nördlich von Selva.«

»Dann macht das. Wir müssen es unbedingt vermeiden, dass sich die Russen mit ihren Kollegen vereinen, sonst haben wir es mit einer kleinen Streitmacht zu tun, verstanden?«

Die Kollegen bestätigten.

Berger hatte bei der schlechten Sicht Probleme, sich zurechtzufinden. »Was ist das dahinten für eine Stadt?«

»Das ist Selva«, kam es vom Piloten.

»Und wie weit haben wir es noch bis dorthin?«

»Das sind runde fünf Kilometer, würde ich schätzen, vielleicht sechs.«

Die Kollegen am Boden funkten: »So, wir stehen jetzt an der Straße vor dem Supermarkt. Wie weit seid ihr mit dem Ebro?«

»In einer Minute sind wir bei euch.«

Berger und der Comisario lauschten angespannt dem Funkverkehr. Sie bedauerten, nicht in Sichtweite fliegen zu können, aber das wäre zu auffällig gewesen. So begnügten sie sich weiterhin damit, dem gelben Hummer in sicherem Abstand zu folgen.

Es knackte wieder im Funkgerät. Diesmal war die Nachricht für García Vidal.

»Wir haben sie sicher auf dem Parkplatz. Sollen wir sie nur kontrollieren, oder soll der Zugriff in jedem Fall erfolgen?«

»Zunächst nur kontrollieren, Kollegen. Sie sollen keinen Verdacht schöpfen, bis der Hummer an euch vorbei ist. Das müsste in etwa zehn Minuten der Fall sein. Wir geben dann das Zeichen zum Zugriff.«

Vor ihnen tauchte die kleine Stadt Selva auf. Aus ihrer Höhe war auch bald der große Supermarkt in der Ferne zu erkennen.

Die Minuten kamen ihnen wie Stunden vor. Endlich konnte der Comisario das Signal geben.

»So, Kollegen, der Hummer ist vorbei. Zugriff!«

»Zugriff erfolgt!«, kam es eine knappe Minute später über Funk. »Alle drei Zielobjekte entwaffnet und gesichert. Die gesuchte Person ist nicht an Bord. Wie sollen wir verfahren?«

»Moment bitte.« Der Comisario schaute Berger fragend an. »Und nun?«

Berger griff nach García Vidals Handy. »Sorry, aber meins ist leer.«

Er wählte Tomeus Nummer.

»Tomeu, frag jetzt nicht lange, warum, sondern tu, was ich dir sage. Nimm dir den Geländewagen des Grafen, schnapp dir Filou und komm mit ihm auf den Eroski-Parkplatz von Selva. Der liegt an der nördlichen Ortsausfahrt. Dort hat die Polizei einen weißen Ebro von einer Wäscherei angehalten. Lass das Ferkel da rein, auch hinten auf die Ladefläche, sodass es Witterung aufnehmen kann. Wenn die Gräfin damit transportiert worden ist, wird das Vieh ein Riesenspektakel veranstalten, beeil dich!«

In solchen Augenblicken war Berger froh, Tomeus Bekanntschaft gemacht zu haben, denn wenn es eng wurde, dann kam nicht eine einzige Rückfrage von ihm, dann befolgte er einfach nur seine Anweisungen – egal wie sie lauteten.

Der Comisario schaute ihn fragend an. »Wenn das Schwein wirklich anschlägt, was sagt uns das?«

»In welchem Teil dieser Insel die Gräfin steckt, nämlich im nördlichen. Und dann wissen wir auch, dass sie auf keinen Fall im Hummer sein kann, falls wir ihn wirklich knacken müssen.«

Daran, dass die Gräfin schon lange tot sein könnte, verschwendete Berger nicht einen einzigen Gedanken. Er war sich sicher, dass sie noch lebte.

***

Sie lebte noch, und um dies auch weiterhin tun zu können, brauchte sie alle Kraft, die sie aufbringen konnte. Sie war an einem Punkt angelangt, an dem der Tod ihr wie eine ernsthafte Alternative vorkam. Ihre Kleidung war noch immer nass oder schon wieder, was an der Gischt lag, die laufend zu ihr hochspritzte. Die Fluten wurden aufgrund des weiterhin anhaltenden Regens immer reißender, doch das Wasser stieg nicht an – immerhin. Dennoch überlegte sie, was sie fühlen würde, wenn sie sich einfach in das Wasser kippen und treiben lassen würde.

Frieren Tote eigentlich?, fragte sie sich. Das Bild ihres in der Kapelle aufgebahrten Mannes schob sich vor ihr inneres Auge. Wie er dalag, so ruhig – so kalt. Sie stellte sich vor, wie es sein mochte, im Sarg zu liegen, furchtbar zu frieren, aber nicht zittern zu können. Dazu eisige Dunkelheit, wenn der Sargdeckel geschlossen wurde.

»Ich möchte verbrannt werden«, sagte sie laut und entschlossen. »Hiermit tue ich kund, dass ich, wenn ich entweder erfroren oder ersoffen bin, auf jeden Fall eingeäschert werden möchte. Da hat man nach dieser ganzen Friererei doch wenigstens noch ein Highlight vor sich.« Sie schlang die Arme um ihren Oberkörper. »Für etwas Wärme lohnt es sich doch, zu sterben, oder?«

Sie schüttelte sich selbst wach.

»Hör mal, du dusseliges Huhn, was faselst du da für einen Mist zusammen? Kämpfst wie eine Blöde um dein Leben, schluckst mindestens zwanzig Liter von dieser Dreckbrühe, und dann quatschst du was vom Sterben? Du solltest dich schämen, Rosa von Zastrow!«

Mit Besorgnis nahm sie die rabenschwarze Front zur Kenntnis, die den Horizont verdunkelte.

»Denk an was Schönes, du dumme Gans!«

Sie bemühte sich, sah aber immer wieder nur ihren Mann im Sarg vor sich. Sie versuchte, sich auf Filou zu konzentrieren, sah aber nur seine toten Geschwister am Torbogen hängen.

Sie richtete sich etwas auf, um Haltung bemüht, sackte aber wieder in sich zusammen. Gegen ihre Tränen hatte die gräfliche Contenance keine Chance.

Menschenskinder, Ernst, sei nicht einfach nur tot, sondern hilf mir, so wie du es mal versprochen hast.

»Liebes«, hast du gesagt, »wenn ich mal tot bin, dann achte auf Signale aus dem Jenseits. Ich versuche dann, mit dir Kontakt aufzunehmen.« Sie flehte zum Himmel. »Graf Ernst von Zastrow, jetzt wäre der Zeitpunkt richtig gut gewählt.«

Sie horchte, sie schaute sich um, aber es geschah nichts. Sie vergrub das Gesicht in ihren verschränkten Armen. Was ist das nur für eine Welt, Rosa? Wenn andere sterben, dann tun sie es im warmen Bett, in Würde und in Ruhe, und sie denken feierlich über ihre letzten Worte nach. Und du liegst hier auf dem eiskalten Felsvorsprung, bis auf die Knochen nass, und musst aufs Klo. Was hat das eigentlich noch mit Aristokratie zu tun?

***

Der Comisario schaute sorgenvoll aus dem Fenster und tippte dem Piloten auf die Schulter.

»Wie lange geben Sie uns noch?« Er zeigte auf die schwarze Wetterfront, die sich immer mehr über die Insel stülpte.

»Kann ich nicht genau sagen. Das kommt ganz auf die Intensität des Regens an. Wenn es so bleibt wie im Augenblick, können wir problemlos weiterfliegen. Wenn es anfangen sollte zu hageln, haben wir in der Luft nichts mehr zu suchen. Weiterzufliegen wäre dann Wahnsinn.«

»Aber das Unwetter kann jederzeit einsetzen. Zum Flughafen kommen wir dann nicht mehr, oder?«

»Wie schon gesagt, hier können wir überall runter.«

Berger sah unruhig aus dem Fenster. »Sieht noch jemand den gelben Hummer?«

Der Kopilot zeigte nach Nordwesten. »Die fahren da unten auf der C710.«

»Irgendwann müsste doch die Straßensperre kommen, oder?«

»Zwischen Son Torrella und Fornalutx.«

»Hoffentlich fällt den Kerlen nicht auf, dass sie inzwischen völlig allein auf der Straße sind.«

García Vidal winkte ab. »Das kommt öfter vor, vor allem bei solchem Mistwetter.«

Berger beobachtete interessiert, wie sich der Hummer verhielt. Bis zur Straßensperre war es nicht mehr weit.

»Jetzt müssten die Russen aber bald sehen, was die Stunde geschlagen hat, oder?«

Der Comisario nickte. »Hinter der nächsten Hügelkuppe müssten sie es wissen, da ist die Straße nämlich zu. Dann gibt es eigentlich nur zwei Möglichkeiten, entweder sie versuchen durchzubrechen, oder sie kehren um, aber dann haben sie jede Menge Gegenverkehr mit Blaulicht.«

Berger war skeptisch. »Ich kenne zwei Menschen, die einen Hummer fahren, und beide sind fest davon überzeugt, dass sie ein Wunderauto besitzen. Wenn Schokotoff die Straßensperre sieht, wird er es querfeldein versuchen.«

»Das, Residente, wird er tunlichst nicht machen, wenn er das Terrain hier kennt, und der Russe gilt als Einheimischer. Bei diesem Wetter haben sie auf diesem felsigen Sandgemisch so gut wie keinen Grip, und irgendwann verliert sogar ein Hummer die Bodenhaftung.«

***

Tomeu fuhr wie ein Wahnsinniger, um nach Selva zu gelangen.

»Die Gräfin wird mich umbringen«, raunte er, als er auf die Tachonadel sah, die inzwischen bei hundertvierzig Stundenkilometern angelangt war, und das war auf mallorquinischen Straßen eine Menge. »Wenn ich geblitzt werde, dann ist es aus, das steht fest. Dann darf ich nie wieder dieses wunderbare Auto fahren.«

Tomeu sprach gerne mit sich selbst, denn dann stotterte er nicht und konnte ungestört seine Stimme genießen. Seine Mutter wollte immer, dass er es mit Singen versuchte, aber das traute er sich nicht. Nicht, wenn ihm jemand zuhörte.

Tomeu spürte, wie das Schweinchen hinten im Kofferraum unruhiger wurde. Es war genau zu hören, wie es immer tiefer die Luft in seinen kleinen Rüssel hineinsog, um sie schnaubend wieder hinauszupressen.

Endlich traf er auf dem Parkplatz des Supermarktes ein. Erst wollten ihn die Beamten nicht zu dem Lieferwagen lassen, als er aber den Namen des Comisario nannte, winkte man ihn durch. Filou gebärdete sich inzwischen wie ein Irrer. Immer wieder rannte er gegen die Seitentür, als ob er das Blech mit seinem Körper durchbohren wollte. Als Tomeu neben dem weißen Wäschereiauto zum Stehen kam, erschien ein Polizist an seinem Fenster.

»Haben Sie wirklich ein Schwein dabei, oder habe ich das über Funk falsch verstanden?«

Tomeu brauchte gar nicht zu antworten, denn in dem Augenblick, als er den Motor des Wagens abstellte, konnte der Beamte das Grunzen und Poltern aus dem Innern des Wagens hören. Der Mann schüttelte ungläubig den Kopf und meldete die Ankunft des erwarteten »Mitarbeiters« an die Leitstelle.

Eigentlich hatte Tomeu Filou genau zeigen wollen, woran er schnüffeln sollte, doch kaum hatte er die Tür des schweren Wagens geöffnet, schoss das Ferkel an ihm vorbei direkt auf den weißen Lieferwagen zu. Mit einem Satz hüpfte Filou in den geöffneten Laderaum und rannte laut quiekend und grunzend im Kreis herum. Die Polizisten beobachteten das Schauspiel kopfschüttelnd. Plötzlich hob Filou seinen Kopf, als ob er eine Witterung aufgenommen hätte.

Ehe Tomeu sich das Tier greifen und anleinen konnte, sprang Filou aus dem Wagen und rannte auf einen der Russen zu, der mit auf dem Rücken gefesselten Händen neben einem Polizeiauto stand und das Schauspiel mit dem Tier fassungslos beobachtete. Ohne nur einmal aufzuschauen, rammte Filou seine kleinen stecknadelspitzen Zähne in den Unterschenkel des Russen. Dem wurde schlagartig klar, wie schmerzhaft Schweinebisse sein konnten.

»Um Gottes willen«, brüllte der Mann, »halten Sie diese Bestie fest! Das tut doch weh, ich werde Sie verklagen!«

Der Polizist neben ihm grinste nur. »Mich verklagen, weil Sie Schmerzen haben? Ich tue Ihnen doch gar nichts.«

»Doch«, jammerte der Russe, »Sie haben ein Spanferkel auf mich gehetzt.«

Die Polizisten, die um ihn herumstanden, bogen sich vor Lachen. »Erzählen Sie das mal dem Richter!«

11

Das Wasser stieg wieder etwas. Rosa schloss immer dann, wenn sie merkte, wie ihr die Panik den Nacken hochstieg, die Augen, um sich besser auf ihre innere Ruhe konzentrieren zu können. Doch jedes Mal kostete es sie mehr Kraft, nicht ihrer unbändigen Angst nachzugeben und aufzuspringen.

»Menschenskinder, Ernst, hast du nicht einen Engel um dich herum, der was zu sagen hat? Hier unten hast du dich ständig mit den Großkopferten rumgetrieben, damit wirst du doch nicht aufgehört haben, nur weil du tot bist!«

Ihre von der Gischt feuchten Beine drohten langsam, aber sicher durch die Kälte abzusterben.

Ein großer Ast trieb direkt unter ihr vorbei. Immer wieder wurde er durch die reißende Strömung an die Felswände geschleudert. Das Knacken des Holzes war sogar durch das ohrenbetäubende Rauschen des Wassers hindurch zu hören. Sie schloss lieber ihre Augen. Sie wollte nicht zusehen müssen, wie sie vom Schicksal mit einem riesigen Reisigbesen einfach so von ihrem winzigen Felsplateau gewischt wurde, wie eine Maus, die mit einem Küchenbesen aus dem Leben gefegt wurde.

Sie überlegte, ob sie etwas singen sollte. Sie hatte versucht, sich durch Pfeifen Mut zu machen, aber davon hatte sie schon Krämpfe in den Lippen. Ihr fiel auch keine Melodie mehr ein.

»Doch, jetzt habe ich was«, murmelte sie und fing an zu singen. »Hoch auf dem gel-ben Wa-ha-gen …« Sie überlegte. Der Text war einfach weg. Sie sah ihren Vater, einen Musiklehrer alter Schule, mit erhobenem Zeigefinger vor sich.

»Wer singt, stirbt nicht, mein Kind«, hatte er immer gesagt. »Schau mich an, ich bin singend durch den Krieg gezogen und habe überlebt.«

»Muss ich jetzt wirklich sterben, nur weil ich diesen lächerlichen Text vergessen habe?«, dachte sie genervt.

Sie summte die Melodie, aber durch das Tosen des Wassers hörte sie sich selbst nicht mehr. Sie sang einfach drauflos. Vielleicht kannte der liebe Gott den Text ja gar nicht so genau.

»Hoch auf dem gelben Wagen sitze ich ganz weit vorn, hätte gern Kaffee im Magen, lustig schmettert dann mein Horn …«

Es half ein wenig, gab ihr zumindest neue Kraft, sich gegen ihr vermeintliches Schicksal aufzulehnen.

»Okay, Gott!«, wetterte sie. »Wenn du mich haben willst, dann nimm mich, aber dann bitte jetzt gleich. Ich habe absolut keinen Bock, mir hier erst noch vor Kälte den Tod zu holen, bevor ich sterbe.« Sie ballte die Faust und reckte sie gen Himmel. »Aber ich warne dich. Ich werde bei dir oben weitersingen, das hast du dir dann selbst zuzuschreiben!«

Eine solche Drohung schickte sich nicht, das wusste sie. Aber insgeheim war sie überzeugt, dass es Johannes Heesters auf ebendiese Weise gelungen war, sein irdisches Leben um viele Jahre auszudehnen. Und was bei ihm geklappt hatte, war ihr in Anbetracht ihrer Notlage nur recht und billig.

***

Sergej, der selbst den Wagen fuhr, lief beim Anblick der Straßensperre kalkweiß an. Er bremste abrupt und überlegte fieberhaft, wie er der Polizeifalle entgehen konnte. Sein Beifahrer bekam hektische Flecken und konnte seine Panik kaum beherrschen.

»Dreh um, fahr weg! Um Gottes willen, nun mach doch was! Wenn die uns kriegen, dann reißen sie uns die Eier ab.«

Schokotoff verzog keine Miene. »Halt die Fresse, ich muss nachdenken.« Er starrte auf die Fahrbahn.

Der Beifahrer zitterte am ganzen Leib. »Nun wende schon und sieh zu, dass wir hier wegkommen!«, rief er hektisch.

Ohne ihn eines Blickes zu würdigen, griff Sergej neben sich und hob eine Pistole an den Kopf seines Kollegen. »Du sollst endlich die Schnauze halten, ich muss denken!«

Der Beifahrer war vor Angst so panisch, dass er die Waffe gar nicht registrierte. »Du sollst nicht denken, du sollst fahren, Sergej!«, stieß er mit weit aufgerissenen Augen hervor.

Der Schuss, der durch den Hummer dröhnte, war ohrenbetäubend. Der Mann kippte mit einem großen Loch im Kopf wortlos vornüber.

Sergejs Gesicht war wie versteinert. Er beugte sich über die

Leiche, öffnete die Beifahrertür und schubste den Toten aus dem Wagen.

»Sich in die Hosen scheißen und Dreck machen, das könnt ihr Weicheier von der OMON, aber sonst seid ihr wirklich zu nichts zu gebrauchen«, zischte er abschätzig.

Der dritte Mann im Wagen, der die Exekution seines Kollegen voller Entsetzen beobachtet hatte, nutzte seine wohl einzige Chance. Er öffnete die Seitentür und ließ sich aus dem Auto fallen.

Schokotoff machte erst gar keinen Versuch, den Mann zurückzuhalten. Er gab Gas. Durch den Schwung knallten die offenen Türen zu. Kaum fielen sie ins Schloss, bremste er mit quietschenden Reifen, wuchtete mit Gewalt den Schalthebel auf »R« und trat auf das Gaspedal, dass die Reifen erneut durchdrehten. Der Flüchtende hatte keine Chance. Als Schokotoff seinen Körper mit den Hinterreifen überfahren hatte, bremste er wieder, schaltete und gab zum dritten Mal Vollgas. Die durchdrehenden Hinterreifen zerrissen den armen Kerl förmlich.

Danach fuhr Schokotoff mit Vollgas auf die Polizeisperre zu.

Vom Hubschrauber aus war der Rückstoß der panzerbrechenden Rakete, die der kniende Schütze von seiner Schulter aus startete, deutlich zu sehen. Das Geschoss drang in den Kühler des Hummer ein, um danach mit unglaublicher Wucht im Fahrgastraum zu explodieren. Das Fahrzeug platzte wie eine überreife Melone.

»Ich denke, der Wagen war gepanzert?«, wunderte sich García Vidal.

Berger lachte sarkastisch auf. »Das war so eine Art Hellfire. Selbst ein großer Hummer ist für dieses Geschoss nur eine ganz kleine Krabbe.«

***

Das Wasser stieg unaufhörlich und drohte auf das kleine Plateau zu schwappen. Sie versuchte vorsichtig, sich aufzurichten, was schwieriger war als erwartet. Um das Gleichgewicht zu halten, musste sie die ganze Zeit mit dem Rücken dicht am Fels bleiben.

Vorsichtig rutschte sie mit ihrem Gesäß immer weiter die Felswand hoch, bis sie ihre Knie durchdrücken konnte. Ein Kribbeln in der Nase ließ sie die Luft anhalten.

»Na super, jetzt kriegt die Nummer mit dem Totniesen eine völlig neue Bedeutung«, sagte sie gepresst.

Sie nieste dennoch und hatte alle Mühe, ihre Balance zu halten. Danach wischte sie sich mit dem Ärmel übers Gesicht. Selbst in dieser Situation sollte niemand ihre Tränen sehen können.

»Hallo!«, brüllte sie den reißenden Fluss an. »Interessiert es hier irgendjemanden, dass ich Schiss habe?«

Die Wassermassen um sie herum verschluckten ihr Rufen, dennoch machte sie weiter.

»Hört mich denn wirklich niemand?« Sie horchte in das Getöse um sie herum und schüttelte den Kopf.

Sie fror erbärmlich, und langsam fehlte ihr sogar die Energie zum Zittern.

Steif wie ein Zinnsoldat stand sie mit geschlossenen Augen an die Felswand gelehnt und versuchte sich auf ihre Atmung zu konzentrieren. Als sie ihre Augen wieder öffnete, sah sie einen riesigen Baumstamm auf sich zutreiben.

Krachend kollidierte der mächtige Stamm mit den Felswänden und trieb mit den Wurzeln voran direkt auf sie zu. Sie presste sich, so fest sie nur konnte, an den Fels hinter sich. Die längste Wurzel ragte fast bis zu ihrem Bauchnabel aus dem Wasser. Sie schloss die Augen. Kurz darauf übertönte das Knirschen splitternden Holzes sogar das Rauschen der Fluten.

Sie wartete angespannt auf den Schmerz, den sie jetzt eigentlich verspüren müsste, aber da tat nichts weh. Verblüfft schaute sie an sich hinunter, auf zwei völlig intakte, nasse, kalte Beine. Einige Meter weiter trieb der in zwei große Teile zersplitterte Baum. Sie merkte, wie ihr die Knie weich wurden.

»Mach jetzt keinen Scheiß, du blöde Göre«, schimpfte sie mit sich selbst. »Einfach ohnmächtig in diese Suppe zu kippen wäre lächerlich.« Sie riss sich zusammen. So einen Abgang würde sie für sich nicht akzeptieren.

***

Der Residente konnte seine Augen nicht von dem brennenden Hummer abwenden. Dass in diesem Feuerball ein Mensch verbrannte, machte ihn betroffen. Erst als der Comisario ihn anstieß, wurde er auf sein klingelndes Handy aufmerksam. Wie in Trance klappte er es auf. Während er horchte, entspannten sich seine Gesichtszüge etwas. »Okay, wir kommen zum Parkplatz«, sagte er dann.

In der Zwischenzeit hatte auch der Comisario telefoniert. Sie beendeten ihr Gespräch fast gleichzeitig.

»Was ist, Señor Berger? Sie schauen wieder etwas zuversichtlicher aus der Wäsche.«

Berger konnte das nur bestätigen. »Das war Tomeu. Er ist sich nach der Reaktion des Ferkels sicher, dass Rosa in dem Lieferwagen war. Und so verrückt, wie das Vieh gewesen sein soll, kann das noch nicht allzu lange her sein.«

Der Pilot, der schon seit einer Weile neben ihnen stand und ebenfalls der Feuerwehr zusah, die das Autowrack löschte, fragte: »Fliegen wir dann also wieder zum Parkplatz?«

Der Comisario nickte. »Sí, Capitán, und das bitte so schnell wie möglich.«

»Gut, aber dann werde ich einen Tankwagen dorthin bestellen müssen. Wenn wir es überhaupt noch bis dahin schaffen.«

Berger legte ihm eine Hand auf die Schulter. »Ich mache mich ganz leicht, der Comisario auch, versprochen.«

Er wandte sich an García Vidal. »Mit wem haben Sie denn telefoniert?«

»Mit Frau Delgado Bunyol. Sie wird mit ihrem Sohn ebenfalls zum Parkplatz kommen. Vielleicht werden die schweren Jungens weich, wenn sie sehen, dass einer von ihnen in Wahrheit einer von uns ist.«

»Meinen Sie?«

»Sí, Señor, damit werden sie nicht gerechnet haben. Damit habe ja noch nicht mal ich gerechnet«, lachte García Vidal.

Wenig später standen sie neben dem Wäschereifahrzeug, in dessen seitlicher Schiebetür die drei Russen wie geprügelte Lausejungen saßen. Der eine von ihnen hielt sich mit schmerzverzerrtem Gesicht sein blutendes Bein, das gerade von einem Sanitäter versorgt wurde. Ihm standen die Tränen in den Augen.

»Die Herren vom russischen Innenministerium sind aber ganz schön nahe am Wasser gebaut. Wer hätte das gedacht?«

Berger grinste. »Der arme Kerl kannte bisher nur Folterknechte und keine Folterschweine.«

»Comisario, glauben Sie mir«, radebrechte Kong in schlechtem Spanisch, »das Ganze hier ist ein Missverständnis. Wir haben nichts weiter getan, als Wäsche auszuliefern.«

Der Comisario war voller Mitgefühl. »Und da kamen diese bösen, bösen Beamten und haben doch glatt eure blütenweißen Westen befleckt, stimmt's?«

Während die beiden anderen Russen heftig mit den Köpfen nickten, wurde Kong wachsam. Mit ihm würden sie es ganz sicher nicht leicht haben.

Berger gab sich überlegen.

»Der Kong des Königs, sieh mal einer an. Ich habe mir sagen lassen, dass wir einen gemeinsamen Freund haben. Oberst Wadim hat großes Interesse, Ihnen in Moskau ein paar Fragen zu stellen.«

Während Kong lediglich bleich wurde, brachen seine beiden Kollegen in lautes Wehklagen aus, als sie den Namen Wadim hörten.

»Gospodin, ich weiß nicht, wer Sie sind, vielleicht ist es auch besser so, aber wäre vielleicht ein Handel möglich?«, jammerte einer von ihnen auf Spanisch.

Berger beugte sich zu ihm hinunter. »Ob ein Handel möglich ist, entscheidet sich erst, wenn Sie mir gesagt haben, wo die Gräfin ist«, sagte er gefährlich leise. »Wenn wir sie wieder lebend bei uns haben, werde ich eventuell darüber nachdenken, *comprende*?«

Der Russe nickte betreten.

Berger zog den Comisario beiseite und raunte: »Wir sollten den Herren jetzt vielleicht die Möglichkeit geben, sich zu beraten. Vielleicht gehen sie über die Brücke, die ich ihnen gebaut habe.«

García Vidal nickte.

»Das passt ganz wunderbar. Ich warte nämlich auf eine Erklärung. Wer ist dieser Oberst Wadim?«

»Er ist für OMON-Leute das, was für Christenmenschen das Jüngste Gericht und für Seeleute der Klabautermann ist. Jeder kennt jemanden, der ihn schon einmal gesehen haben will.«

»Können Sie das bitte etwas präzisieren?«

»Es heißt, dass Oberst Wadim seit über vierzig Jahren die Kellergewölbe der Lubjanka niemals verlassen hat. Nachts hört man noch immer die Schreie derer, die er verhört.«

Der Comisario schürzte die Lippen. »Und alle fünf Jahre trifft sich dieser Wadim mit dem Gespenst von Canterville, und sie rasseln gemeinsam mit den Ketten.«

»Sí, Señor, das könnte sein.«

»Wie kommen Sie darauf, dass ihnen auch nur ein Mensch diesen Quatsch abnimmt?«

Berger wies mit dem Kopf in die Richtung der drei heftig miteinander diskutierenden Russen.

»Schauen Sie sich doch unsere drei Helden da an. Allein bei der Namensnennung dieses Phantoms haben mindestens zwei von ihnen schon die Hosen voll.«

Der Comisario schaute stirnrunzelnd zum Lieferwagen.

»Es ist kaum zu glauben, aber Sie scheinen recht zu haben«, gab er zu.

Frau Delgado Bunyol trat mit Estéban zu ihnen.

»Meine Herren, gibt es etwas Neues?«

»Nein, Señora, aber wir hoffen, dass uns Ihr Sohn diesbezüglich weiterhelfen kann.« Der Comisario führte ihn zurück zum Lieferwagen und zeigte auf die drei Russen. »Estéban, sind das Mitglieder der Schokotoff-Bande?«

Der junge Mann nickte.

»Sí, Señor. Sergej Schokotoff ist der Chef. Der Riese da, Kong ist sein Name, ist die Nummer zwei hier auf Mallorca.«

»Kong ist jetzt die Nummer eins«, unterbrach ihn Berger. »Schokotoff ist nämlich tot. Er ist zusammen mit seinem Hummer in die Luft geflogen.«

Kong wurde kreideweiß, als er das hörte. Ihn traf diese Nachricht, als wäre sein eigener Sohn gestorben. Er kämpfte sogar mit den Tränen.

»Estéban, was erzählst du da über uns?«, brachte er schließlich hervor. »Schweig, sie werden dich nach deiner Aussage ins Gefängnis werfen, wie uns auch.«

Der Comisario schüttelte bedauernd den Kopf.

»Während Sie in U-Haft wandern, wird Estéban seine Ausbildung bei der *Policía Nacional* beginnen, wie es vorgesehen war, bevor wir ihn auf euch angesetzt haben.«

Kong spuckte verächtlich vor ihm aus.

»Du bist ein Spitzel, du Schwein. Aber deine Uniform wird dich vor der Rache der Schokotoffs nicht schützen. Du bist tot, du bist so was von tot.«

Der Junge bekam es mit der Angst zu tun. Hilfesuchend sah er den Comisario an, doch bevor er etwas sagen konnte, was die Scharade verriet, griff Berger ihn sich mit einer Hand am Kragen und zog ihn ganz nahe zu sich heran.

»Wenn du am ersten August nicht auf dem Hof der Polizeikaserne deinen Dienst antrittst, dann wird dich der Zorn deiner Mutter treffen, und ich warne dich, dagegen ist alles, was die russische Mafia an Rache zu bieten hat, ein Läusefurz. *Comprendes*?«

Estéban war ähnlich paralysiert wie Kongs Kollegen.

»Sí, Señor, ich werde pünktlich dort sein«, murmelte er leise.

»Und nun noch etwas: Hast du eine Ahnung, wo die Gräfin sein könnte?«

»Ich weiß es nicht, Señor, aber ich habe gehört, wie Sergej kurz nach der Entführung gesagt hat, wenn sie nicht unterschreibt, kommt sie dorthin, wohin man alle Touristen treiben sollte.«

»Zurück nach Deutschland?«, entfuhr es Berger. »Das soll wohl ein Witz sein!«

Estéban war verunsichert.

»Ich glaube nicht, Señor, dass Schokotoff zum Scherzen aufgelegt war, als er das sagte.«

»Wie kommst du darauf, dass ich es bin?«, polterte Berger.

Estéban senkte erschrocken den Blick: »Entschuldigen Sie bitte, Residente.«

García Vidal klopfte Estéban aufmunternd auf den Rücken.

»Mach dir nichts draus, mein Junge. Das ist auch nur schwer auseinanderzuhalten.«

***

Das Wasser im Torrent stieg noch immer langsam, aber stetig. Es fehlten ungefähr noch zehn Zentimeter, dann würde das kleine

Felsplateau, auf dem die Gräfin Halt gefunden hatte, überspült werden.

»Ernst, warum hilfst du mir nicht? Ich will nicht wieder in diese Brühe. Noch einmal halte ich das nicht aus.«

Sie merkte, wie die Panik wieder in ihr aufstieg und konzentrierte sich darauf, sich zu beruhigen. Es wurde immer schwerer.

»Hörst du, Ernst? Ich stehe hier noch immer. Ich friere wie Sau, muss dringend aufs Klo und kippe gleich vom Sockel, aber noch lebe ich. Das kann man von dir nicht sagen.«

Sie bekam ein schlechtes Gewissen.

»In Ordnung, das war unter der Gürtellinie, aber so ein kleines bisschen Genugtuung für ein gesellschaftliches Schattendasein wird ja wohl noch erlaubt sein, oder?«

Sie lächelte traurig den Himmel an.

»Ernst, wenn du mir nur ein einziges Mal zugehört hättest, dann wäre dir vielleicht aufgefallen, dass ich auch etwas draufhabe. Aber wäre, hätte, könnte, für dich gab es ja nie einen Konjunktiv. Für dich gab es nur den Imperativ, und ich habe mitgemacht. Mal ehrlich, hättest du mich ausreden lassen, wenn ich nur ein einziges Mal gesagt hätte, so nicht, Herr Graf? Bis hierhin und nicht weiter? Was hättest du gemacht?«

Sie wischte sich die Gischt aus dem Gesicht.

»Hättest du mir zugehört? Vielleicht hättest du das, mit deinem typischen warmen Lächeln, das so herzlich war, mir aber auch zeigte, dass du mich überhaupt nicht für voll genommen hast.«

Sie putzte sich mit ihrem nassen Ärmel die Nase.

»Tja, selbst aus einer gräflichen Nase kommt bei diesen Temperaturen Schnodder. Und falls es dich interessieren sollte: Ich werde mir gleich in die Hosen pinkeln. Keine Angst, davon wird man nichts mehr sehen, wenn man mich findet. In dieser Suppe fällt das nämlich nicht weiter auf. Du kannst also ganz entspannt da oben dein Hosianna singen. Wenn man meine Leiche findet, wird die Familienehre der von Zastrows gewahrt bleiben.«

Sie hätte nie gedacht, dass es so wunderbar entspannend sein könnte, einfach nur dazustehen und alles laufen zu lassen. Obendrein war es auch herrlich warm an den Beinen.

***

Das aufgeregte Palaver der drei Russen schien kein Ende zu nehmen. Sie verstanden zwar kein einziges Wort, aber Kong schien anzuzweifeln, dass der junge Schokotoff tot war, das glaubte Berger seinen Gesten entnehmen zu können.

Dieser Meinung schien auch der Comisario zu sein.

»Was meinen Sie, sollten wir die drei vielleicht trennen? Der Riese scheint die beiden anderen unter der Knute zu haben. Wenn Sie denen in seiner Abwesenheit noch mal ein bisschen von ihrem Oberst Wadim erzählen, fangen die sicher in kürzester Zeit an zu singen.«

Eine junge Polizistin trat an die beiden heran, eine Polizeikadettin. Mit strammer Haltung baute sie sich vor ihnen auf.

»Comisario, Cadeta Carmen Lucas bittet darum, Sie kurz stören zu dürfen.«

García Vidal seufzte genervt.

»Machen Sie nicht so einen Firlefanz, Kollegin, wir sind hier nicht auf dem Kasernenhof. Also raus mit der Sprache, ich hoffe nur, dass es was mit unserem Fall zu tun hat.«

Sie nickte.

»Eventuell ja. Ich möchte Ihnen etwas zeigen.«

Sie folgten der jungen Dame, die sie zum Heck des Wäschereifahrzeuges führte und die Türen öffnete.

»Vorhin sind mir diese Seile, Aluleitern und andere Bergsteigerutensilien aufgefallen.«

Der Comisario nickte ihr freundlich zu.

»Sehr aufmerksam, Frau Kollegin, aber was hat das mit unserem Fall zu tun? Ihre Mitarbeit in allen Ehren, aber wir wären Ihnen dankbar, wenn Sie uns Ihre Beobachtungen in einem Bericht zukommen lassen würden. Jetzt haben wir keine Zeit dafür.«

»Comisario, ich bin mir sicher, dass die Gräfin im Torrent de Pareis steckt.«

Berger war über die Bestimmtheit der jungen Frau überrascht.

»Wie kommen Sie darauf?«

»Die Utensilien, die hier im Wagen liegen, entsprechen exakt der Empfehlung, die man Touristen gibt, die eine Wanderung durch den Torrent machen wollen. Außerdem gab es hier auf Mallorca in den achtziger Jahren eine böse Bezeichnung für *turistas*, nämlich *torrentas*, weil damals so viele darin ertrunken sind. Daran musste ich denken, als ich vorhin gehört habe, wie der Sohn der Señora Delgado Bunyol sagte, dass die Russen mit der Gräfin das machen wollten, was man mit allen Touristen machen sollte.«

García Vidal und Berger schauten erst sich an und dann den Himmel.

»Wer sich heute Mittag im Torrent aufhielt, der schwimmt jetzt schon tot im Meer«, sagte der Comisario ernst. »Wenn die Gräfin wirklich dort ausgesetzt wurde, hatte sie bei diesen Wassermassen keine Chance.«

»Reden Sie keinen Blödsinn.« Berger schaute sich suchend um. Endlich wusste er, was zu tun war. »Die Gräfin lebt, das ist so sicher wie das Amen in der Kirche. Wenn hier einer keine Chance hatte, dann war es das Wasser. Wo sind eigentlich Tomeu und das Schwein?«

»Um das aufgeregte Tier etwas zu beruhigen, sind beide ein wenig in den Supermarkt gegangen.«

»Hoffentlich nicht in die Fleischabteilung, das wäre pietätlos und würde uns von der Gräfin noch wochenlang vorgeworfen werden.«

Berger ging im Stechschritt auf den Supermarkt zu, der Comisario folgte ihm eilig. »Was ist mit Ihnen, Señor?«, rief er hinter ihm her. »Sie haben doch schon wieder etwas vor. Nur befürchte ich, dass, wenn es um die Gräfin geht, Ihnen sämtlicher Sinn für die Realität verloren gegangen ist. Wenn sie noch lebt, kann sie nicht im Torrent sein. Dann müssen Sie jetzt auch nicht in Hektik ausbrechen. Wenn Sie aber dort war, kommen Sie definitiv zu spät.«

»Erstens ist sie im Torrent, zweitens lebt sie noch und drittens brauche ich jetzt das Schwein und einen Hubschrauber. Ist unserer schon wieder aufgetankt?«

Der Comisario schaute ihn entrüstet an.

»Glauben Sie vielleicht, die verkaufen hier Kerosin in Milchkannen?«

»Dann besorgen Sie einen neuen Heli!«, brüllte Berger ihn an. Es galt, keine Zeit mehr zu verlieren. Sie hatten sich schon viel zu lange von den Russen ablenken lassen.

»Über Hubschrauber verfügt ja so ein kleiner Insel-Gendarm, wie ich es bin, in grenzenloser Stückzahl. Meine Garage zu Hause quillt von den Dingern nur so über. Erst gestern hat meine Haushälterin zwei davon auf den Sperrmüll gestellt.« García Vidal verschränkte beleidigt die Arme vor der Brust.

In diesem Augenblick trat Tomeu mit Filou auf dem Arm zu ihnen. Er kannte Berger lange genug, um ihm sofort anzusehen, dass er irgendetwas geplant hatte.

»K-k-kann i-i-ich he-he-helf-f-f-fen, S-s-s-señor B-bb-berger?«

»Das kannst du. Behalte das Schwein gleich auf dem Arm und setz dich in den Lieferwagen.«

Ohne zu zögern, verschwand Temeu durch die Hecktüren im Innern des Lieferwagens. Die junge Polizistin, die gerade dabei war, den Inhalt des Wagens schriftlich zu fixieren, schaute irritiert auf, als die Türen von außen zugemacht wurden. Augenblicklich erstarb auch das Palaver der Russen, von denen noch immer zwei im Rahmen der Schiebetür saßen.

Berger ließ den Motor an. Einer der Russen sprang erschreckt auf, der andere, der mit dem verletzten Bein, hatte eine etwas längere Reaktionszeit. Während beim Lieferwagen die Räder mit lautem Quietschen durchdrehten, wurde er von Tomeu mit einem gewaltigen Tritt in den Hintern aus dem Auto befördert. Schreiend klatschte er auf den Asphalt des Parkplatzes.

Berger schaute sich um. »Señorita, ich hoffe, Sie haben etwas Zeit mitgebracht.«

»Für Sie immer, Residente, wohin geht es denn?«

»Wir machen eine Wanderung durch den Torrent.«

Carmen Lucas starrte ihn ungläubig an.

»Und wie wollen Sie das machen? Der dürfte bei dem Regen voller Wasser sein.«

Tomeu grinste sie freundlich an. »W-w-was M-m-m-m-os-s-ses k-k-kann, k-kann m-m-mein Chef sch-sch-schon l-l-lange.«

12

Das Wasser stieg und stieg, obwohl es gar nicht stärker regnete. Rosa zuckte zusammen, als ein Stück Treibholz an ihre Wade stieß.

»Okay, lieber Gott, vielleicht können wir einen Deal machen. Wie komme ich hier mit heiler Haut aus der Nummer raus? Willst du, dass ich ein Gelübde ablege? Willst du mich in einem Kloster sehen?« Sie schaute angriffslustig in den grauen Himmel, gerade so, als ob dort jeden Augenblick ein Gesicht zwischen den Wolken erscheinen würde. »Das kann mich nicht schrecken, ich komme quasi aus einem Kloster.«

Sie schniefte laut.

»Sorry, Ernst, aber im Bett warst du eine absolute Niete. Deine Jüngelchen fanden dein Konto sexy und nicht dich, und die Reproduktionsversuche mit mir ließen das Zölibat als aufregende Alternative erscheinen.«

Sie erschrak. Plötzlich war sie sich da gar nicht mehr so sicher. »Oder lag das eventuell an mir?«, fragte sie zaghaft.

Sie schüttelte trotzig ihr nasses Haar. Dann würde sie eben ab jetzt alles ganz anders machen! Sie konnte einfach nicht mit der Gewissheit aus dem Leben scheiden, von A bis Z eine einzige Nullnummer gewesen zu sein. Was würde sie sagen, wenn sie vor Gott stünde und er sie fragen würde, was sie in ihrem Leben geleistet habe?

»Ich habe fünfundzwanzig Jahre lang im Bett gelegen und auf einen Orgasmus gewartet!«, würde sie sagen.

Er würde sich wahrscheinlich abwenden und schimpfen: »Dann hättest du dich vielleicht auch einmal bewegen müssen, nicht einfach nur daliegen und andere machen lassen!«

»Ich war öfters mal in der Kirche«, würde sie sagen.

»Aber in meinem Haus hast du dich auch nicht viel mehr bewegt als im Bett, meine Tochter.«

»Mein Gott, ich war eben mehr die Passive!«

Was für ein Dialog! Sie sah flehend zum Himmel.

»Ich schwöre hiermit feierlich, dass ich von nun ab …« Sie machte eine Pause, um kurz nachzudenken.

»Ich schwöre, dass ich mich in Zukunft bewegen werde. Im Alltag, in der Kirche und auch im Bett.«

Sie schaute sich suchend um und brüllte aus Leibeskräften: »Gott, was ist denn nun? Hörst du mir überhaupt zu?«

Mit dem Ärmel wischte sie sich den Regen aus dem Gesicht und flüsterte: »Bist du eigentlich evangelisch oder katholisch?«

Sie hielt inne. Dass ein Mensch so kurz vor dem Tod an Gott denkt, schien ihr normal. Dass sich bei ihr in ihrer vielleicht letzten Stunde so viele Gedanken um Sex drehten, irritierte sie. Aber sie war sich nun absolut sicher, nicht zu sterben. Nicht heute und nicht hier. Gott wollte sie da oben einfach noch nicht haben. Sie spürte das genau. Gott wollte einfach nur seine Ruhe.

***

Das Tempo, das Berger mit dem Lieferwagen vorlegte, war bei diesem Wetter absolut nicht zu verantworten. Der Einzige, der das zu realisieren schien, war Filou, der sich ganz dicht an Tomeu kuschelte und immer wieder versuchte, das Gesicht unter dessen Jacke zu verbergen.

Carmen Lucas hingegen war völlig gelassen, als ob sie schon ihr ganzes Leben lang von Irren chauffiert worden wäre.

»Señor, macht es eigentlich Sinn, auf dem Weg zum Torrent tödlich zu verunglücken?«, fragte sie ruhig.

Berger schaute auf den Tacho.

»Wieso? Ich fahre lediglich hundert.«

»Sí, Señor, aber hier ist nur fünfzig erlaubt, und das aus gutem Grund. Was meinen Sie, wie viele Touristen sich hier schon totgefahren haben?«

»Ihnen dürfte nicht entgangen sein, dass wir keine Touristen sind.«

»Sí, Residente, aber gleich sind wir genau so tot wie sie.«

Mit triumphierendem Gesicht bog Berger, auf zwei Reifen in die Kurve driftend, auf den riesigen Parkplatz am Torrent de Pareis ein.

»Bitte schön, mein Dame, wir leben noch.«

Er drehte sich zu ihr um. »Sie scheinen sich hier auszukennen. Kann man mit dem Fahrzeug noch näher heranfahren?«

»Ja, aber nicht mit so einem. Schon mit den Geländewagen der *Guardia Civil* hat man Schwierigkeiten, da werden Sie mit dieser Kiste keinen Kilometer weit kommen. Wie soll außerdem das Schwein die Fährte aufnehmen, wenn wir hier drinsitzen?«

Mürrisch stellte Berger den Wagen so dicht am Torrent ab, wie es irgend möglich war. Wortlos stiegen sie aus und bepackten sich mit mehreren Seilen.

Filou schien instinktiv zu wissen, was von ihm verlangt wurde. Aufgeregt rannte er immer wieder um die kleine Gruppe herum und schnüffelte am Boden. Ab und zu hob er seinen kleinen Rüssel in die Luft, um Witterung aufzunehmen.

»Wenn du ausgerechnet jetzt schlappmachst, dann stecke ich dich noch heute eigenhändig in die Wurst, du Ferkel!«

Das Schwein schaute ihn ernst an, als ob es jedes Wort verstehen würde. Es schien aber nicht über die Drohung nachzudenken, sondern sich voll und ganz auf seine Aufgabe zu konzentrieren. Plötzlich schnüffelte es und grunzte. Offensichtlich hatte es etwas aufgenommen. Eine winzige Kleinigkeit aus der Luft. Es versuchte gierig, noch mehr davon zu erwischen, und schnüffelte aufgeregt in eine ganz bestimmte Richtung. Bei jedem Atemzug zeichneten sich deutlich die Rippen des kleinen Tieres auf dessen Fell ab. Dann rannte es wie von der Tarantel gestochen los. Die drei Menschen hatten Mühe, Filou zu folgen, aber da das Schwein immer wieder schnüffeln musste, holten sie auf.

»Wenn man sich vorstellt, dass wir Menschen so etwas Intelligentes essen!«, bemerkte Carmen beeindruckt

Filou führte sie an den Rand des Torrent. Unglaubliche Wassermassen quälten sich mit Mordsgetöse zwischen den engen Felsen hindurch.

Filou machte Anstalten, sich in die Fluten stürzen zu wollen, doch Tomeu hielt ihn rechtzeitig am Hinterbein fest.

»S-s-sie i-i-st hier irgendw-w-wwo. D-d-ddddas ist s-s-sicher.«

Carmen schaute sich suchend um.

»Hier oben soll es einen Fußweg geben, der parallel zum Flussbett verläuft. Bis auf wenige Abschnitte kann man von dort aus den ganzen Torrent einsehen.« Sie kletterte zwei Felsabsätze hinauf und rief: »Das hier sieht so aus, als wäre es der Weg.«

Tomeu nahm das zappelnde Schwein hoch und steckte es in seine Jacke, um die Hände zum Klettern frei zu haben. Dann folgte er Berger, der bereits den ersten Felsabsatz erklommen hatte.

***

Der Comisario hatte vergeblich versucht, die drei Russen gegeneinander auszuspielen. Mit Kong war nicht zu verhandeln. Er glaubte nicht an Sergejs Tod, weil einfach nicht sein konnte, was auf keinen Fall sein durfte. Wenn das nämlich stimmte, war sein eigenes Leben auch keinen Pfifferling mehr wert, dessen war er sich sicher. Es gab kein Gefängnis auf dieser Welt, das ihn vor King Schokotoffs Zorn schützen könnte.

Die anderen beiden waren viel zu verunsichert, um überhaupt etwas sagen zu können.

Genervt ging García Vidal zum Hubschrauber, dessen Mannschaft noch immer auf das angeforderte Kerosin wartete.

»Wann kommen die denn mit dem Tankwagen, haben Sie etwas gehört?«

Der Pilot verneinte. »Wir sind hier nicht mehr in Spanien, sondern in Europa. Da kann man nicht wie früher einfach so mit einem Tankwagen vom Flughafen auf der Insel herumfahren. Es wäre wahrscheinlich einfacher, wenn wir die Kiste hier auseinanderschrauben, in Einzelteilen zum Flughafen tragen und zum Betanken wieder zusammensetzen würden.«

»Dann machen Sie das, ich brauche hier in spätestens einer halben Stunde einen Hubschrauber mit Seilwinde, falls der Residente die Gräfin wirklich finden sollte.«

»Mit Winde sind wir der einzige auf der Insel. Der andere ist augenblicklich bei der Inspektion.«

»Das ist mir egal, Kollege, und wenn Sie einen Modellhubschrauber anschleppen. Hauptsache, Sie können damit einen Menschen aus dem Torrent ziehen, *comprende*?«

***

Wenn ihr nur nicht so kalt wäre. Das Wasser schwappte inzwischen um ihre Hüften, und langsam bekam ihr Körper so viel Auftrieb, dass sie Mühe hatte, sich auf dem schmalen Felsvorsprung zu halten.

Das gibt es doch nicht, dachte sie verzweifelt, jetzt werde ich sogar vom Tod selbst verarscht. Mein ganzes Leben lang kämpfe ich gegen überflüssige Pfunde, und nun geht's mir hier an den Kragen, weil ein paar Kilo fehlen. Das kann es doch nicht sein, oder?

Krampfhaft versuchte sie, sich mit den Fingerspitzen an der Felswand festzukrallen. Ihr wurde schlagartig klar, dass das Seil, das noch immer um ihren Körper geknotet war, sie irgendwann unweigerlich unter Wasser ziehen würde. Noch war es recht locker, aber viel Spiel konnte es nicht mehr haben. Wenn es ihr nur gelänge, es mit ihren klammen Fingern zu lösen. Vorsichtig ertastete sie mit einer Hand den Seilknoten vor ihrer Brust, hielt dann aber unsicher inne.

»Du dusselige Kuh, wenn du das jetzt öffnest, dann wirst du doch weggespült und an die Felswände geschleudert, oder etwa nicht?«

Sie schaute sich ängstlich um. Der Regen war wieder stärker geworden. Sie wusste inzwischen aus Erfahrung, dass sich das auf den Wasserpegel in circa zehn Minuten auswirken würde. Ihr war aber auch genauso klar, dass sie der nächsten Flutwelle nicht würde trotzen können.

In ihrer Verzweiflung begann sie zu beten.

»Vater unser, der du bist im Himmel, geheiligt werde dein Name. Dein Wille geschehe, wie im Himmel, also auch auf Erden.« Ihre Gedanken überschlugen sich. Gott, warum sagst du nichts? Warum sprichst du nicht mit mir? Vielleicht war ich keine gute Christin, aber ich war doch ein ziemlich anständiger Mensch. Ist das nicht das Gleiche?

»Unser tägliches Brot gib uns heute, und vergib uns unsere Schuld, wie auch wir vergeben unseren Schuldigern.«

Sie schloss die Augen und machte sich so schwer, wie sie nur konnte, um nicht weggetrieben zu werden.

»Und führe uns nicht in Versuchung …«

Weit über sich hörte sie ein Geräusch.

»… sondern erlöse uns von dem …«

Da war es wieder. Sie drehte ihr Ohr in die Richtung, aus der das Geräusch gekommen war. Sollte Gott sie erhört haben und zu ihr sprechen? Aber warum wartete er damit nicht, bis sie tot war, das wäre doch viel bequemer für ihn?

»… Bösen. Unser tägliches Brot gib uns heute …«

Sie stutzte. »Moment, da war ich doch schon.«

Sie versuchte sich zu konzentrieren.

»Denn dein ist das Reich und die Kraft und die Herrlichkeit …« Da war es wieder, dieses Geräusch. Es hörte sich an wie das Quieken eines Schweins.

»… in Ewigkeit …« Sie grinste. War er das? Hört sich Gott etwa so an? Das konnte doch wohl nicht sein, dass zwei Milliarden Christenmenschen ein Schwein anbeten.

Es war endgültig aus mit dem Vaterunser. Ihr Frömmigkeitsanfall war einem hysterischen Lachen gewichen.

»So ein Blödsinn, dann wäre Jesus ja nichts weiter als ein Ferkel!« Sie lachte schallend und hatte Schwierigkeiten, nicht das Gleichgewicht zu verlieren.

Noch immer hörte sie dieses helle Quieken über sich. Es war ein wunderschönes Geräusch. Es erinnerte sie an ihre eigene Lust, zu leben.

»Na und«, brüllte sie das Wasser an, »dann glaube ich eben an ein Schwein! Es gibt ja auch ein Ferkel, das an mich glaubt, basta!«

Sie dachte an den kleinen Filou, und ihr kamen erneut die Tränen.

***

Carmen, Tomeu und Berger waren eine Dreiviertelstunde lang hintereinander am Felsrand oberhalb des Torrent entlanggelaufen, Filou unverdrossen vorneweg, seinen kleinen Rüssel immer nur in eine Richtung haltend. Plötzlich blieb das Ferkel stehen und quiekte aufgeregt. Berger beugte sich so weit über den Abgrund, wie es ihm möglich war, ohne das Gleichgewicht zu verlieren. Von der Gräfin war weit und breit nichts zu sehen, aber der Anblick der wild gewordenen Wassermassen erfüllte ihn mit Angst und Schrecken. Ihm war klar, dass alles Leben von diesen Urgewalten zermalmt werden würde.

Er versuchte vergeblich, Filou zum Weitersuchen zu animieren.

Carmen beugte sich zu ihm rüber und meinte: »Das Tier scheint irgendetwas zu wittern.«

»Aber da ist nichts, ich habe ja selbst runtergesehen.«

Sie zeigte auf einen Felsvorsprung einige Meter weiter vorn. »Ich kann ja mal von dahinten aus gucken, da kann man senkrecht runterschauen.«

Ehe Berger etwas erwidern konnte, hatte sie sich schon auf den Weg gemacht. Tomeu kämpfte inzwischen mit Filou, der sich mit allen vieren dagegen wehrte, vom Felsrand weggezogen zu werden. Berger hatte das Gefühl, dass sich das Schwein seiner Sache sicher war. Als dann auch noch Carmen, die inzwischen auf dem Felsvorsprung angelangt war, wild gestikulierend nach unten zeigte, war ihm klar, dass sie die Gräfin gefunden hatten. Aber wo genau steckte sie, und in welchem Zustand war sie?

Er benötigte nicht lange, um ebenfalls von dem Vorsprung aus schräg nach unten in die Tiefe zu spähen. Und da stand sie tatsächlich, ängstlich an die Felswand gepresst. Das Wasser ging ihr bis zur Brust. Zweimal schaute sie hoch und schien dabei etwas zu rufen. Sehen konnte sie ihn aber nicht.

»Was wir hier sehen, kann eigentlich gar nicht sein«, sagte er ungläubig.

Carmen Lucas lachte glücklich. »Der deutsche Adel scheint zäher zu sein, als es sich ein Republikaner vorstellen kann, was?«

»Allerdings. Trotzdem ist es wieder mal die Aufgabe der Republik, den Adel aus der Scheiße zu ziehen.«

»Nur wie, ist hier die Frage. Sie runterzulassen wäre kein Problem, aber wir haben nicht genug Leute, um Sie beide auf einmal wieder hochzuziehen.«

Berger kratzte sich nachdenklich am Kopf.

»Vielleicht ginge es, wenn Sie uns nacheinander hochziehen.«

Plötzlich knatterte ein Helikopter über ihnen. Es war ein anderer als der, mit dem sie den Hummer verfolgt hatten.

»Das ist unser zweiter Polizeihubschrauber. Der andere steht wahrscheinlich noch immer ohne Sprit auf dem Parkplatz.« Carmen zeigte nach oben. »Sehen Sie, der Comisario sitzt drin.«

In diesem Augenblick klingelte Bergers Handy. Nur bruchstückhaft konnte er hören, was García Vidal ihm sagte. Aber es reichte, um den Plan zu verstehen.

»Sie haben leider keine Winde an Bord«, erklärte er Carmen, nachdem er aufgelegt hatte. »Sie werden ein Bergungsnetz an den Hubschrauber binden und dann sofort zurückkommen. Ich denke, Tomeu und Sie sollten mich inzwischen an einem Seil zu ihr hinunterlassen. Die Gräfin wird schon so entkräftet sein, dass sie sich kaum allein an das Rettungsnetz klammern kann.«

Sie kehrten zu Tomeu und Filou zurück und erklärten ihr Vorhaben. Ohne große Worte knotete Tomeu fachmännisch ein Seilende um Bergers Oberkörper.

»Wenn ich die Gräfin sicher habe und mit ihr zum Rettungsnetz schwimmen will, schlage ich mit der Hand zweimal gegen das Seil. Das müsstet ihr spüren. Dann könnt ihr uns ins Wasser gleiten lassen.«

Beide nickten. Nachdem der Residente fest eingeschnürt war, band sich Tomeu das andere Ende des Seils um seinen Bauch. Vorher hatte er es als Bremse um eine Pinie geschlungen. So war er sich sicher, das Gewicht seines Patrons halten zu können.

»So-so-ll i-i-ch S-s-ie n-n-nicht d-d-doch l-l-lieber h-hoch-z-z-z-iehen?«

»Nein, im Gegenteil. Ihr müsst ordentlich Seil lassen, damit wir vom Ufer wegschwimmen können. Die können mit dem Hubschrauber nicht so dicht an den Fels heranfliegen, verstanden?« Er schaute die beiden an: »Alles klar?«

Carmen und Tomeu nickten.

Es wäre Berger fast lieber gewesen, wenn irgendjemand Einwände geäußert hätte. Ganz wohl war ihm bei dieser waghalsigen Aktion selbst nicht.

Mit vorsichtigen Schritten tastete er sich rücklings an den Abgrund heran. Tomeu hielt so lange dagegen, bis genug Spannung auf dem Seil war, dann legte Berger sein ganzes Gewicht in das Seil und schwebte schließlich schräg über dem Abgrund. Nur seine Füße klebten noch an der Felskante.

Ein letzter Blick zu seinen Gefährten, die ihm aufmunternd zunickten.

»Na, dann kann es ja losgehen.« Berger begann zu summen. Er musste schon als Kind immer singen, wenn er in den Keller geschickt wurde, um etwas zu holen. Jetzt war der Abgrund erheblich tiefer und die Angst sehr viel größer. Er sang so laut wie schon lange nicht mehr, und er war froh darüber, dass der reißende Fluss unter ihm so einen infernalischen Lärm machte.

Rosa hatte große Mühe, sich mit ihrem Gewicht gegen den Auftrieb des Wassers zu behaupten.

Plötzlich bekam sie einen kleinen Stein auf den Kopf. Entrüstet schaute sie nach oben und traute ihren Augen nicht. Ihr schossen erneut Tränen in die Augen, diesmal aber vor Erleichterung.

»Mein Gott, Ernst«, murmelte sie, »warum musstest du ausgerechnet ihn schicken, um mich zu retten? Du weißt doch, wie schnell sich Frauen in Helden verlieben.« Sie überlegte fieberhaft, was sie sagen sollte, wenn er sie auf den Arm nehmen würde, um sie aus dem Gefahrenbereich zu tragen. In diesem Augenblick schämte sie sich, sich noch vor Kurzem in die Hosen gemacht zu haben.

Ach was, wenn einer dafür Verständnis hat, dann er, dachte sie bei sich.

Eigentlich hätte sie gern weiter beobachtet, wie ihr Retter immer näher kam, aber seine Füße, mit denen er sich an der Felskante abstützte, lösten von Zeit zu Zeit kleine Bröckchen aus dem spröden Gestein. So zog sie ihren Kopf möglichst weit zwischen ihre Schulterblätter und hoffte, nicht von größeren Brocken getroffen zu werden.

Berger kam es vor, als hinge er schon seit Stunden an dieser Felswand.

»Menschenskinder!«, fluchte er. »So hoch war das doch gar nicht.« Vorsichtig beugte er sich zur Seite, um zum ersten Mal in die Tiefe schauen zu können. Rund drei Meter unter sich sah er ihren Lockenkopf.

»Tja, meine Liebe, sonst sitzt der Retter ja immer auf einem weißen Araberhengst, aber das ließ sich augenblicklich nicht realisieren«, murmelte er angespannt.

»Wenn ich Sie das nächste Mal aus irgendwelchen Fluten rette, werde ich auf einem Nilpferd heranreiten«, brüllte er, so laut er konnte. »Nur damit Frau Gräfin vielleicht einmal huldvoll lächeln können, werde ich es vorher auch weiß anstreichen.«

Sie glaubte, über sich eine Stimme zu hören, und schaute nach oben. Berger klebte schräg über ihr an der Felswand. Es fehlte noch ein halber Meter, dann würde sie einen seiner Schuhe berühren können. Eigentlich bräuchte sie nur ihre Arme richtig auszustrecken, dann könnte sie noch einmal nach dem Leben greifen, obwohl sie doch schon an der Schwelle des Todes stand. Aber sie traute sich nicht, aus Angst, so kurz vor der Rettung einfach weggespült zu werden.

Als sie kurz darauf an der Schulter angestupst wurde, sah sie in ein erschöpftes, aber vertrautes Gesicht.

»Es tut mir leid, Frau Gräfin, dass ich zur Teestunde falsch gekleidet erscheine.«

Sie legte den Kopf schief und lächelte.

»Kein Problem! Kommen Sie einfach so auf einen Plausch vorbei, oder wollen Sie mich zufällig retten?«

»Letzteres, Gnädigste, ich hatte gerade nichts Besseres zu tun.«

»In diesem Falle werde ich über Ihr unpassendes Outfit hinwegsehen.«

»Ach, schau mal einer an, in der Not wird sogar eine Gräfin zum Menschen?«

»Bei mir war es genau umgekehrt. Übrigens, wenn es Ihnen konveniert, wäre ich Ihnen unendlich dankbar, wenn Sie bald mit Ihrer Rettungsaktion beginnen würden, ich kann mich nämlich nicht mehr halten.«

Er nickte und suchte mit seinen Füßen unter Wasser den Fels ab, bis er einen Fuß neben den ihren setzen konnte.

»Worauf stehen wir hier eigentlich?«

»Auf einem winzig kleinen Felsabsatz.«

»Ist ja interessant. Hätten Sie denn auf Ihrem gräflichen Anwesen zufällig auch etwas Platz für mich?«

»Wenn Sie sich nicht daran stören, dass ich stehen bleibe?«

Berger rückte vorsichtig etwas näher, bis er auch seinen anderen Fuß auf dem Felsvorsprung platziert hatte, und machte ein ernstes Gesicht. »Jetzt mal unter uns gesprochen, Durchlaucht, wenn hier alles mit rechten Dingen zugegangen wäre, dann würde Ihr blaublütiger Leib bereits seit Stunden ausgesprochen derangiert und mausetot im Mittelmeer schwimmen. Es spricht nicht unbedingt für Sie, wenn sich sogar der Sensenmann weigert, mit Ihnen Kontakt aufzunehmen. Oder war es gar der Glaube, der Sie gerettet hat?«

»Nein, mein Herr, es war die Physik. Ich bin angeseilt, an einem dicken Felsbrocken, rund fünf Meter unter uns und einige Meter weiter rechts. Dass ich nicht von Treibgut erschlagen wurde, war pures Glück.«

»Verstehe. Jetzt sollten Sie sich aber ganz schnell von Ihrem rettenden Seil trennen, bevor Sie davon unter Wasser gezogen werden. Wie Sie vielleicht bemerkt haben, steht es Ihnen nämlich bis zum Hals.«

»Einen Teufel werde ich tun. Dem Seil habe ich zu verdanken, dass ich noch nicht an den Felswänden zerschmettert wurde.«

»Frau Gräfin, gleich kommt hier ein Hubschrauber mit einem Rettungsnetz angeschwebt, der uns aus diesem Schlamassel herausziehen wird. Da können Sie nicht angeschnallt bleiben.«

Allein der Gedanke daran, das bisher rettende Seil zu lösen, erfüllte sie mit Panik.

»Nein«, sagte sie störrisch, »das Seil werde ich nicht loslassen, und wenn Sie sich auf den Kopf stellen.«

Berger konnte jetzt alles andere gebrauchen als eine Gräfin, die sich langsam in Panik redete. Blitzschnell schlug er zu und traf genau ihre Kinnspitze. Mit weit geöffneten, völlig erstaunten Augen kippte sie auf ihn zu. Behutsam fing er sie auf, hakte sie unter und versuchte, das um ihren Oberkörper geschlungene und mehrfach verknotete Seil zu öffnen. Mit nur einer Hand und inzwischen klammen Fingern hatte er keine Chance. Kurz entschlossen holte er aus seiner Hose sein scharfes Fischermesser, klappte es fluchend mit den Zähnen auf und zerschnitt das nasse Kunststoffseil.

In diesem Moment sah er in seinem Augenwinkel das heranschwebende Netz. Den Helikopter hörte er erst, als er direkt über ihnen war. Berger schlug zweimal gegen das Seil und fühlte, wie es nachgab. Langsam glitt der Residente mit der Gräfin im Arm ins Wasser.

Natürlich konnte er nicht vermeiden, dass die kalte Brühe über ihnen zusammenschlug. Prustend fing sie an zu protestieren und begann reflexartig, mit Armen und Beinen wild zu strampeln.

»Hilfe, ich ertrinke!«

»Wenn ich Sie loslasse, dann ertrinken Sie wirklich«, prustete Berger. »Halten Sie gefälligst Ruhe!«

Das rettende Netz kam immer näher, und schließlich konnte sie danach greifen. Berger wunderte sich, wie viel Kraft in dieser zarten Person steckte. Er konnte sie loslassen, um ebenfalls mit einer Hand das Netz zu greifen und sie mit der anderen Hand in die Maschen zu heben. Mit letzter Kraft gelang es ihm, sich selbst in das rettende Geflecht zu ziehen.

Wie zwei Fische, die langsam aus der Gischt gehoben wurden, hingen sie in der Enge des Fangnetzes, unfähig, sich zu bewegen, und viel zu erschöpft, sich überhaupt noch wehren zu können.

Als sie über den Rand des Torrent schwebten, sahen sie, wie Tomeu das Seil, an dem sie beide eben noch gehangen hatten, losließ und es an der Felswand im Wind hin und her schlug.

Der Torrent unter ihnen wurde immer kleiner. Sie froren erbärmlich, denn der Regen, der auf sie einprasselte, war eiskalt. Durch den Rotor bekamen die einzelnen Tropfen eine enorme Geschwindigkeit, und es schmerzte regelrecht, wenn sie auf die Haut trafen. Sie schlossen die Augen, und obwohl einer den anderen durch den enormen Krach der Rotorblätter nicht hören konnte, wussten beide, dass gerade jeder für sich dem Himmel für ihre Rettung dankte.

***

Trotz des strömenden Regens ließ es sich Sílvio Hidalgo, der Chef der *Policía Municipal* von Santanyí, nicht nehmen, den Helikopter und seine menschliche Fracht auf dem Parkplatz persönlich in Empfang zu nehmen. Natürlich hatte er die Rettung der beiden Deutschen über Polizeifunk fast wie eine Live-Reportage mitverfolgen können.

Irgendwie war der Residente schon ein Teufelskerl, und er war ein wenig stolz auf sich, dass er nun ihm gehören würde, ihm ganz allein.

Argwöhnisch beobachtete Hidalgo, wie die Präsidentin des Inselrates mit ihrem Privatwagen vorfuhr. Sie würde ihm doch wohl nicht die Show vermasseln?

»Señor Hidalgo, was machen Sie denn hier, so weit außerhalb

Ihres Stadtgebietes?«, fragte sie verwundert, als sie ausgestiegen war und auf ihn zukam.

»Leider muss ich auch hier meinen Pflichten nachgehen, Señora Presidente.«

Der Hubschrauber näherte sich, und Hidalgo wollte keinen Augenblick seines Triumphes verpassen.

»Entschuldigen Sie bitte, ich muss mich jetzt um meinen Gefangenen kümmern.«

Der Sohn der Präsidentin kam mit einem Schirm aus dem Wagen und hielt ihn über sie.

»Ich danke dir, mein Schatz. Der Residente scheint nicht nur die Gräfin gerettet, sondern auch noch einen Gefangenen gemacht zu haben. Señor Hidalgo erwähnte so etwas«

Estéban sah sie verwundert an.

»Komisch, Mama, im Netz sehe ich nur zwei Personen, ihn und die Gräfin. Wenn da noch jemand Drittes im Netz war, dann haben sie den während des Fluges verloren.«

Der Helikopter schwebte langsam dem Parkplatz entgegen. Diverse Polizisten standen bereit, um das Netz nicht auf den Asphalt aufschlagen zu lassen. Erst als sie die kostbare Fracht sicher aufgefangen hatten, klinkte der Pilot das Trageseil aus seinem Transporthaken aus. Danach landete er ein paar Meter entfernt, um den Geretteten nicht den Regen um die Ohren peitschen zu lassen.

Mit klammen Fingern versuchte Berger, sich aus dem Netz zu befreien. Ein Polizist half ihm dabei und legte ihm eine wärmende Decke um. Zwei andere kümmerten sich um die Gräfin und wickelten sie ebenfalls warm ein. Als Berger sich umblickte, entdeckte er Hidalgo, der ihn seltsam triumphierend anblickte.

»Was machen Sie denn hier, Comandante?«

»Meine Arbeit, Señor Berger.«

»Hier, so weit im Norden der Insel?«

»Ich bin immer dort, wo sich das Verbrechen aufhält, Señor, und dann greife ich erbarmungslos zu.«

Einer der Polizisten reichte Berger ein Handtuch, mit dem er sich das Gesicht abtrocknete.

»Na dann, Comandante, wird die Unterwelt sicher vor Ihnen erzittern.«

»Es reicht mir, wenn Sie das tun, Residente. Ich bin nämlich hier, um Sie zu verhaften.«

Die Gräfin, die sich inzwischen mit Hilfe der Polizisten aufgerappelt hatte, konnte an Hidalgos Tonfall erkennen, dass sich da etwas zwischen den beiden zusammenbraute.

Estéban sah ihr fragendes Gesicht und übersetzte.

Die Gräfin glaubte, ihren Ohren nicht zu trauen.

»Wie bitte? Ist der denn völlig wahnsinnig geworden?«

Der Stadtpolizist schien die letzten Jahre nur für diesen Augenblick gelebt zu haben.

»Señor Berger, ich verhafte Sie im Namen ...«

»Was ist denn hier los?«, fragte García Vidal, der gerade aus dem Hubschrauber gestiegen war und nun fassungslos zusah, wie dem Residente Handschellen angelegt wurden.

»Hören Sie mal, Hidalgo, nehmen Sie sofort die Dinger da ab. Sie sind ja wohl von allen guten Geistern verlassen.«

»Einen Teufel werde ich tun, Comisario. Ich habe einen gültigen Haftbefehl, und den werde ich vollstrecken.«

Berger glaubte zu träumen.

»Und was wird mir vorgeworfen?«

Hidalgo lächelte ihn kalt an.

»Ihnen wird Steuerhinterziehung vorgeworfen, Señor. Außerdem haben Sie mehr Knöllchen offen als das gesamte diplomatische Corps Südamerikas.«

»Echte Knöllchen oder nur Ihre kleinen Gemeinheiten?«, wollte die Gräfin wissen.

Hidalgo bekam hektische Flecken im Gesicht, als Estéban diesen Einwand übersetzte.

»Meine Strafzettel sind echt, Condesa, und keine Gemeinheiten!«

»Und bei der Steuerhinterziehung hat mit Sicherheit Ihr Schwager nachgeholfen, nicht wahr?« Der Comisario wurde nun ernstlich böse. »So eine Art familiärer Rundumschlag, was?«

Hidalgo plusterte sich auf.

»Was erlauben Sie sich eigentlich mir zu unterstellen?«

»Und was erlauben Sie sich dem Residente zu unterstellen?« Der Comisario drehte sich zu Berger. »Was haben Sie dazu zu sagen, Miguel, macht der Mann seine Arbeit zu Recht?«

Berger war sprachlos.

»Ich weiß absolut nicht, worum es hier überhaupt geht und was ich verbrochen haben soll. Ich friere und will nur noch nach Hause.«

»Ein Zuhause haben Sie nicht mehr!«, schnarrte Hidalgo. »Jedenfalls nicht mehr hier auf Mallorca. Ihr gesamter Besitz wurde in Sicherheitsverwahrung genommen.«

Berger wurde schlohweiß im Gesicht. Es war für ihn ein Alptraum, sich in der Gewalt dieses Ekelpakets zu wissen und absolut machtlos zu sein.

Frau Delgado Bunyol trat zu ihnen.

»Entschuldigen Sie bitte, meine Herrschaften, kann ich irgendwie behilflich sein?«

Berger widerstand der Versuchung, sich ausgiebig über Amtsmissbrauch und andere von Hidalgos Steckenpferden aufzuregen. »No, Señora Presidente, ich will nicht genauso sein wie dieser Uniformständer hinter mir. Ich habe mir nichts vorzuwerfen, und ich werde da allein rauskommen.«

»Ich hätte aber gerne genauer gewusst, um was für Steuerschulden es sich handeln soll? Der Besitz des Residente ist schließlich ganz schön was wert, nicht wahr?«

Hidalgo schaute so wichtig, wie es ihm nur möglich war.

»Es geht um rund 2,1 Millionen Euro, Señora Presidente.«

Berger wurde noch ein wenig blasser. »Sie sind ja völlig meschugge. So viel Geld habe ich in meinem ganzen Leben noch nicht brutto verdient, wie soll ich zu so vielen Steuerschulden kommen?«

»Ganz einfach, Señor«, dozierte Hidalgo. »Beim Bankenskandal, bei dem Sie im vergangenen Jahr ermittelten, ging es um runde vierhundert Millionen Euro. Sie sind berechtigt, ein Prozent des Streitwertes zu berechnen, also vier Millionen Euro, und davon hätten Sie fünfundfünfzig Prozent an Steuern abführen müssen, so ist es.«

Berger war vollkommen erschüttert.

»Ich schwöre Ihnen«, er sah Maria Delgado Bunyol fest in die Augen, »dass ich niemals derartige Rechnungen gestellt habe oder auf andere Art und Weise zu derart immensen Einnahmen gekommen bin.«

Die Präsidentin nickte.

»Ich glaube Ihnen, Señor Berger. Dennoch werden wir den Haftbefehl zuerst einmal akzeptieren müssen. Sie werden die kommende Nacht Gast unseres übereifrigen Comandante sein. Leider verfüge ich nicht über Gelder in Höhe der zu erwartenden Kaution. Ich hätte sie jedenfalls gestellt.«

»Ich mache das, egal wie hoch die Kaution ist«, kam es von der Gräfin. »Sie werden morgen früh einen Anruf von meiner Bank bekommen.«

Estéban dolmetschte nun nahezu simultan.

Hidalgo verneigte sich leicht.

»Es steht Ihnen frei, für einen derartigen Menschen zu bürgen. Ich an Ihrer Stelle würde aber die Finger davon lassen.«

»Sie hätten Ihren eigenen Rat befolgen und selbst die Finger davon lassen sollen, Señor Comandante. Dieser ›derartige‹ Mensch ist nämlich unschuldig.«

»Ich kann mich der Gräfin nur anschließen«, kam es von der Präsidentin. »Wenn Sie auch nur den kleinsten Verfahrensfehler gemacht haben, werden bei der zu erwartenden Kaution eine Menge Zinsen fällig, und ich schwöre Ihnen, Comandante, die zahlen Sie von Ihrem Gehalt, dafür werde ich sorgen.«

»Äh, wenn Sie die Verantwortung übernehmen, dann setze ich den Haftbefehl erst einmal aus«, sagte Hidalgo verunsichert.

Señora Delgado Bunyol lächelte ihn gespielt warmherzig an. »Aber Señor, ich werde doch nicht Ihre Kompetenz anzweifeln und mich in Dinge einmischen, die mich gar nichts angehen.«

Hidalgo wurde blass. »Señor Berger, wenn Sie mir Ihr Ehrenwort geben oder vielleicht Sie, Condesa, dass …«

»Selbst die Condesa wird sich hüten, Comandante, irgendwelche Garantien abzugeben«, unterbrach Berger ihn lächelnd. »Warum auch. Ich werde es mir in Ihrer schönen, warmen Zelle gemütlich machen, während Sie Ihrer Frau schonend beibringen, dass es die nächsten zehn Jahre lang kein neues Auto geben wird – wenn das überhaupt reicht.«

Er ließ ihn stehen und ging auf den Dienstwagen des Comandante zu. Rosa folgte ihm und zog an seinem Ärmel.

»Halt, Señor, ich wollte mich noch bedanken.« Zärtlich nahm sie sein Gesicht zwischen ihre Hände und küsste ihn.

Berger war viel zu verblüfft, um sie wiederzuküssen.

»Sie sind die erste Frau, die sich dafür bedankt, dass sie von mir geschlagen wurde.«

»Morgen werde ich Sie aus dem Schlamassel ziehen, mein Lieber. Ich werde mich auf meine Art rächen.«

13

Die drei Gefängniszellen, über die Santanyí verfügte, unterstanden der *Guardia Civil* und waren auch in deren Wachgebäude untergebracht. Dementsprechend gut ging es Berger. Alle kannten und schätzten ihn, und so verwunderte es nicht weiter, dass es niemand für nötig hielt, die Zelle des Residente zu verschließen. Er konnte sich frei bewegen, und selbst als er abends noch in die Bar gegenüber ging, um einen Cortado zu trinken, sagte niemand ein Wort. Man war sich einfach sicher, dass er nicht fliehen würde.

Die Nacht verlief nach einem geradezu fürstlichen Essen, das ihm von den Frauen der diensthabenden Aufseher zubereitet und serviert wurde, ausgesprochen ruhig. Geweckt wurde er von einem ebenso opulenten Frühstück.

»Kinder«, stöhnte er vollgefuttert, »wenn ich nur eine Woche in diesem Edelknast verbringe, muss ich mir zur Entlassung eine komplett neue Garderobe anschaffen.«

Mitten in diese Schlemmerei platzte ein etwas übernächtigter Comisario.

»*Buenos días*, Señor, Sie sehen mitgenommen aus, und ich muss sagen, wenn es allen Gefangenen auf Mallorca so gut geht wie mir, dann tun Sie ein wirklich gutes Werk.«

García Vidal grinste.

»Wenn dem wirklich so wäre, dann läge die Kriminalität unter den Beamten weitaus höher. Aber Spaß beiseite, wie fühlen Sie sich?«

»Leute, die in amerikanischen Gefängnissen so exzellent bewirtet werden, die henkt man am nächsten Morgen. Ich hoffe, ich habe noch ein paar Jahre vor mir – und die nicht im Knast, wenn es auch noch so komfortabel ist. Sie hatten es nicht ganz so üppig, wie man Ihnen ansehen kann.«

»Dafür fühle ich mich aber richtig gut«, gab García Vidal lächelnd zurück. »Unser Russentrio hat inzwischen gestanden, der Doktor und der Kreisdirektor teilen sich eine Zelle in Palma, und wir haben es schriftlich, dass der Graf ermordet wurde.«

Berger nickte beeindruckt. »Weiß sie es schon?«

»Sí, wir haben gestern Abend noch miteinander gesprochen, bevor die Gräfin von Carmen und Tomeu mit einer großen Wärmflasche ins Bett gesteckt wurde.«

»Höre ich richtig?« Berger machte große Augen. »Carmen und Tomeu?«

»Sie hören richtig. Die beiden sind ein richtig gutes Team, und sie scheinen sich auch zu mögen.«

»Dann ist ja alles im Lot, oder?«

»Nicht ganz, Residente, die Vorwürfe, die gegen Sie vorliegen, sind nicht von Pappe. Aber dazu hören Sie gleich mehr von Señora Delgado Bunyol und der Condesa. Sie kommen in einer halben Stunde in die Bar gegenüber. Es sieht so aus, als hätten sie Neuigkeiten.«

»Sagen Sie bloß, die beiden sind auch ein gutes Team?«

»Es sind zumindest zwei starke Frauen, die sich gegenseitig zu respektieren scheinen. Und beide haben sich in den Kopf gesetzt, Ihnen zu helfen.«

»Was meinen Sie«, fragte Berger mit einem etwas hilflosen Ausdruck im Gesicht, »habe ich eine Chance, mich gegen die beiden zu wehren?«

»Wollen Sie eine ehrliche Antwort?«

Der Residente nickte.

»*Absolutamente nada*, null.«

»*Gracias*, Comisario. Dann werde ich mich schon mal fürs Schafott herrichten.«

Von der Bar aus konnte er beobachten, wie die Präsidentin des Inselrates zusammen mit der Gräfin vorfuhr. Nachdem sie sich beim Wachposten nach ihm erkundigt hatten, kamen beide ungläubig lachend auf die Bar zu, in der Berger inzwischen vor seinem zweiten Cortado saß. Er empfing die Damen mit einem freundlichen Kopfnicken. Die Gräfin wurde vom glücklichen Filou begleitet, der ausgelassen neben seinem Frauchen herhüpfte.

Berger erhob sich von seinem Stuhl.

»Guten Morgen, meine Damen, mehr an Rang und Adel hat ja die Insel gar nicht zu bieten, wenn Königs nicht zu Hause sind. Was verschafft mir diese außerordentliche Ehre?«

Mit einem Fingerzeig bestellten sich die Damen zwei Cortados und setzten sich.

»Tja, Señor Residente, mit dem guten Comandante haben Sie sich eine Laus eingefangen, die Sie nicht so schnell loswerden.« Die Präsidentin war dafür bekannt, nicht lange um den heißen Brei herumzureden.

»Ich hoffte, sie zerdrücken zu können, wenn ich ehrlich bin«, sagte Berger scherzhaft, aber er war ehrlich besorgt.

»Damit ist es nicht getan. Diese Laus hat ein paar Freunde mitgebracht.«

»Die da wären?«

»Die Einbürgerungsstelle, das Ordnungsamt, das Finanzamt …«

Er sackte in sich zusammen.

»Und wenn die alle anfangen zu saugen, bleibt nicht mehr viel übrig.«

»Sí, Señor«

Der Kaffee wurde serviert, und während sie weiterredete, schüttete sich die Präsidentin Zucker in das kleine Glas.

»Nach eingehender Recherche sieht es so aus, als ob der gute Hidalgo mit dem Finanzamt etwas über das Ziel hinausgeschossen wäre. Aber das ist noch lange kein Grund, sich entspannt zurückzulehnen. Auch hier in Spanien ist es so, dass Sie nur die Steuern für solche Einnahmen erklären müssen, die sie auch tatsächlich gehabt haben. Wenn Ihnen das Finanzamt nicht glaubt, dann müssen die zuallererst eine Prüfung anberaumen. Ich habe mit denen heute Morgen schon gesprochen, und wir sind übereingekommen, dass sämtliche Forderungen bis zur endgültigen Klärung zurückgestellt werden.«

Berger hatte wieder etwas Hoffnung.

»Ist denn schon eine Tendenz zu erkennen?«

»Selbst wenn das Finanzamt der Meinung ist, dass Sie eine Rechnung hätten stellen müssen, kann in keinem Falle von Steuerbetrug gesprochen werden. Sie haben ja kein Geld erhalten und nichts anderes erklärt. Die Ausgaben, also das Geld, das Sie bei nachträglicher Rechnungsstellung von der Bezirksregierung zu bekommen hätten, wären aber für die Staatskasse erheblich höher als die Einnahmen, also Ihre Steuern. Das leuchtete sogar den Herren Beamten ein.«

»Dann kann ich mein Haus wieder als meinen Besitz ansehen?«, folgerte Berger erleichtert.

Die Präsidentin nickte. »Im Prinzip ja, wenn da nicht noch andere Ämter sauer auf sie wären.«

Er seufzte. »Die Einbürgerungsbehörde und das Ordnungsamt. Was wollen die von mir?«

»Natürlich Geld«, warf die Gräfin ein, »es stehen ja noch einige unbezahlte Knöllchen aus, oder?«

»Aber die können doch nicht an mein Haus, oder?«

»Doch, das können die. Die Schuld der Gemeinde gegenüber wurde ins Grundbuch eingetragen. Und mit diesem Eintrag kann der Gläubiger, also die Stadt, das Anwesen zwangsversteigern lassen.«

Er verzog das Gesicht. »Dann werde ich die paar Knöllchen eben bezahlen.«

»Ich höre immer ›mal eben‹!«, brauste Rosa auf. »Das waren allein im vergangenen Monat zweiundvierzig Stück. Da scheinen Sie es ganz doll getrieben zu haben.«

»Aber alle Tickets waren nur von Hidalgo, und das waren auch fast alle, die er überhaupt geschrieben hat, das könnte ich wetten.«

»Diese Wette gewinnen Sie auch!« Die Präsidentin zog einen Computerausdruck aus ihrer Tasche und tippte mit dem Zeigefinger darauf. »Hier ist der Beleg.«

Berger triumphierte: »Sehen Sie, der Mann schikaniert mich!«

»Ja, aber Sie haben tatsächlich immer falsch geparkt, wenn Sie einen Strafzettel bekommen haben, und der TÜV war wirklich abgelaufen.«

»Schon«, gab er zu, »aber die anderen hatten auch immer falsch geparkt, und die hatten ebenfalls keinen TÜV. Die wurden aber nicht aufgeschrieben.«

»Also geben Sie die Ihnen zur Last gelegten Ordnungswidrigkeiten hiermit zu?«

Er wurde ärgerlich.

»Okay, dann zahle ich eben alles, was da an Scheißknöllchen aufgelaufen ist, und aus die Maus. Wie viele sind es denn?«

Frau Delgado Bunyol schaute sicherheitshalber noch einmal auf die Liste.

»Hundertdreiundsiebzig, wenn seit gestern nichts dazugekommen ist. Die vom vergangenen Jahr wollen wir mal verjähren lassen.«

Über diese enorme Zahl war Berger dann doch etwas entsetzt. »Hm, und was macht das finanziell?«

»Viertausendsiebenhundertfünfundachtzig Euro.«

Berger schaute sich hilflos um. »Viertausendsieben...« Er winkte ab. »Tja.«

»Tut mir leid, Señor Berger, alles in bar, oder Sie haben den Kuckuck auf dem Dach, so ist das Gesetz.«

Nun wurde es der Gräfin zu bunt. »Moment mal, warum kann der Mann denn nicht in Tagessätzen zahlen? Das ist doch überall in Europa möglich.«

Die Präsidentin nickte. »Wenn er einen Job hätte und sozialversichert wäre, dann ginge das. Übrigens, das ist der Punkt, warum das Einbürgerungsamt bei Ihnen vorstellig werden wird. Sie haben hier in Spanien noch keine Sozialversicherungsnummer, und die brauchen Sie, wenn Sie sich hier niederlassen wollen.«

»Wozu brauche ich die noch? Ich habe hier ja sowieso fertig«, murrte Berger.

»Das muss nicht sein, wenn Sie nicht allzu bockig sind«, gab die Präsidentin lächelnd zurück.

Er stutzte. »Da ist doch ein Haken dabei, wenn Sie mich so fröhlich ansehen.«

»Absolut nicht. Ich hätte eine offizielle Festanstellung für Sie – unbefristet und mit Sozialversicherung. Dann wären Sie erst einmal aus dem Schneider.«

Berger lachte auf. »Welcher Idiot stellt mich schon ein?«

»Ich bin der Idiot«, kam es trocken von der Gräfin.

Berger brauchte einen Moment, um seine Sprache wiederzufinden.

»Brauchen Sie für Filou noch einen Schweinehirten?«

»Tja, Señor Residente, beim ersten Casting haben Sie sich für diese Stelle qualifiziert, und ich freue mich, Ihnen mitteilen zu dürfen, dass Sie meine erste Wahl für diesen Job sind.«

Er schaute ihr lange und forschend in die Augen.

»So ein Blödsinn, Sie meinen das ja richtig ernst mit der Anstellung. Also, wozu wollen Sie mich wirklich einstellen?«

»Zur besonderen Verwendung«, kam es freundlich, aber bestimmt von der Gräfin. Ihre überzeugte Haltung machte ihn etwas unsicher.

»Ach, und dafür meinen Sie mich wirklich gebrauchen zu können?«

»Sí, Señor, das meine ich.«

Er schaute hilfesuchend zur Präsidentin. »Habe ich eine Chance, nein zu sagen?«

»Sie wissen, dass mein Sohn und ich für ewig in Ihrer Schuld stehen werden«, sagte sie sanft. »Dennoch kann ich Ihnen nicht bei diesem Problem helfen, wenn wirklich alles nach Recht und Gesetz gehen soll. Der Vorschlag der Gräfin ist da tatsächlich der rettende Strohhalm, nach dem Sie greifen sollten.«

»Ade, freies Leben. Dann gehe ich eben in die feudale Sklaverei. Frau Gräfin, Sie können über mich verfügen.« Er machte eine leichte Verbeugung. »Und als was werde ich, wenn ich abschließend fragen darf, in Zukunft mein Leben fristen?«

Die Präsidentin beugte sich grinsend zum ihm herüber und raunte: »Frau Gräfin hat gerade eben eine Lizenz für eine Detektei erhalten.«

»Sie wollen mich als Detektiv? Warum, in drei Teufels Namen?«, rief Berger verblüfft.

»Was soll ich mit einem saumäßigen Liebhaber? Da gönne ich mir doch lieber einen guten Ermittler.«

Danksagung

Ich danke allen meinen Testlesern für den Mut, den sie mir gemacht haben, mit der Schreiberei am Ball zu bleiben.
Danken möchte ich auch Marit Obsen, meiner Lektorin, die so freundlich war, mir diesen Mut nicht wieder zu nehmen.